Irish Dates

Ein Nachbar zum Verlieben

Lizzy Glass

Über die Autorin

Lizzy Glass wurde 1986 geboren und liebte Romane schon als Zwölfjährige. Heute genießt sie das Kleinstadtleben mit ihrem Mann und den Kindern und schreibt Liebesgeschichten mit Happy End.

IRISH Dates

EIN NACHBAR ZUM VERLIEBEN

1

Lizzy Glass

Liebesroman

1. Auflage 2023

Lizzy Glass
c/o autorenglück.de
Franz-Mehring-Str. 15
01237 Dresden

E-Mail: lizzy.glass@email.de
Website: autorin-lizzy-glass.de

Lektorat: Sabine Dammann, sabinedammann.de
Korrektorat: Bettina Dworatzek, lektoratdworatzek.com
Cover und Bildmaterial: @canva, www.canva.com

ISBN: 979-8-3985-3940-0
Printed by Amazon, Germany

Dieser Roman ist auch als E-Book erhältlich.

Willkommen
in
IRLAND

Mögen die Träume, die du am meisten schätzt, jene sein, die wahr werden. Und möge die Freundlichkeit, die du verbreitest, zu dir zurückkehren.

– Irischer Segenswunsch

Kapitel 1

Lauren

Grinsend reiße ich das Geschenkpapier auf und betrachte verwundert den Inhalt. Das Teil sieht wie ein kleiner Delfin aus und ich brauche einen Moment, um zu erkennen, worum es sich dabei handelt. »Ein Vibrator?«

Nathalee nickt energisch. »Das ist nicht irgendein Vibrator, sondern einer mit Druckwellen. Glaub mir, wenn du den einmal getestet hast, willst du keinen anderen mehr in dein Bett lassen.«

»Du meinst auch keinen Mann mehr?« Eleanor nippt kichernd an ihrem Black Velvet – eine Kombination aus Champagner und Guinness. Diesen Cocktail trinken wir nur zu Geburtstagen oder besonderen Anlässen.

Eine irische Band verbreitet mit ihren Songs ordentlich Stimmung. Momentan singen sie *»Whiskey in the Jar«* und einige Gäste stimmen mit ein. Wie von allein wippt mein Fuß im Takt mit.

»Nur wenn du einen findest, der dir bessere Orgasmen beschert.« Nathalee legt beschwörend eine Hand auf ihre Brust. »Das bezweifle ich aber stark.«

Kristena seufzt theatralisch. »Na toll. Jetzt will ich auch einen.«

Beschützend umschließe ich mit beiden Händen den Vibrator und mache einen Schmollmund. »Das ist mein Geburtstagsgeschenk.«

»Keine Sorge, ich kaufe mir selbst einen.« Sie zwinkert mir zu und stellt eine Geschenktüte vor mir ab. »Happy Birthday, Lauren.«

Mir läuft das Wasser im Mund zusammen, nachdem ich hineingesehen habe. Sie ist mit meiner Lieblingsschokolade und Pralinen gefüllt – ein ganzer Jahresvorrat. Ich bin im Süßigkeitenhimmel! »Du bist die Beste, Kristena. Danke.«

»Bitte schön. Und ob nun ein Orgasmus oder Schoki, beides beschert dir Glücksgefühle.«

Wir vier lachen über den passenden Vergleich.

Eleanor reicht mir einen Umschlag. »Alles Gute, Süße.«

Als ich die darin liegende Karte aufschlage, kreische ich vor Begeisterung. So laut, dass die Leute im Pub an den Tischen neben uns zu mir schauen. Wie peinlich! Ich mag es nicht, im Mittelpunkt zu stehen. Vor Schreck schlage ich eine Hand auf den Mund. »Ein Spa-Tag?«, nuschle ich.

»Du hast im Büro andauernd Stress und musst dich ständig mit deinem Stinkstiefel-Boss rumärgern. Die Entspannung tut dir gut. Und wenn du möchtest, können wir daraus sogar einen gemeinsamen Tag machen.«

»Das wäre super. Danke dir.«

Wir nehmen die Gläser in die Hand und stoßen an. »Auf Lauren! *Sláinte!*«

Eine Weile quatschen wir über die Arbeit und verabreden uns für einen Kinobesuch, dann verschwinden Nathalee und Kristena auf die Tanzfläche des Pubs.

Es dauert keine zwei Minuten, bis meine Freundinnen von Männern angetanzt werden. Deswegen bleibe ich lieber mit Eleanor am Tisch. Für mich würde sich eh kein Kerl interessieren. Das haben schon mehrere Versuche bestätigt.

Eleanor legt einen Arm um meine Schultern. »Hey, was soll das lange Gesicht? Du hast Geburtstag, Laurie. Kein Grund, Trübsal zu blasen.«

»Ach, weißt du, früher war ich davon überzeugt, dass ich mit dreißig verheiratet bin und mindestens ein Kind habe. Und nun – sieh mich an: Single und keine Aussicht auf Verbesserung.«

»Nicht so pessimistisch. Du hast noch genau zwei Jahre Zeit, um dir deinen Traum zu erfüllen.«

Ich lache trocken. »Warum sollte es ausgerechnet jetzt klappen?«

Eleanor winkt die Kellnerin herbei. »Ganz einfach: Du musst aktiv auf Männersuche gehen. Bisher hast du dich nur mit welchen verabredet, die du aus unserem Bekanntenkreis kennst.« Sie bestellt für sich und mich einen weiteren Black Velvet.

»Und wie soll das funktionieren? Selbst wenn ich mit Nathalee und Kristena auf der Tanzfläche wäre, würde mich kein Kerl anbaggern.«

Vielsagend kneife ich in mein Speckröllchen am Bauch. Wobei das noch schmeichelhaft ausgedrückt ist. Mein Ex-Freund hat es als Rettungsring bezeichnet. Ständig hat er mich dazu gedrängt, abzunehmen.

Als ich mich geweigert habe, hat sich der Arsch von mir getrennt. Der Typ davor war auch nicht besser. Er hat mich mehrmals betrogen, natürlich mit einer schlanken Frau. Und Gewissensbisse hatte er nicht.

Danach habe ich eine Diät gemacht und gerade einmal drei Tage durchgehalten. Ich nasche viel zu gern und mein innerer Schweinehund ist größer als gedacht. Trotzdem beneide ich meine Freundinnen um ihre sexy Figur.

Sie winkt schnaubend ab. »Die Kerle«, vielsagend deutet sie zur Tanzfläche, »sind doch nur auf eine unkomplizierte Nummer aus … Außerdem sind nicht alle Männer oberflächlich. Wer dich mit ganzem Herzen liebt, liebt dich so, wie du bist. Auch mit deinen Extrapfunden und Macken.«

»Und wo finde ich die?«

Sie tippt mit dem Zeigefinger auf ihr Kinn. »So spontan fällt mir nur Online-Dating ein.«

Ich verdrehe die Augen. »Suchen die Leute da nicht erst recht schnellen Sex und etwas Unverbindliches?«

»Nicht unbedingt. Versuch es wenigstens. Denk an dein Ziel, du suchst einen Mann zum Heiraten. Dafür musst du Opfer bringen. Und vielleicht auch den einen oder anderen Frosch küssen.«

»Hast recht. Und bei welcher Plattform?«

Eleanor zuckt mit den Schultern. »Tinder?«, schlägt sie kleinlaut vor.

Die Kellnerin stellt unsere Getränke lächelnd ab und eilt dann zu den Gästen am Nachbartisch.

Ich greife sofort nach meinem Glas und nehme einen kräftigen Schluck, obwohl sich mein Gehirn bereits benebelt anfühlt. Der Guinnessgeschmack mit der Blubberbrause breitet sich in meinem Mund aus. Köstlich! »Ist nicht jeder bei Tinder?«

»Klar. Deswegen erhöhen sich deine Chancen. Meine Kollegin hat dort auch ihr Glück gefunden.«

»Aber ich habe davon doch überhaupt keine Ahnung.«

»Die Ausrede lasse ich nicht gelten. Schließlich kann ich dir helfen.«

»Ach, ich weiß nicht.«

Eleanor grinst frech. »Wie wäre es mit einer kleinen Wette? So als Anreiz?«

Energisch schüttle ich den Kopf. »Bloß nicht. Du weißt, dass ich davon nichts halte.« Nicht nur, weil mein jüngster Bruder wegen Sportwetten regelmäßig Geldprobleme hat, sondern auch, weil solche Wetten nie gut ausgehen.

»Stimmt.« Eleanor schlürft an ihrem Getränk, während sie angestrengt grübelt. »Trotzdem kannst du Tinder mal einen Monat testen. Falls du dich nicht verliebst, gibt es auch noch EliteSingles.«

»Du meinst die Partnervermittlung mit dem Persönlichkeitstest und Matching-Algorithmus?«

»Genau die.«

»Patrick hat darüber Georgia kennengelernt …«

»Also machst du es?«

»Hm. Na gut.«

Sie klatscht kichernd in die Hände. »Lass uns gleich dein Profil bei Tinder anlegen.«

Fünf Minuten später ist die App auf meinem Handy installiert und es fehlen nur noch Fotos von mir. Ich bringe mich in Position, damit Eleanor ein paar von mir schießen kann.

»Willst du die Hasenohren drauf haben?«, fragt Eleanor und deutet stirnrunzelnd über mich.

Erst jetzt wird mir bewusst, dass ich den Haarreif mit den rosafarbenen Hasenohren auf dem Kopf trage. Das ist sozusagen unsere Geburtstagskrone. Ich streiche die Spitzen glatt und recke das Kinn nach vorn. »Warum nicht?«

Lächelnd schaue ich in die Handykamera und lasse die Fotosession über mich ergehen. Anschließend wählen wir die drei besten Aufnahmen aus und laden sie bei Tinder hoch. Als Nächstes hinterlege ich aus den vorgeschlagenen Interessen fünf Stück und danach erscheint ein freies Textfeld.

Ich schreibe hinein, dass ich keinen One-Night-Stand, sondern eine Beziehung suche, tierlieb bin und in der Buchhaltung arbeite. Zum Schluss verknüpfe ich meinen Instagram-Account. Damit wissen die Kerle gleich etwas über mich und finden hoffentlich leichter Gesprächsstoff.

Gerade als wir fertig sind, kommen Nathalee und Kristena zurück. Wie zu erwarten war, sind sie nicht allein. Die Typen stellen sich kurz vor und konzentrieren ihren Charme dann voll auf Nathalee und Kristena. Eleanor und ich vertiefen uns wieder in die App.

Die Männer, die zuerst angezeigt werden, sind irgendwelche Fitnessfreaks oder Wichtigtuer, die eindeutig Bestätigung suchen. Hauptsächlich zeigen sie sich vor teuren Autos, auf Partys oder beim Gewichtheben.

Bestimmt sind sie nur auf schnellen Sex oder eine Affäre aus. Zwischendurch erscheinen sogar drei, die mir optisch und von der Beschreibung gefallen. Sie tragen Anzüge und sehen absolut heiß aus. Also vergebe ich die ersten Likes.

Ich bezweifle zwar, so meinen zukünftigen Ehemann kennenzulernen, aber ich gebe die Hoffnung nicht auf.

Und dann lächelt mich mein Arbeitskollege Wyatt an. Er ist im Marketing tätig und nett. Leider hat er keinen Text. Ob ich ihm ein Herz geben sollte? Ach, warum nicht.

Mit der Zeit werden mir Männer angezeigt, die offenbar keinen Wert auf Körperpflege legen oder zu weit weg wohnen, deswegen schließe ich Tinder und beteilige mich an den Gesprächen meiner Freundinnen. Dennoch schaue ich immer wieder auf das Display und kann es kaum erwarten, bis das erste Match gemeldet wird.

Und tatsächlich – es kommen ständig neue Benachrichtigungen. Gemeinsam mit Eleanor lese ich die Nachrichten der Männer und beantworte sie. Dadurch vergeht der restliche Abend wie im Flug.

Entschuldige, ich habe meinen Hasen verloren. Versteckst du dich, damit ich dich suchen kann?

Kichernd öffne ich die nächste.

Glaubst du an Liebe auf den ersten Swipe?

Ich verdrehe die Augen. Wie einfallslos.

Hast du einen Namen oder kann ich dich ›Meins‹ nennen?

Klingt nach einem Kontrollfreak. Weg damit.

Hast du einen Stift? Ich möchte überprüfen, ob du auf meiner To-do-Liste für heute stehst.

Eleanor prustet und schüttelt den Kopf, als die Meldung erscheint.

Sag mal, ist es heiß hier drin oder liegt das an unserem Match?

Hübsche Ohren, kleines Häschen. Hast du auch einen Stummelschwanz?

Sehr witzig. Das nennt man Blume.

Ein anderer schlägt vor, dass wir uns sofort treffen. Nachdem ich abgelehnt und erklärt habe, dass ich erst einmal mehr über ihn erfahren möchte, löst er das Match auf.

Der Nächste fragt mich nach der dritten Nachricht, ob ich rasiert bin, daher blockiere ich ihn. Wie dreist ist das denn bitte? Natürlich folgen auch unoriginelle Anmachsprüche und Unterhaltungen über das Wetter.

Wie öde!

Trotzdem kämpfe ich mich tapfer durch, denn vielleicht ist mein Traummann unter ihnen.

Kapitel 2

Lauren

Kurz vor der Sperrstunde verabschiedet sich Kristena mit ihrer Eroberung und auch Nathalee bricht auf, jedoch allein. Wahrscheinlich zieht sie dem Kerl ihren Vibrator vor.

Gähnend stecke ich das Handy in die Handtasche. Es ist zwar aufregend – manchmal auch lustig oder nervig – mit den Männern von Tinder zu schreiben, allerdings habe ich das Gefühl, die meisten würden nur eine Bettgeschichte suchen.

»Und, was denkst du nun über Tinder?« Eleanor reicht mir die Tüte mit meinen Geschenken, die ich dankend entgegennehme.

»Schwer zu sagen. Ich werde es den einen Monat testen, ansonsten freue ich mich auf EliteSingles.«

Nachdem ich gezahlt habe, schlendern wir durch die Straßen von Dublin. Obwohl es nach Mitternacht ist, herrscht ordentlich Betrieb, weil viele auf dem Heimweg sind. Wir quatschen über meine Arbeit in der Buchhaltung und Eleanors Probleme mit ihren Eltern. So wie es scheint, wollen sich die beiden scheiden lassen, und das macht meiner Freundin zu schaffen.

»Egal, was passiert, ich bin für dich da. Und selbst wenn sie diesen Schritt gehen, lieben dich die beiden trotzdem über alles«, versuche ich sie aufzumuntern.

»Ich weiß, dass ich nicht schuld daran bin. Nur irgendwie ist die Vorstellung merkwürdig, bald nicht mehr mit ihnen gemeinsam Weihnachten oder Geburtstage zu feiern. Wahrscheinlich lernen sie neue Partner kennen. Dann habe ich eine Stiefmutter und einen Stiefvater.«

»Hast du Angst, dass du dich nicht mit ihnen verstehst?«

Sie nickt leicht. »Meine Eltern waren doch das perfekte Paar. Ich dachte immer, ihre Liebe hält ewig.«

»Das haben sie sicher auch gehofft. Aber Menschen verändern sich. Und besser, sie gehen im Guten auseinander als im Streit.«

»Stimmt … Danke, Lauren. Ich bin so froh, dass ich dich habe.«

»Und ich bin froh, dich zu haben.«

Als wir nach fünfzehn Minuten vor dem Mehrfamilienhaus mit der roten Backsteinfassade ankommen, in dem ich seit drei Jahren lebe, umarme ich Eleanor innig und bedanke mich für die tolle Geburtstagsparty. Sie wohnt gleich um die Ecke und winkt mir zu, bevor sie abbiegt.

Ich schließe die Haustür auf, in diesem Moment kündigt die Glockenmelodie meines Handys eine eingehende Nachricht an. Schmunzelnd ziehe ich es aus der Handtasche und lese den Text, während ich die Treppe ins Dachgeschoss hochsteige.

Ein irischer Sonnenuntergang ist wie keine andere Show auf der Welt. Und dein Lächeln auf dem Profilfoto hat das Potenzial, meinen Tag genauso zu erhellen.

Wäre es nicht schön, gemeinsam eine atemberaubende Show zu erleben? Lust darauf, das Abenteuer zu beginnen?

Sie ist von *CharmingPrince92* und die erste, die mich zum Lächeln bringt. Außerdem schreibt er, dass er auf der Suche nach einer Beziehung ist, meine Hasenohren niedlich findet und mir jetzt auf Instagram folgt.

Im Gehen tippe ich eine Antwort. Es fällt mir schwer, passende Worte zu finden, deswegen lösche ich einige Sätze und formuliere um. Wahrscheinlich waren es ein paar Drinks zu viel.

Deine Nachricht hat ein Lächeln auf mein Gesicht gezaubert. Du scheinst ein interessanter und sympathischer Mensch zu sein. Ich bin gespannt darauf, mehr über dich zu erfahren und herauszufinden, ob wir auf einer Wellenlänge sind.

Ob ich ihm die Antwort schicken kann, oder sollte ich bis morgen warten? Vielleicht fällt mir etwas Besseres ein …

Ich erreiche endlich das Ende der Treppe und bin wie immer aus der Puste. Zielsicher steuere ich meine Wohnungstür an, aber dann stoße ich mit dem Fuß gegen etwas Hartes und ein stechender Schmerz schießt mir ins Bein hoch. Ich reiße den Blick vom Handy los.

In diesem Moment bewegt sich ein Stapel Kartons vor mir und droht herunterzurutschen. Automatisch greife ich danach, doch ich bleibe mit der Handtasche hängen und verliere das Gleichgewicht.

Unter einem spitzen Schrei lande ich bäuchlings auf dem Boden, kann den Aufprall gerade so mit den

Händen abbremsen. Mein Handy schlittert über die Steinfliesen, der Inhalt der Geschenktüte verteilt sich vor mir. Neben mir kracht es.

Ich schließe kurz die Augen und lausche in mich hinein. Zum Glück tut mir nichts weh.

Was zur Hölle ist gerade passiert?

Keuchend rapple ich mich auf und betrachte die Umzugskartons, die vorhin noch nicht dort gestanden haben und von denen zwei nun umgekippt sind.

Die Stapel versperren fast den kompletten Hausflur. Was bildet sich der neue Nachbar ein? Kann er – oder ist es eine sie? – die nicht in seine Wohnung räumen?

Während ich innerlich schimpfe, wird die Tür gegenüber meiner aufgerissen. Ein Kerl in Sportshorts und nacktem Oberkörper starrt mich an. Auf seiner muskulösen Brust glänzt ein leichter Schweißfilm. Heilige Scheiße, lebt der im Fitnessstudio, um so auszusehen?

Mein Blick wandert zu seinen schmalen Lippen, die von einem Dreitagebart umgeben sind, der breiten Nase, den stechend grauen Augen und den blonden Haaren, die zu einem Man Bun gebunden sind. Er ist etwa in meinem Alter. Ob er als Unterwäschemodel arbeitet?

»Was ist denn hier los?« Deutliche Verärgerung schwingt in seiner Stimme mit.

»Was hier los ist?« Schnaubend stemme ich mich auf die Beine und richte den Haarreif mit den Hasenohren, der mir beim Sturz in die Stirn gerutscht ist. »Ich habe die verdammten Kartons nicht gesehen, bin dagegen gelaufen und hingefallen!«

Er hebt eine Augenbraue. »Hast du keine Augen im Kopf oder deine Brille vergessen? Die kann man doch nicht übersehen!« Er wedelt wild mit den Händen herum.

Mein Mund klappt auf. Wo ist eine schlagfertige Antwort, wenn man sie braucht? Sicher, hätte ich nicht auf mein Handy gestarrt, wäre nichts passiert. Doch das muss ich ihm nicht unter die Nase reiben. »Du blockierst den ganzen Gang!«

Klasse, Lauren. Jetzt machst du dich zum Affen, wenn du dich wiederholst.

Sein Blick wandert bedeutungsvoll über meinen Körper, während er die Arme vor seiner kräftigen Brust verschränkt. Dabei bewegt sich jeder Muskel geschmeidig.

Mist, wegsehen!

»Schon klar, wenn du –« Er unterbricht sich, als ein schwarzer Labrador aus seiner Wohnung tapst und an dem Vibrator schnüffelt, der direkt vor den Füßen des Fitnessfreaks liegt.

Hitze schießt mir ins Gesicht. Der Nachbar hebt mein Geburtstagsgeschenk auf und betrachtet den kleinen Delfin ausgiebig, bis auch ihm klar wird, um was es sich handelt. Ein verschmitztes Lächeln umspielt seine Lippen, das Grübchen in seinen Wangen zum Vorschein bringt. Und ich würde am liebsten im Erdboden versinken!

Ich mache zwei energische Schritte auf ihn zu und reiße ihm den Vibrator aus der Hand. Plötzlich surrt der Delfin zwischen meinen Fingern. Wild drücke ich auf den Knöpfen herum, bis das Ding endlich Ruhe gibt und ich das leise Lachen des Nachbars höre. Mein Kopf glüht und ich traue mich nicht aufzusehen.

O Gott! Warum muss mir so etwas passieren?

Ich sammle eilig die Schokoladenverpackungen ein und werfe sie in die Geschenktüte.

Der Nachbar murmelt irgendetwas, das sich anhört wie »Die hat es ja nötig«.

Wut steigt in meinem Magen auf. »Sag mal, bist du bescheuert?«, fauche ich und starre ihn an.

»Garantiert nicht. Ich würde meinen Körper nicht mit so einem Mist vollpumpen.«

»Was geht es dich an, was ich tue?«

Erneut fahren seine Augen die Konturen meiner Rundungen nach. Dabei stehen ihm seine Gedanken förmlich ins Gesicht geschrieben. Er findet mich dick und unsportlich. So ein überheblicher Arsch!

»Ich brauche kein Sixpack, um Bestätigung zu bekommen«, werfe ich hinterher, weil er schweigt.

»Und warum starrst du ständig darauf?«

Mist! Erwischt! »Tue ich nicht!«, beharre ich dennoch.

Er lacht erneut und scheint sich köstlich zu amüsieren.

»Räum dein Zeugs gefälligst weg!«, zische ich, ohne ihn oder den Hund eines weiteren Blickes zu würdigen, und sammle die restliche Schokolade ein.

»Bin schon dabei«, knurrt er und trägt einen Karton in seine Wohnung.

»Du kannst von Glück reden, dass ich mich nicht verletzt habe, oder etwas kaputtgegangen ist!« Ich schließe meine Wohnungstür auf. In diesem Moment knallt er seine zu.

So ein Idiot!

Kopfschüttelnd trete ich ein und drücke mit zitternden Fingern auf den Lichtschalter. Erst jetzt merke ich, wie heftig mein Herz schlägt. Mario, Luigi und Peach empfangen mich mit wackelnden Nasen. Sie haben die Ohren gespitzt, weil sie sicher vom Lärm Angst bekommen haben.

»Na, habt ihr mich vermisst?« Ich gebe ihnen je ein Leckerli und streiche jedem über den Rücken. »Ihr glaubt nicht, wie doof der neue Nachbar ist«, flüstere ich, während ich ihnen beim Fressen zusehe.

Im Hausflur rumpelt es ordentlich. Wahrscheinlich räumt er auf. Mitten in der Nacht! Will er die Nachbarn wecken?

Peach schnappt sich wie immer den letzten Happen von Mario und hoppelt in den Stall. Grinsend beobachte ich die beiden anderen, wie sie ihr folgen und es sich in ihren Verstecken gemütlich machen.

Ich hänge meine Handtasche an den Haken und löse das Haarband meines Dutts, bevor ich den Haarreif abnehme. Es klopft energisch an meiner Wohnungstür. Vor Schreck zucke ich zusammen. Zögerlich nähere ich mich ihr und schaue durch den Spion.

Der Nachbar hält mein Handy in der Hand. Verdammt! Daran habe ich nicht gedacht. Es wurde bestimmt von seinen Kartons vergraben, deswegen habe ich es übersehen. Mit den Fingern fahre ich durch meine Haare und bringe sie in Form. Was? Warum tue ich das? Ist doch egal, wie ich aussehe!

Ich setze einen bösen Blick auf, öffne einen Spalt und nehme dem Kerl kommentarlos mein Handy ab. Allerdings entgeht mir sein freches Grinsen nicht. Zum Glück trägt er jetzt wenigstens ein Shirt, sonst würde ich ihn sicher wieder anstarren.

Nicht, dass ich etwas an ihm finde. Aber welche Frau sieht sich nicht gern durchtrainierte Typen an? Egal, ob erreichbar oder nicht – er ist eine Augenweide und weiß das auch. Wahrscheinlich liebt er es, mit Frauenherzen zu spielen. Nur bei mir hat er keine Chance.

So würdevoll wie möglich donnere ich ihm die Tür vor der Nase zu, bevor er die Gelegenheit hat, etwas zu sagen. Seufzend presse ich mein Handy an die Brust und lehne mich an die Wand.

Was für ein Tag!

Meine vorherige Nachbarin Misses Sutherland war nett. Sonntags hat sie mich manchmal zu Kaffee und Kuchen eingeladen und mir ihre Fotoalben gezeigt. Und nun habe ich statt einer alten Dame einen überheblichen Fitnessgott an der Backe.

Na herzlichen Dank!

Mein Handy piept. Ich schaue aufs Display. Zum Glück hat es den Sturz dank der Schutzfolie überlebt, die mir Benjamin aufgeklebt hat. Die Nachrichten von Tinder erinnern mich an meinen Plan.

Aber der kann noch warten. Jetzt will ich ins Bett und möglichst nicht von dem Aufeinandertreffen mit meinem Nachbarn träumen. Und erst recht nicht von seinem Sixpack.

»Verdammt!« Genervt schüttle ich den Kopf, um die Erinnerung an seine Bauchmuskeln loszuwerden, doch je mehr ich mich bemühe, desto stärker muss ich daran denken. Das ist wie mit dem berühmten rosa Elefanten …

Kapitel 3

Ashton

Schwer atmend lasse ich mich im Bett neben Scarlett fallen und verschränke die Arme am Hinterkopf. Sie schmiegt sich wie selbstverständlich an meine Seite, presst mir einen Kuss auf die Wange und streicht mit den Fingerspitzen über meine nackte Brust.

»Das war der Wahnsinn. Ich brauche unbedingt eine Dusche. Kommst du mit?« Ihre Stimme klingt fordernd und ich ahne, dass sie auf eine dritte Runde aus ist.

»Tut mir leid, ich muss los.«

Ein enttäuschter Ausdruck legt sich auf ihr Gesicht. »Wie du meinst. Vielleicht können wir das irgendwann wiederholen?«

»Klar«, erwidere ich, obwohl ich weiß, dass es nicht dazu kommen wird.

Sie nickt, schwingt sich aus dem Bett und tapst aufreizend zum Kleiderschrank, um sich einen Bademantel überzustreifen. Wahrscheinlich hofft sie, mich damit umzustimmen. Ihr Body ist der Hammer. Kein Wunder, so hart wie sie trainiert. Das hat sich auch beim Sex bemerkbar gemacht. Ihre Ausdauer ist bemerkenswert.

»Mach die Wohnungstür zu, wenn du gehst«, sagt sie.

»Bye, Scarlett.«

Mit einem flüchtigen Lächeln verlässt sie das Schlafzimmer und kurz darauf rauscht das Wasser der Dusche. Um keine Zeit zu verlieren, sammle ich meine auf dem Boden liegende Kleidung auf und schlüpfe in meine Boxershorts.

»Schatz? Ich bin zu Hause!«, ruft ein Mann im Flur und eine Tür fällt ins Schloss.

Mitten in der Bewegung halte ich inne und lausche. Was zur Hölle? Hat sie etwa einen Freund?

»Das ist aber eine Überraschung.« Allein an Scarletts Tonlage höre ich die Panik heraus.

»Du hast mir gefehlt, deswegen bin ich eher aufgebrochen.«

»Wollen wir jetzt Essen gehen? Du hast sicher Hunger.«

Ich halte den Atem an und warte auf seine Antwort, während mein Herz immer schneller schlägt.

»Können wir das verschieben? Ich bin total erledigt. Lass uns was beim Italiener bestellen.«

»Okay. Ich trockne mich ab und ziehe mir schnell was an.«

Er lacht und es hört sich an, als würde er ihr einen Klaps auf den Po geben. »Von mir aus kannst du so bleiben.«

»Glaub mir, da habe ich etwas Besseres im Kleiderschrank.«

»Na, da bin ich gespannt.«

Schritte nähern sich dem Schlafzimmer. Es ist Scarlett, die blass im Gesicht ist und ihren feuchten Körper mit einem Handtuch abreibt. Ich atme langsam aus, als sie die Tür hinter sich schließt.

»Du musst hier verschwinden«, flüstert sie, während sie hektisch im Schrank herumwühlt.

»Wie denn bitte? Und überhaupt – du hast einen Freund?«

Sie schaut über die Schulter zu mir. »Nein. Einen Ehemann.«

»Das hättest du mir sagen müssen.«

»Ist doch egal.« Mit flinken Bewegungen schlüpft sie in rote Spitzenunterwäsche.

Ich sehe mich nach einer Fluchtmöglichkeit um. Im Kleiderschrank werde ich mich auf keinen Fall verstecken. Und unter dem Bett erst recht nicht.

Scarlett eilt zum Fenster und öffnet es. »Spring raus«, sagt sie so selbstverständlich, als hätte sie auf diesem Weg schon mehrere Liebhaber hinausgeschmuggelt.

Mit zusammengepressten Lippen drücke ich meine Kleidung, die ich weiterhin in den Händen halte, an meine Brust und blicke hinaus. Zum Glück sind wir im Erdgeschoss, nur leider ist die Straße voller Passanten. »Kannst du ihn nicht ablenken, damit ich durch –«

»Warum brauchst du so lange?« Die Stimme ihres Mannes ist nah. Viel zu nah.

Scarletts Augen weiten sich und sie zeigt vielsagend zum geöffneten Fenster.

Ohne weiter darüber nachzudenken, werfe ich meine Schuhe, die Hose und das Shirt hinaus und springe hinterher. Wie zu erwarten war, werde ich von Leuten angegafft, die an mir vorbeigehen. Mit gesenktem Kopf ziehe ich mich an. Natürlich setzt in diesem Moment ein Regenguss ein.

War ja klar!

Mein Herz rast, als ich zu meinem Kumpel Connor jogge, der fünf Minuten entfernt wohnt. Unfassbar, dass mir so etwas passiert. Jetzt verstehe ich, warum

Scarlett auf ein Treffen gedrängt hat, nachdem wir heute Morgen ein Match bei Tinder hatten.

Solche Lügen kann ich nicht ausstehen. Hätte sie gleich die Karten auf den Tisch gelegt, wäre ich niemals mit ihr im Bett gelandet. Gebundene Frauen waren schon immer tabu für mich.

Wobei das nicht geplant war. Nur leider ist es ständig dasselbe: Sie betrachten mich als One-Night-Stand und schmeißen sich mir sofort an den Hals. Und ich schaffe es in diesem Moment nicht, die Frau abzuweisen. Welcher Kerl könnte ihnen in dieser Situation widerstehen?

Seufzend halte ich an einer roten Ampel und schiebe die Hände in die Hosentaschen, während der Regen auf mich prasselt. Mein Shirt klebt wie eine zweite Haut an mir.

Aber momentan habe ich erst einmal andere Sorgen. Bis zur Eröffnung meines Fitnessstudios im März habe ich nur noch etwas mehr als ein halbes Jahr Zeit. Damit ist die Erfüllung meines Traums zum Greifen nahe.

Leider treten fast täglich neue Probleme auf, die gelöst werden müssen. Material wird nicht pünktlich geliefert, falsche Fenster wurden von der Baufirma bestellt und eine Ladung Fliesen ist beim Abladen heruntergefallen.

Die Ampel springt auf Grün und ich erreiche die gegenüberliegende Straßenseite. Kurz danach komme ich vor dem Haus an, in dem ich gestern noch gewohnt habe. Connors Freundin zieht nächste Woche bei ihm ein.

Deswegen ist mir nichts anderes übrig geblieben, als mir eine neue Bleibe zu suchen, bis ich in das Gebäude neben meinem zukünftigen Fitnessstudio ziehe. Zum Glück ist es nur übergangsweise, denn die Miete ist heftig.

Ich klingle, was ungewohnt ist, weil ich nun keinen Schlüssel mehr für die ehemalige WG besitze. Es dauert lange, bis Connor mir öffnet. Wir begrüßen uns mit einem Handschlag und er bittet mich herein.

»Warst du eine Runde schwimmen?«, zieht er mich auf.

»Haha«, murre ich und wische mir die Regentropfen vom Gesicht. »Es schüttet.«

»Ist doch nichts Neues … Bist spät dran.«

»Wurde aufgehalten.«

Er deutet zum Wohnzimmer. »Wir haben schon angefangen.«

Auf der Couch sitzt Rory an der Playstation und zockt *»Call of Duty«*. Bevor ich mich zu ihm geselle, hole ich mir ein Handtuch aus dem Badezimmer und rubble mich ab. Mein Shirt hänge ich zum Trocknen auf. Dann überkreuze ich die Beine, um es mir auf dem Sessel gemütlich zu machen.

»Alles klar bei dir?«, fragt Rory, ohne den Blick vom Bildschirm zu lösen.

»Geht so. Und selbst?« Meine Antwort wird vom Brummen des Mixers in der Küche übertönt. Connor bereitet uns Proteinshakes zu.

»Hundemüde, sonst geht's. Alle Kartons ausgeräumt?«

Ich winke ab. »Damit ich in einem halben Jahr alles erneut einräumen muss?«

»Guter Punkt.«

Connor stellt drei Gläser auf dem Couchtisch ab. »Himbeer-Schoko.«

»Danke.« Ich nehme einen kräftigen Schluck. Nach der *Trainingseinheit* mit Scarlett brauche ich unbedingt Proteine. Nebenbei trage ich den Shake in der Tracking-App ein und prüfe meine heutige Kalorienzufuhr. Auch meine Bewegung wurde zuverlässig von der Smartwatch übertragen. Also alles im Lot.

»Ist irgendwas?« Connor boxt mir in den Oberarm.

»Habt ihr schon mal mit einer verheirateten Frau geschlafen?« Die Frage kommt mir schneller über die Lippen, als ich darüber nachdenken konnte.

Rory kichert wie ein Schulmädchen. »Klar. Mache ich mehrmals in der Woche.«

»Sehr witzig. Ich meinte damit nicht *deine* Frau.«

Connor reißt die Augen auf. »Lass mich raten: Du hattest ein Tinder-Date und wurdest von ihrem Mann erwischt, als ihr euch durch das Ehebett gewälzt habt?«

Ertappt verziehe ich das Gesicht. »Dafür ist er glücklicherweise zehn Minuten zu spät gekommen. Ich musste durch das Schlafzimmerfenster abhauen. In Unterwäsche.«

Die beiden sehen mich fassungslos an und haben Mühe, sich das Lachen zu verkneifen.

»Sie hat mir nicht gesagt, dass sie verheiratet ist.« Irgendwie habe ich das Bedürfnis, mich zu verteidigen.

Doch damit mache ich es nur schlimmer: Rory und Connor brechen in schallendes Gelächter aus.

War ja klar, dass sie sich darüber prächtig amüsieren. Warum habe ich es ihnen überhaupt erzählt? Schließlich bin ich als Einziger Single und sie können meine *Probleme* nicht nachvollziehen. Kopfschüttelnd leere ich den Shake und warte, bis sich die beiden wieder eingekriegt haben.

Kapitel 4

Ashton

Rory wischt sich die Lachtränen aus den Augen. »Oh, Mann! Such dir endlich eine Freundin. Das ist ja nicht mehr auszuhalten.«

»Ach wirklich? Die Frauen zerren mich doch immer ins Bett. Und wenn ich sie frage, ob wir uns wiedersehen, landen wir erneut in der Kiste. Da hat man keine Chance, sie besser kennenzulernen. Geschweige denn, sich zu verlieben.«

Connor wird plötzlich ernst. »Ich weiß auch warum: Du bist immer noch nicht über Florence hinweg.«

»Doch, bin ich.«

»Erzähl keinen Scheiß. Wie lange ist das jetzt her? Fünfzehn Jahre?«

»Vierzehn Jahre, zehn Monate und fünf Tage.«

»Siehst du. Höchste Zeit, sie zu vergessen.«

Seine Worte wirbeln Erinnerungen in mir hoch, die ich in die hinterste Ecke meines Gehirns geschoben habe. Unwillkürlich balle ich die Hände zu Fäusten. Ich werfe ihm einen bösen Blick zu. »Das habe ich längst.«

Rory klopft mir auf die Schulter und sieht mich mitfühlend an. »Was Connor damit sagen wollte: Es sind nicht alle Frauen gleich. Wenn du eine feste Freundin und keine Betthäschen suchst, solltest du deine Routine durchbrechen. Sonst bleibst du ewig in diesem Teufelskreis gefangen.«

»Und wie soll ich das anstellen?«

»Du lernst die Frauen doch hauptsächlich über Tinder kennen, oder?«

Ich nicke. »Ist unkompliziert.«

»Dann schreib dort rein, dass du auf der Suche nach einer Beziehung bist und kein Interesse an einer schnellen Nummer hast.«

Connor räuspert sich. »Genau. Und wenn ihr euch die ersten Male verabredet, sollte das Treffen an einem öffentlichen Ort stattfinden. Am besten im Café oder Restaurant. Unterhaltet euch, lernt euch kennen. Kurz gesagt: Keinen Sex.«

Augenverdrehend schnaufe ich. »Seit wann bist du ein Beziehungsratgeber?«

»Bei mir hat es funktioniert.«

»Und bei mir auch.« Rory hat sofort diesen verliebten Ausdruck im Gesicht. Als würden da Herzchen aus seinen Augen fliegen. So will ich jedenfalls nicht enden.

»Das klappt bei mir niemals.«

»Hm. Wie wäre es mit einer Wette?« Connor reibt sich vergnügt die Hände, weil Wetten zu seinem Spezialgebiet gehören.

»Eine klasse Idee.« Auch Rory ist sofort Feuer und Flamme.

Nur ich nicht. »Kein Bedarf.«

»Ach, komm schon, Ace. Wenn du gewinnst, leihe ich dir für dreizehn Wochen meinen Porsche.«

Connor pfeift anerkennend.

Mein Herzschlag beschleunigt sich und mein Mund klappt auf. Das 911er-Baby in Schwarz ist ein Traum.

Nur leider hat mich Rory nie ans Steuer gelassen, seitdem er ihn vor fünf Jahren von seinem Grandpa geerbt hat. Dabei habe ich ihn schon unzählige Male angebettelt.

»Nicht dein Ernst?«

»Sehe ich so aus, als würde ich scherzen?«

Ich beuge mich vor und betrachte meinen Kumpel genau, aber ich kann keine Anzeichen für einen Witz erkennen. Also gibt es einen Haken. Und zwar einen gewaltigen. »Was muss ich dafür tun?«

Rory reibt sich das Kinn und grübelt einen Moment. Das kann nichts Gutes bedeuten. »Wir suchen dir bei Tinder eine Frau aus, mit der du auf dreizehn Dates gehst, ohne mit ihr zu schlafen. Küssen und fummeln ist aber erlaubt. Wenn du das durchhältst, bekommst du deinen Wettgewinn.«

»Dreizehn?«

Er zuckt die Achseln. »Ist meine Lieblingszahl.«

Connor hebt vielsagend einen Finger. »Es ist eine *Unglückszahl.*«

»Ach was. Wichtig ist, dass es genügend Dates sind, damit Ashton sich in sie verliebt.«

Ich wedle abwehrend mit den Händen. »Wie jetzt? Davon war gerade noch keine Rede.«

»Ob es funkt oder nicht, du bekommst den Gewinn nach den erfolgreichen dreizehn Verabredungen.«

»Und wenn ich scheitere?«

»Dann gibst du uns auf Lebenszeit kostenlosen Zugang zu deinem Fitnessstudio.«

»Okay, damit kann ich leben.«

Rory zieht geräuschvoll die Luft ein. »Mist, ich hätte höher pokern sollen.«

»Das spielt keine Rolle. Du weißt, dass ich auf deinen Porsche scharf bin und gewinnen werde.«

»Wir werden sehen.«

»Dann suchen wir dir jetzt eine Frau aus.« Connor hält mir auffordernd die Hand hin.

Ich ziehe mein Handy aus der Hosentasche, öffne Tinder und ignoriere die neuen Nachrichten. »Eine in meinem Alter, hübsch und –«

»Ja, ja. Wir machen das schon«, unterbricht er mich und zerrt mir das Handy aus der Hand. »Zock du eine Runde. Wir melden uns, sobald wir die passende Kandidatin gefunden haben.«

Kurz beobachte ich die beiden, wie sie mit professioneller Miene durch die angezeigten Frauen wischen, dann schnappe ich mir den Controller der Playstation und …

»Die hier!« Connors Stimme überschlägt sich beinahe. »Sie ist perfekt, oder?«

Seufzend lege ich den Controller zurück auf den Couchtisch. »So schnell fündig geworden?«

»Absolut. Die Bilder von ihr sind super. Nicht aufgesetzt. Und ihr Profiltext spricht mich auch an. Sie hat sich erst neu angemeldet.« Connor übergeht meine Frage und plaudert mit Rory, als wäre ich nicht anwesend.

»Also wenn ich nicht verheiratet wäre, würde ich mich definitiv mit ihr verabreden.«

»Schau mal, sie ist sogar auf Instagram aktiv.« Connor tippt und wischt wild auf dem Display herum. »Ob das ihre Kaninchen sind?«

Rory zeigt auf ein Foto, das ich aufgrund der Entfernung und Spiegelung nicht erkennen kann. »Könnte das zu einem Problem werden?«

»Was könnte ein Problem sein?« Ich nehme ihm mein Handy aus der Hand.

Auf dem Bild lächelt eine Blondine an der Seite eines Mannes in die Kamera. Er hat einen Arm um ihre Schultern gelegt und küsst ihre Wange. Dann folgt ein Post, auf dem drei Kaninchen zu sehen sind, die sich über eine Karotte hermachen. Danach ein Foto mit der Frau und einem Kerl – es ist nicht derselbe. Anschließend ist ein Lavakuchen mit einem Sahnehäubchen zu sehen.

Und so geht es in ihrem Feed weiter. Kaninchen, unterschiedliche Männer und jede Menge ungesundes Essen. Sie ist definitiv nichts für mich. Wir haben keine Gemeinsamkeiten. Wahrscheinlich hat sie noch nie ein Fitnessstudio von innen gesehen.

Moment mal – irgendwie kommt mir ihr Gesicht bekannt vor. Ich wechsle zu Tinder und sehe mir die Bilder von ihr an. Hasenohren und ein unordentlicher Dutt. Das ist meine neue Nachbarin! Die Oberzicke mit dem Delfin-Vibrator und der riesigen Schokoladentüte.

Auch das noch!

»Und? Was sagst du?«, fragt Rory euphorisch.

»Abgelehnt.«

»Warum? Sie macht doch einen netten Eindruck.«

»Sind dir die vielen Kerle an ihrer Seite nicht aufgefallen?« Aber wozu hat sie den Vibrator? Hm. Irgendwie muss ich die beiden davon überzeugen, eine andere Frau auszuwählen.

Connor wiegt den Kopf hin und her. »Dafür gibt es sicher eine Erklärung. Vielleicht sind es Kumpels, Arbeitskollegen oder Ex-Freunde. Bei Tinder steht, dass sie eine Beziehung sucht.«

»Mag sein, trotzdem ist sie … *dick*. Und dann trägt sie offenbar nur Blusen und Röcke. Viel zu spießig für mich.«

»Quatsch! Sie hat tolle Kurven, Ashton. Außerdem steht in ihrem Text, dass sie in der Buchhaltung arbeitet. Dann muss sie bestimmt entsprechend gekleidet sein.«

»Mir kommt es so vor, als würdest du nur nach einem Vorwand suchen.« Rory hat mich durchschaut. Mist!

Ertappt zucke ich zusammen. »Nehmt bitte eine andere. Nur nicht sie.«

Connor verengt die Augen zu Schlitzen und mustert mich aufmerksam. »Du verschweigst uns etwas.«

»Ich? Niemals.«

»Raus mit der Sprache.«

Geräuschvoll ausatmend lehne ich mich auf dem Sessel zurück. Es hat keinen Zweck, sich weiter herauszureden. Früher oder später werden sie meiner Nachbarin begegnen und merken, dass sie die Frau von Tinder ist.

»Ich kenne sie. Wobei kennen übertrieben ist. Sie wohnt neben mir und wir sind heute Nacht aneinandergerasselt.«

Ein ungläubiges Raunen kommt aus Connors Mund. »Ist nicht wahr? Was ist passiert?«

Mit knappen Worten berichte ich ihnen von unserem Aufeinandertreffen, dem Delfinvibrator, der Riesenmenge Schokolade und meinen bissigen Kommentaren. Aber ich verschweige Connor und Rory ihren Blick, den sie nicht von meinen Bauchmuskeln abwenden konnte, die nach meinem Training stark hervorgetreten waren.

Ob es ihr gefallen hat? Ich glaube schon. Welcher Frau gefällt es nicht? Zumindest kenne ich keine.

Connor bläst die Wangen auf und sieht fragend zu Rory. »Das sind keine guten Voraussetzungen, um sie auf ein Date zu bitten, oder? Aber Ace kann ja seinen Charme spielen lassen. Was meinst du?«

Er nickt. »So hat er einen Vorwand, um sie auf einen Kaffee einzuladen. Als Entschuldigung sozusagen.«

Ich wedle mit den Händen. »Hallo? Ich sitze neben euch. Könnt ihr aufhören, über mich zu reden, als wäre ich nicht anwesend?«

Doch sie wiegen weiter die Vor- und Nachteile ab und ignorieren meine Einwände. Nach wenigen Sätzen blicke ich nicht mehr durch und lasse sie das ausdiskutieren.

Erst nachdem beide sich grinsend ein High Five gegeben haben, schenke ich ihnen wieder meine Aufmerksamkeit. Wenn es nicht um einen 911er Porsche für dreizehn Wochen gehen würde, wäre ich aufgestanden und gegangen.

»Wir bleiben bei der Wahl. Dreizehn Dates mit deiner Nachbarin. Ohne Sex natürlich. Wenn du es schaffst, bekommst du deinen Wettgewinn. Falls nicht, kriegen wir dauerhaft eine kostenlose Mitgliedschaft in deinem Fitnessstudio.«

Obwohl ich weiß, dass ich meine Antwort bereuen werde, bleibt mir nichts anderes übrig, als einzuwilligen. Außerdem liebe ich Herausforderungen. Und diese Frau wird garantiert eine werden.

Kapitel 5

Ashton

Eileen ruft meinen Namen, als sie mich hinter dem Tresen entdeckt. Sie schiebt die Unterlippe vor, stützt beide Ellenbogen auf der Holzplatte ab und bettet das Kinn in ihren Handflächen. Seit einem halben Jahr trainiere ich sie bereits. Und verdammt, diese Kundin ist so anspruchsvoll wie keine andere.

Trotzdem stehe ich ihr immer mit Rat und Tat zur Seite, auch wenn mich ihre Anmachversuche manchmal nerven. Sie ist gerade mal sechzehn Jahre alt und vermutlich in mich verknallt. Das macht die Zusammenarbeit hin und wieder schwierig.

Bevor sie mit Krafttraining angefangen hat, war sie spindeldürr und hatte kaum noch Muskeln, weil sie sich wochenlang mit nur 1 200 Kalorien täglich heruntergehungert hat. Eine gefährliche Diät, die sie von irgendwelchen Hollywoodstars kennt. Dabei hat sie ihrem Körper extrem geschadet.

Und das alles nur wegen Mobbing in der Schule. Ich weiß aus eigener Erfahrung, wie sie sich deswegen fühlt. Darum liegt mir so viel daran, ihr zu helfen.

Als die Abnahme nicht mehr geklappt hat, wollte sie zusätzlich Sport machen und ist dadurch bei mir gelandet. Es hat einige Wochen und viel Überredungskunst gebraucht, um sie davon zu überzeugen, 600 Kalorien mehr zu essen. Seitdem baut sie nach und nach ihre verlorene Muskelmasse wieder auf. Aber die Angst, erneut bei ihrem ursprünglichen Körpergewicht zu landen, begleitet sie ständig.

»Heute Morgen hat die Waage 500 Gramm mehr angezeigt. Ich wusste, dass dein Weg nicht funktioniert«, erklärt sie voller Verzweiflung.

»Von einem Tag auf den anderen ein halbes Kilogramm mehr?«

Eileen nickt.

Ich winke ab. »Kein Grund für Panik. Das sind Wassereinlagerungen. Ist ganz normal.« Wahrscheinlich bekommt sie in den nächsten Tagen ihre Periode, aber darüber möchte ich mit ihr nicht reden.

»Also ist es kein Fett?«

»Nein. Und wenn du dich an deinen Ernährungs- und Trainingsplan hältst, kannst du nicht so viel über Nacht zunehmen. Dafür müsstest du etwa 3 500 Kalorien über deinem Limit essen. Und das hast du sicher nicht, oder?«

»Bloß nicht.«

»Gut. Wollen wir uns zusammen deine letzte Woche ansehen?«

»Okay.« Sie legt ihr Handy vor mir ab und öffnet die App, in der sie ihre Mahlzeiten und die Bewegung trackt.

Ich scrolle durch die Einträge. »130 Gramm Proteine am Tag sind super. Aber du hast nur 30 Gramm Fett zu dir genommen. Das ist zu wenig. Besser das doppelte.«

Sie seufzt tief. »Wenn ich so viel Fett esse, werde *ich* fett.«

»Eileen …« Ich warte, bis sie mich ansieht und ich ihre volle Aufmerksamkeit habe. »Für Frauen ist es wichtig, genügend Fett zu sich zu nehmen. Sonst kommt unter anderem dein Hormonhaushalt durcheinander. Außerdem stimmt das nicht. Fett setzt dein Körper nur an, wenn du mehr isst, als dein Körper verbraucht.«

»Wenn du das sagst, klingt das immer so logisch, obwohl es sich falsch anfühlt.«

»Vertrau mir.«

Als ich vor vierzehn Jahren mit dem Krafttraining angefangen habe, hatte ich keine Ahnung, was ich tue, und kaum Erfolge. Ich wäre froh gewesen, von jemandem Tipps zu bekommen.

Erst durch meine Ausbildung zum Fitnesstrainer habe ich begonnen, mich intensiver mit dem Thema zu beschäftigen, und auch jetzt verfolge ich neue Studien, um meine Kunden beraten zu können. Sobald ich mein eigenes Studio habe, kann ich noch mehr Sportbegeisterte betreuen.

»Okay.« Sie stößt sich vom Tresen ab und hebt einen Finger. »Falls du falschliegst, beschwere ich mich bei deinem Boss.«

Ich nicke selbstsicher. »Das wird nicht nötig sein.«

Ein Lächeln huscht über ihre Lippen. »Danke, Ashton.« Sie schlendert zum Crosstrainer und beginnt mit dem Aufwärmen. Mittlerweile hat ihr Körper wieder ein paar weibliche Rundungen. Also ist sie auf einem guten Weg.

In ihrer Karteikarte mache ich Notizen, damit die anderen Trainer auch über Eileens Fortschritte informiert sind, falls es Probleme gibt, während ich nicht im Studio bin.

»Die Kleine hat dich ganz schön angehimmelt«, dringt Connors Stimme zu mir vor. Er ist gerade mit dem Training fertig und will sich seinen üblichen Proteinshake abholen.

Augenverdrehend schaue ich auf. »Sie ist noch ein halbes Kind.«

»Trotzdem ein Groupie.«

»Da reiht sie sich in eine sehr lange Schlange ein«, erwidere ich seufzend und fülle Milch und Eiweißpulver mit Haselnussgeschmack in den Shaker.

»Wie läuft es mit der Wette?«, fragt er mit einem breiten Grinsen.

»Ernsthaft? Das fragst du mich nach gerade mal einem Tag?«

Connor zuckt mit den Schultern. »Sonst lässt du doch auch nichts anbrennen.«

Ich werfe ihm einen genervten Blick zu und schüttle den Shaker kräftig, bevor ich den Inhalt in einen Becher fülle und Connor reiche.

»Wann hast du Feierabend?«, fragt er und nimmt einen langen Schluck.

Ich sehe auf die Uhr. »Mist. Seit einer halben Stunde. Ich muss noch zur Baustelle.«

»Brauchst du Hilfe?«

»Da sag ich nicht Nein.«

Dreißig Minuten später halte ich mit meinem Wagen auf meinem kürzlich gekauften Grundstück. Es ist wie sonst auch um diese Zeit kein Arbeiter mehr vor Ort. Connor ist mir mit seinem Auto gefolgt und steigt ebenfalls aus. Gemeinsam schlendern wir durch die Lagerhalle und prüfen den Fortschritt. Zum Glück kann ich keine Probleme feststellen.

Anschließend kümmern wir uns in meinem zukünftigen Haus um die alten Fliesen im Badezimmer und lösen sie von den Wänden. Weil mir das Geld fehlt, muss ich viele Arbeiten selbst erledigen, aber mit Connors Hilfe geht es schneller. Nachdem wir fertig sind und den Schutt im Container entsorgt haben, verabschieden wir uns voneinander. Shadow wartet sicher schon auf seinen Spaziergang.

Kapitel 6

Lauren

Mit der Hüfte gebe ich der Aktenschranktür einen Stoß, damit sie zuschwingt. Ich balanciere die fünf Ordner in meinen Armen zum Schreibtisch und stelle sie ab. Der oberste rutscht vom Stapel herunter und landet mit einem Knall auf dem Boden. »Mist!«, entfährt es mir.

Mister Sheppard schaut aus seinem Büro, das an meines angrenzt. Es ist, als hätte er bereits auf einen Fehltritt meinerseits gewartet, um mich anzuschnauzen. »Können Sie nicht aufpassen, Misses Dale? Bei diesem Lärm kann ich unmöglich arbeiten!«

»Entschuldigung.« Ich hebe den Aktenordner auf und werfe meinem Boss einen genervten Blick zu, damit er wieder in sein Zimmer verschwindet. Doch leider funktioniert das heute nicht.

»Haben Sie die Unterlagen endlich fertig, um die ich Sie am Freitag gebeten habe?«

Ich zucke kaum merklich zusammen. Warum muss er immer so herablassend und unhöflich zu mir sein? »Sie meinten doch, dass Sie die erst Morgen Nachmittag brauchen.«

»Sie müssen lernen, Prioritäten zu setzen!« Nach diesen Worten knallt er die Durchgangstür zu.

»Blödmann«, flüstere ich, lasse mich auf den Bürostuhl fallen und wackle an der Maus, damit sich der Bildschirmschoner ausschaltet. Mein Blick bleibt an der Uhr hängen. Eigentlich habe ich Feierabend.

Ach, was soll's. Die Rundungsdifferenz kann ich morgen suchen. Mit müden Augen klappt es erfahrungsgemäß eh nicht. Außerdem setzt mir Mister Sheppards Standpauke zu. Aber das ist nichts Neues. Mittlerweile geraten wir täglich aneinander.

Nachdem ich den Computer heruntergefahren und meine Teetasse abgespült habe, verlasse ich das Büro und springe in den nächsten Bus. Während der zwanzigminütigen Fahrt lese ich wie immer auf meinem Reader einen Roman, um mir die Zeit zu vertreiben und die Gedanken an die eintönige Arbeit hinter mir zu lassen.

Nach wenigen Worten tauche ich in die dramatische Liebesgeschichte ein. Mein Herz vibriert, während sich die beiden endlich das erste Mal küssen. Hach, wie schön. Und dann folgt eine heiße Sexszene, bei der mir ein sehnsüchtiger Seufzer entweicht.

Als ich an meiner Haltestelle aussteige, eile ich nach Hause. In der Handtasche piepst mein Handy, doch ich ignoriere die eingegangenen Nachrichten von Tinder. Ich habe schon so viele Anfragen, dass ich durcheinandergekommen bin.

Aber ich muss zugeben, dass Eleanor recht hat. Es war eine gute Idee, mich dort anzumelden. Besonders *CharmingPrince92* gefällt mir. Vielleicht habe ich tatsächlich Glück und lerne darüber meinen Traummann kennen. Die Hoffnung stirbt bekanntlich zuletzt.

Mit einem Lächeln auf den Lippen schließe ich die Haustür auf und nehme die Treppe. Nach wenigen

Stufen höre ich einen Hund hecheln und das Tapsen seiner Krallen auf den Steinfliesen. Ich halte den Atem an, weil ich bereits Schlimmes befürchte.

Und tatsächlich – Mister Fitnessgott kommt mir mit seinem Labrador entgegen. Rasch senke ich den Kopf, weil mir unser Aufeinandertreffen immer noch peinlich ist. Einfach so tun, als wäre er nicht da. Das ist die beste Lösung.

Doch als ich am Ende der Treppe nicht nur Pfoten, sondern weiße Sneakers sehe, die mir den Weg versperren, kann ich nicht anders; ich blicke auf. Heute trägt der Nachbar eine Jogginghose und einen Kapuzenpullover. Die Muskeln kann man darunter nur erahnen. Und verdammt, er sieht echt heiß aus!

Sein Mundwinkel zuckt, als sich unsere Blicke flüchtig treffen. »Hey.«

»Hey.« Selbst ich höre meine Antwort kaum. Ich will mich an dem Mann vorbeischieben, doch er rührt sich nicht vom Fleck und räuspert sich.

»Hör mal, wegen gestern.«

Wie angewurzelt bleibe ich stehen und stemme eine Hand in die Hüfte. »Hoffentlich sind deine Kartons endlich verschwunden.«

Er legt die Stirn in Falten. »Falls es dir nicht aufgefallen ist, das waren sie heute Morgen schon, als du das Haus verlassen hast.«

Stimmt. Aber woher weiß er, wann ich gegangen bin? Ich ziehe scharf die Luft durch die Zähne ein. »Spionierst du mir etwa nach?« Der Typ wird mir unheimlich.

Sein Blick verdüstert sich. »Was? Warum sollte ich?«

»Keine Ahnung. Sag du es mir.«

Wir funkeln uns an, doch dann spüre ich eine feuchte Schnauze an meinen Fingern und breche unser Blickduell ab. Der Hund sitzt vor mir und betrachtet mich mit treuen Augen.

Wie von selbst streiche ich ihm über den Kopf, was er mit einem freudigen Schwanzwedeln beantwortet. In dem schwarzen Fell schimmern silberne Stellen.

»Na, du bist aber ein Lieber.« Ganz anders als dein Herrchen, liegt mir auf der Zunge, doch ich spare mir den Spruch.

»Das ist Shadow.«

»Ein passender Name.« Flüchtig sehe ich auf, während ich weitere Streicheleinheiten verteile, die er sichtlich genießt. Warum hat ein Idiot so einen verschmusten Hund?

Der Nachbar räuspert sich erneut. »Also was ich vorhin sagen wollte … Es tut mir leid.«

»Ach ja?« Verständnislos hebe ich eine Augenbraue und betrachte ihn. »Und was davon? Dass ich wegen dir hingefallen bin oder du mich angemault hast?«

»Beides.« Er reibt sich das Kinn und wirkt beinahe verlegen.

Jetzt, wo er mir so nahe ist, sehe ich erst die Aknenarben auf seinen Wangen. Es sind nicht viele und durch den Dreitagebart kaum sichtbar. Außerdem steigt mir sein Duft in die Nase. Eine Mischung aus Meeresbrise und … Hm? Bergamotte?

»Gut. Entschuldigung angenommen.«

»Einfach so?«

»Warum denn nicht? Denkst du, ich bin nachtragend?«

Der Nachbar zuckt die Achseln. »Keine Ahnung, ich kenne dich schließlich nicht. Aber vielleicht können wir das ändern? Ich drehe jetzt eine Runde mit Shadow. Begleitest du mich? Wir können einen Kaffee trinken.«

Ich blinzle mehrmals, bis seine Worte in meinem Kopf verarbeitet wurden. Das ist doch kein Date, oder? Nein, wir sind Nachbarn, die sich auf dem falschen Fuß erwischt haben, und nur etwas plaudern. Unsicher nage ich auf meiner Unterlippe, während er auf eine Antwort wartet.

In meiner Handtasche meldet sich mein Handy erneut und erinnert mich daran, dass ich noch einige Nachrichten beantworten muss. Außerdem bin ich erledigt und will mich viel lieber auf der Couch entspannen. Dabei möchte ich einen herzzerreißenden Film ansehen, für den ich meinen Taschentuchvorrat aufbrauche, und ein Eis verputzen.

Perfekter Plan!

»Vielleicht ein anderes Mal.« Ich lächle ihn entschuldigend an und dränge mich an ihm vorbei. Dabei entgeht mir sein fassungsloser Gesichtsausdruck allerdings nicht. Wahrscheinlich ist er es nicht gewöhnt, von einer Frau einen Korb zu bekommen. Gut so.

»Man sieht sich sicher.« Grinsend werfe ich ihm die Worte hinterher und eile die Treppe hoch ins Dachgeschoss.

Nachdem ich die Wohnungstür hinter mir verriegelt habe, werde ich von meinen drei Liebsten empfangen. Jeder bekommt ein Leckerli und eine ausgiebige Streicheleinheit. Sie schnuppern intensiv an meiner Hand. Wahrscheinlich riechen sie Shadows Geruch an mir.

Anschließend hoppeln sie mir hinterher ins Schlafzimmer und beobachten mich, wie ich Bluse und Rock gegen etwas Bequemeres tausche. Ich füttere Mario,

Luigi und Peach mit Möhren, Salat und Gurke. Weil mein Magen seit einer Stunde knurrt, werfe ich einen Blick in den Kühlschrank.

Nur leider finde ich nichts, worauf ich Appetit habe, obwohl er gut gefüllt ist. Mir ist eher nach etwas Süßem. Hm? Cookies! O ja! Ich backe mir ein paar.

Zwanzig Minuten später liegen die Teigkugeln auf dem Backblech im Ofen und zerfließen zu einem flachen Kreis. Ich kratze mit einem Löffel die Teigreste aus der Schüssel und schlemme sie genüsslich. Mom hat immer mit mir geschimpft, wenn ich als Kind rohen Teig genascht habe. Aber Bauchschmerzen habe ich noch kein einziges Mal bekommen und außerdem ist das viel zu lecker, um es wegzuwerfen.

Während die Cookies ein köstliches Aroma in der Küche verbreiten, räume ich etwas auf. Als ich den Geschirrspüler schließe, höre ich Schritte im Hausflur. Ob der Nachbar zurück ist? Auf Zehenspitzen schleiche ich zur Wohnungstür und linse durch den Spion.

Ja, er ist es. Bevor er in seiner Wohnung verschwindet, wirft er einen Blick zu meiner Tür. Vor Schreck weiche ich zurück. Ob er mich bemerkt hat?

Ich schüttle den Kopf. Was ist mit mir los? Leute heimlich beobachten? Das bin nicht ich.

Der Timer klingelt und reißt mich aus den Gedanken. Ich nehme das Backblech aus dem Ofen und verteile die Cookies zum Abkühlen auf dem Rost. Dabei zerbricht einer, der sofort in meinen Mund wandert. Allerdings ist er heiß und ich puste und kaue gleichzeitig, damit ich mich nicht verbrenne.

Der weiche Keksteig mit den weißen Schokoladenstückchen schmilzt förmlich auf meiner Zunge und hinterlässt einen leichten Vanillegeschmack. Ich stöhne genüsslich und verdrehe die Augen. Das habe ich nach einem anstrengenden Arbeitstag und der Standpauke von Mister Sheppard gebraucht.

Mit zwei weiteren Cookies und einer Kugel Schokoladeneis mache ich es mir auf der Couch gemütlich und starte einen Film bei Netflix. Peach legt sich neben mich, nachdem ich aufgegessen habe, und lässt sich kraulen.

Nebenbei beantworte ich die Nachrichten auf Tinder. Einige Männer haben mich sogar auf Instagram angeschrieben. Aber irgendwie springt bei keinem der Funke über. Ihre Texte sind meist einfallslos und nichtssagend. Nur *CharmingPrince92* sticht weiterhin aus der Masse heraus.

Allerdings kann man ihn auf seinen Fotos nicht gut erkennen. Meist sind sie verschwommen oder er steht zu weit weg. Auf einem Bild sitzt er an einer Klippe am Meer, bei einem anderen lehnt er an einem Weißdornbaum.

Wenige Minuten nachdem ich ihm geantwortet habe, schreibt er zurück. Er arbeitet in einer Bank und berichtet mir ausführlich von seinem Tag. Irgendwie fühlt es sich vertraut an, mit ihm zu texten, obwohl wir uns nicht kennen. Meine Finger fliegen über das Display und schon sende ich die nächste Nachricht ab.

In diesem Moment klingelt mein Handy. Eleanor. Lächelnd nehme ich das Gespräch an.

»Hey, Süße. Was gibt's?«

»Wir gehen aus. Ich bin in fünf Minuten bei dir«, sagt sie und wirkt dabei gehetzt.

»Wieso? Was hast du vor?«

»Erkläre ich dir dann. Zieh dir was Schickes an. Bis gleich.« Und schon ist die Verbindung beendet.

Seufzend betrachte ich mein Handy. Eigentlich habe ich mich auf einen gemütlichen Abend eingestellt, aber das wird wohl nichts. Schwerfällig erhebe ich mich von der Couch und ziehe mich um. Und dann klingelt Eleanor bereits und ich lasse sie herein.

Sie grinst mich diebisch an, als sie mich zur Begrüßung umarmt. »Ich habe zwei Eintrittskarten für Dark Speeddating.«

»*Dark?* Was soll das sein?«, frage ich und schließe die Wohnungstür hinter ihr, weil ich nicht möchte, dass mein Nachbar unsere Unterhaltung hört.

»Du trägst eine Augenbinde und siehst dein Gegenüber nicht.« Eleanor sprüht vor Begeisterung.

»Ich weiß nicht …«

»Ach, komm schon, Laurie. Was hast du zu verlieren? Wenn die Dates mies laufen, spielt das keine Rolle. Die Kerle haben dich schließlich nie gesehen. Vertrau mir.«

»Du wirst keine Ruhe geben, bis ich zusage, oder?«

»Wenn ich mir etwas in den Kopf gesetzt habe … Außerdem muss ich dann nicht allein hingehen. Bitte.« Sie macht einen Schmollmund und klimpert übertrieben mit den Wimpern.

»Okay.« Widerwillig gebe ich mich geschlagen. Was tut man nicht alles für seine beste Freundin? Und wenn ich Glück habe, wird es nicht so schlimm.

Kapitel 7

Lauren

Eleanor verstärkt ihren Griff um meinen Arm, als ich meine Schritte verlangsame. »Nun komm, Laurie. Wir dürfen nicht zu spät da sein.«

»Ich habe ein komisches Gefühl bei der Sache.«

»Du kleiner Angsthase. Was soll passieren? Es sind doch nur neun Dates.«

»Aber es wird dunkel sein. Was, wenn ich mein Glas umstoße oder irgendwo stolpere?« Selbst in meinen Ohren klingt mein Protest schwach.

»Du bleibst an deinem Platz, nur die Männer wechseln die Tische.«

»Und was soll ich in den fünf Minuten erzählen?«

»Lass es einfach auf dich zukommen und nutze deine Sinne.«

»Na prima«, murre ich, woraufhin Eleanor lacht.

Wir erreichen das Restaurant, erhalten von einer Mitarbeiterin unseren Platz und eine ausführliche Einweisung. Eleanor sitzt am Tisch rechts neben mir und auch die anderen sind bereits belegt.

»Setzen Sie bitte die Augenbinden auf«, verkündet eine Angestellte und nach und nach greifen alle Frauen zu dem schwarzen Teil vor ihnen, das eher an eine Schlafmaske erinnert.

Es fühlt sich merkwürdig an, fast blind zu sein. Nur an den Rändern schimmert etwas Licht hindurch. Ich taste nach meinem Wasserglas auf der rechten Seite des Tisches, weil sich meine Kehle trocken anfühlt.

Nachdem ich einen Schluck getrunken und es sogar ohne Missgeschick abgestellt habe, atme ich erleichtert durch. Zum Glück sind die Gläser breit und kurz und damit schwer umzukippen.

Ich bin bereit.

Als wäre mein Gedanke ein Startschuss, weht mir ein kühles Lüftchen über meine nackten Arme. Obwohl mich die Männer nicht sehen können, hat Eleanor darauf bestanden, dass ich mich nochmals umziehe. Also habe ich das türkisfarbene Kleid angezogen, das ich mit meinen Freundinnen bei einer Shoppingtour vor zwei Jahren gekauft habe.

Schritte sind zu hören, wie auch Stimmen. Der Stuhl vor mir wird verschoben und kurz danach wackelt der Tisch.

»Lauren? Darf ich Ihnen den ersten Kandidaten vorstellen? Das ist Cillian. Sobald die Glocke erklingt, läuft die Zeit. Viel Spaß.«

Ich nicke und mein Gegenüber räuspert sich. Er riecht nach Salzwasser und Fisch. Sein schwerer Atem ist deutlich zu hören. Ich vermute, dass er groß ist und hart arbeitet. Vielleicht ist er …

Die Glocke unterbricht meine Gedanken.

»Hey, Lauren. Wie du schon weißt, bin ich Cillian.«

»Freut mich, Cillian.«

Es vergehen einige Sekunden, bis er sich räuspert. »Um ehrlich zu sein, bin ich das erste Mal bei einem Speeddating, weil mich mein bester Freund dazu überredet hat.« Stoff raschelt. Ob er die Achseln gezuckt hat? »Jedenfalls habe ich keine Ahnung, worüber man sich unterhält.«

Ein Lächeln legt sich auf meine Lippen. »Ich weiß, wie du dich fühlst. Meine Freundin hat mich auch hergeschleppt.«

»So ein Zufall. Nimmt sie auch teil?«

»Ja.«

»Was machst du beruflich?«

»Ich bin Buchhalterin. Und du?«

»Fischer.« Er sagt das vorsichtig, als wäre es ihm unangenehm. »Mir gehört ein Kutter.«

Nun weiß ich, woher der Geruch stammt.

»Wegen meiner Arbeitszeiten ist es schwierig, Frauen kennenzulernen«, wirft er hinterher, weil ich nicht reagiere.

»Kann ich mir vorstellen. Wie lange bist du Single?«

Er lässt sich für seine Antwort Zeit. »Also um ehrlich zu sein, hatte ich bisher nur eine Beziehung. Das ist jetzt sechs Jahre her. Und du?«

»Zwei Jahre.«

Er gibt einen brummenden Laut von sich und nun breitet sich peinliches Schweigen zwischen uns aus. Angestrengt grüble ich, wie ich unser Gespräch fortsetzen kann, doch mir fällt nichts ein. Deswegen warte ich, bis die Glocke erklingt. Wie lang ein paar Minuten werden können …

Dann endlich – die Erlösung. Cillian wird von einer Angestellten zum nächsten Platz geführt und mir der zweite Mann vorgestellt. Ein Schwall Zigarettenrauch gemischt mit einer heftigen Guinnessfahne weht mir entgegen.

Ich rümpfe unwillkürlich die Nase. »Hey, Rian«, begrüße ich mein Gegenüber höflich.

»Na, was geht, Püppchen?«

Ich unterdrücke ein Seufzen und verfluche mich im Stillen, Eleanor begleitet zu haben. »Sag du es mir.« Mein Ton ist schnippisch, was ungewöhnlich für mich ist.

Er lacht mit einem tiefen Grollen. Wahrscheinlich ist er ein Dauerraucher. »Du gefällst mir. Wie siehst du aus?«

»Ich dachte, der Zweck eines Dates im Dunkeln ist, dass man seine Verabredung nicht nach der Optik bewertet.«

Er schnalzt mit der Zunge. »Scharfer Verstand, aber sicher keinen scharfen Körper.« Meine Nackenhaare stellen sich bei seiner Reibeisenstimme auf.

»Tja, wie du meinst.« Obwohl ich weiß, dass er mich nicht sieht, verschränke ich die Arme vor der Brust. Der Typ sucht eindeutig jemanden fürs Bett und ist bei mir falsch.

Nach dem Läuten der Glocke folgt der Wechsel. Aengus klingt sehr jung und schwärmt von Computerspielen. Davon habe ich keine Ahnung und höre nur zu.

»Sag mal, wie alt bist du eigentlich?« Kurz vor Ende der Zeit muss ich die Frage endlich stellen.

»Nächste Woche werde ich zwanzig.«

Und tschüss.

Date Nummer vier ist ein Investmenttyp, der mir nach zwei Minuten irgendwelche Finanztipps gibt. Er hält sich nicht nur für unwiderstehlich, er denkt auch, dass nur er Ahnung von Zahlen hat. Wenn er wüsste. Ich schweige und lasse ihn über sich schwärmen.

Fergal sitzt als Nächstes am Tisch. Seine Stimme hört sich zittrig an und hin und wieder stottert er sogar. Trotzdem kann ich mich mit ihm am besten unterhalten. Nur erfahre ich innerhalb kürzester Zeit von seinen drei Scheidungen und fünf Kindern. Ich möchte mich definitiv nicht in diese Schlange einreihen und wünsche ihm bei seiner Suche viel Erfolg.

Die Dates sechs bis acht sind ebenfalls ein totaler Reinfall. Zum Glück habe ich es gleich geschafft. Als Letztes wird mir Senan vorgestellt.

Er duftet angenehm nach Zedernholz und Leder. Senan redet selbstsicher, als er mir von seiner Arbeit als Softwareentwickler erzählt. Nachdem wir unsere Berufe abgeklärt haben, fragt er mich nach meinen Zielen im Leben. Schnell merken wir, dass wir unterschiedliche Ansichten haben. Während Senan Karriere machen will, sehne ich mich nach einer Familie.

Da ich schon eine Beziehung hatte, bei der es ähnlich war und wir uns nach wenigen Wochen getrennt haben, weil er ein Workaholic war, sehe ich für Senan und mich keine Chance, obwohl wir uns gut verstehen. Schließlich möchte ich diese Enttäuschung nicht wiederholen.

Und dann ist das Speeddating endlich beendet. Die Männer werden herausgeführt und die Frauen dürfen danach die Masken abnehmen. Ich blinzle mehrmals, um mich an das schummrige Licht im Raum zu gewöhnen. Dabei fällt mein Blick auf Eleanor. Sie hebt den Daumen. Also ist es zumindest bei ihr gut gelaufen.

Auf einem Zettel soll ich ankreuzen, welchen Mann ich gern wiedersehen würden. Nach einigem Überlegen markiere ich niemanden und geselle mich zu Eleanor.

Sie ist von den Männern enttäuscht, bis auf Senan. Kein Wunder, er ist nett und hat auch bei mir Eindruck hinterlassen. Vielleicht meldet er sich bei Eleanor. Ich wünsche es ihr jedenfalls, denn ich kann mir vorstellen, dass die beiden gut zueinander passen, weil meine Freundin auch ein richtiges Arbeitstier ist.

Wir machen uns auf den Heimweg und lassen uns dabei über unsere Dates aus. Da Eleanor dieselben Männer hatte, sind unsere Erfahrungen ähnlich. Schnell sind wir uns einig, dass wir keine Wiederholung davon brauchen, trotzdem lachen wir darüber.

Kapitel 8

Ashton

Stöhnend schlage ich die Mappe mit den Unterlagen zu und massiere meine Schläfen. Dieser Papierkram ist die Hölle. Kein Wunder, dass mein Kopf jetzt pocht. Aber mir bleibt nichts anderes übrig, schließlich geht es um mein Fitnessstudio. Da kümmere ich mich lieber selbst um die Behördenangelegenheiten, als es jemand Fremdem anzuvertrauen. Abgesehen davon kann ich es mir nicht leisten.

Auch wenn das Fliesenabschlagen auf der Baustelle anstrengend war, fehlt mir mein hartes Fitnesstraining. Ich starte die Work-out-Playlist am Handy und verbinde es per Bluetooth mit dem Lautsprechersystem.

Und schon bringen mich die Beats in Stimmung. Bevor ich anfange, ziehe ich meinen Hoodie aus und werfe ihn auf die Couch. Shadow verzieht sich ins Schlafzimmer, weil er laute Musik nicht mag. Um mich aufzuwärmen, schnappe ich mir das Springseil. Ich habe noch keine fünf Minuten hinter mir, da klingelt es an der Tür.

Einmal.

Zweimal.

Dreimal.

Was zur Hölle?

Ich drehe die Lautstärke der Musik herunter und öffne die Wohnungstür. Meine Nachbarin steht vor mir; die Hände in die Hüften gestemmt, die Augen zu Schlitzen verengt. Sie trägt einen rosafarbenen Pyjama mit bunten Cupcakes.

Niedlich.

Als wir uns vorhin auf der Treppe begegnet sind, war sie zuletzt freundlich, auch wenn mich ihre Abweisung überrascht hat. Jetzt hingegen wirkt sie aufgebracht. »Sag mal, geht's noch?«, blafft sie – Lauren, wie ich durch Tinder erfahren habe – mich unvermittelt an.

Ich wische mir den Schweiß von der Stirn und lehne mich gegen den Türrahmen. Meine Atmung hat sich immer noch nicht beruhigt. »Was meinst du?«

Sie lacht hysterisch. »Willst du mich auf den Arm nehmen? Ich möchte schlafen, aber die Gläser in meinem Schrank klirren, weil der Boden bebt! Was auch immer du hier treibst, hör *sofort* damit auf!«

»Oh!«

»Mehr hast du dazu nicht zu sagen?« Ihr Blick fliegt über meine nackte Brust und eine dezente Röte zeichnet sich auf ihren Wangen ab.

»Ich trainiere gerade.« Sobald die Worte aus meinem Mund sind, könnte ich mich für diese geistreiche Antwort ohrfeigen. Wenn ich meine Nachbarin noch weiter verärgere, habe ich keine Chance, die Wette zu gewinnen. »Mir war nicht bewusst, dass ich dich damit störe. Tut mir leid.« Ich setze ein strahlendes Lächeln auf, das schon so manche Frau weich gemacht hat.

Nur bei ihr verfehlt es offenbar die Wirkung.

Sie reckt das Kinn nach vorn. »Ich werde mich beim Vermieter über dich beschweren.« Und damit wendet sie mir den Rücken zu und eilt zu ihrer Wohnung.

»Warte mal.« Mit drei großen Schritten folge ich ihr und lege eine Hand auf ihre Schulter, die sich weich und nicht so straff wie bei meinen bisherigen Tinder-Dates anfühlt.

Lauren fährt ruckartig herum. Jetzt, wo ich ihr so nahe bin, kann ich die goldenen Sprenkel in ihren schokoladenbraunen Augen sehen. Der Geruch von Plätzchen mit einem Hauch Vanille umgibt sie. Langsam lasse ich die Hand sinken.

»Was ist?«, faucht sie wie eine Wildkatze und tritt einen Schritt zurück.

»Ich verspreche dir, nur noch leise zu trainieren. Aber bitte verpfeif mich nicht. Es war schwierig genug, eine bezahlbare Wohnung zu finden.«

Sie verzieht einen Mundwinkel. »Okay, ich bin ja kein Unmensch. Aber halte dich an die Hausordnung und nimm Rücksicht. Unter dir wohnt eine Frau mit einem Baby.«

Bedeutsam lege ich eine Hand auf meine Brust. »Ich schwöre. Und um das wiedergutzumachen, würde ich mich wirklich gern revanchieren. Wie wäre es morgen mit einem Kaffee? Oder wenn du etwas anderes lieber magst … Kuchen? Eis?«

Ihre Körperhaltung wirkt nun entspannter. »Na gut. Wenn du mir ein Eis spendierst, bin ich dabei.«

Anscheinend ist sie eine kleine Naschkatze, was auch ihre Kurven und die Posts mit dem Süßkram erklärt. Eigentlich esse ich – wenn überhaupt – ausschließlich Proteineis statt diese Kalorienbomben. Was soll's, eins wird mich nicht umbringen …

»Abgemacht. Morgen Nachmittag?«

Sie nickt und ein sanftes Lächeln huscht über ihre Lippen. »Aber nur, wenn du deine Musik ausmachst.«

»Natürlich«, sage ich mit einem resignierten Seufzer und reiche ihr die Hand. »Ich bin übrigens Ashton. Und du?« Eigentlich weiß ich ihren Namen längst, doch ich muss mich unwissend geben.

»Lauren.«

Ihr Händedruck ist fester, als ich erwartet habe. Oder ist sie noch wütend auf mich? Zeit, das zu ändern. Was meinten Connor und Rory – ich soll meinen Charme spielen lassen.

Also auf geht's!

Nur was sage ich am besten? Es ist komisch, über einen Menschen einiges zu wissen und so tun zu müssen, als kenne man sich nicht. Aber was mich noch mehr irritiert: Sonst habe ich *immer* einen lässigen Spruch auf Lager, jetzt scheint mein Kopf wie leer gefegt zu sein. Wie damals, als ich die Matheklausur verhauen habe, nachdem Florence vor meinen Augen mit meinem ehemals besten Kumpel herumgeknutscht hat.

Lauren sieht mich erwartungsvoll an und streicht sich eine Strähne hinters Ohr.

Los jetzt, Ace! Lass dir was einfallen, sonst hält sie dich für einen Trottel.

»Wohnst du schon länger hier?« Small Talk hilft in der Not immer. Unauffällig gleitet mein Blick über ihren Körper. Wenn Lauren regelmäßig trainieren würde, könnte sie einiges aus sich machen. Sie hat eine Stupsnase, ihre Lippen sind einen Tick zu groß, dafür ihre Augen minimal zu klein. Trotzdem hat sie ein hübsches Gesicht.

»Erst drei Jahre.«

»Ich bin nur übergangsweise eingezogen. Ende Februar bist du mich wieder los.«

Sie stößt geräuschvoll Luft aus. Das hört sich schon beinahe wie Erleichterung an. »Kommst wohl nicht aus Dublin?«

»Doch, ich lebe seit zehn Jahren hier. Bei mir stehen nur aktuell berufliche Veränderungen an.«

»Aha.« Lauren wirkt desinteressiert und zeigt mit dem Daumen hinter sich zu ihrer Wohnung, dabei heftet sich ihr Blick erneut an meinen Bauchmuskeln fest. »Ich geh dann mal schlafen. Bis morgen.«

»Alles klar.«

Nach zwei Schritten rückwärts dreht sie sich um und verschwindet hinter der Tür. Ich schiebe die Hände in die Hosentaschen und lege den Kopf in den Nacken. Irgendwie habe ich das Gefühl, dass das Gewinnen der Wette alles andere als ein Kinderspiel wird.

Lauren ist völlig anders als die Frauen, die ich kenne. Ich verstehe nicht, warum Connor und Rory ausgerechnet sie gewählt haben. Schließlich wimmelt es bei Tinder nur so von geeigneteren Kandidatinnen. Aber vielleicht hat es etwas Gutes, dass wir nebeneinanderwohnen. So finden wir leichter einen Draht zueinander – oder Zündstoff. Wie man es nimmt.

Ich atme ein paarmal tief durch, dann gehe ich wieder in meine Wohnung. Shadow steht vor der Couch und gähnt herzhaft, bevor er alle viere von sich streckt und weiterschläft. So eine Schlafmütze. Ich kraule ihn hinter den Ohren, was er mit einem Schmatzen quittiert, und schalte die Musik aus. Weil ich hier nicht trainieren kann, ziehe ich mir den Hoodie über und jogge eine Runde durch den Park.

Ausgepowert und frisch geduscht falle ich eine Stunde später aufs Bett. Auf meinem Handy prüfe ich die eingegangenen Nachrichten bei Tinder. Mir werden drei neue Matches angezeigt, die ich aber vorerst ignoriere.

Erst wenn die dreizehn Dates mit Lauren erledigt sind, werde ich mich bei den Frauen melden und ein Treffen ausmachen. Bei den anderen Anfragen vertröste ich die Frauen und erkläre, dass ich momentan beruflich zu sehr eingebunden bin.

Ich bin gespannt, wie die Verabredung morgen läuft. Ob wir uns wieder angiften werden oder schaffen wir es, uns normal zu unterhalten? Besser wäre es, sonst kann ich meinen Wettgewinn vergessen.

Kapitel 9

Lauren

Möglichst leise tapse ich die Treppe hoch und achte darauf, dass meine Absätze auf den Steinfliesen keine Geräusche machen. Ich habe heute extra früher Feierabend gemacht, in der Hoffnung, nicht wie gestern auf Ashton zu stoßen – und weil Mister Sheppard schlechte Laune hatte. Mal wieder.

Keine Ahnung was mich geritten hat, Ashtons Einladung anzunehmen. War es sein flehender Blick oder die Tatsache, dass sein Grübchenlächeln unwiderstehlich ist? Dabei war ich wütend, als ich bei ihm geklingelt habe. Was berechtigt ist, wenn man wegen des Lärms nicht schlafen kann.

Und dann steht er erneut halb nackt vor mir und bringt mich damit vollkommen aus dem Konzept. Ich wollte ihn nicht angaffen, aber es war unheimlich schwer, wegzusehen. Auf seiner Haut hat ein leichter Schweißfilm geglänzt. Gott, das hat echt heiß ausgesehen. Verboten heiß.

Zum Glück zieht er in einem halben Jahr aus. Hoffentlich bekomme ich dann wieder eine nette Nachbarin, die mich ab und an zum Kaffeeklatsch einlädt.

Ich erreiche meine Wohnungstür, krame den Schlüssel aus der Handtasche und achte darauf, dass er nicht klimpert. Beinahe geräuschlos lasse ich ihn ins Schloss gleiten und schließe auf. Bevor ich die Tür aufschiebe, werfe ich einen Blick über die Schulter. Nebenan ist es mucksmäuschenstill.

Vielleicht ist er nicht da und ich gebe mir umsonst solche Mühe?

Schnell husche ich hinein und atme erleichtert aus. Mir graut es davor, mit Ashton ein Eis zu essen. Worüber sollen wir uns unterhalten? Über das Wetter? Wie langweilig!

Unser *Plausch* im Hausflur gestern Nacht war unangenehm genug. Und dann noch seine Reaktion, als ich im Pyjama vor ihm gestanden habe. Wieder hat er meine Figur taxiert. Dabei mag ich den Cupcake-Schlafanzug sehr, weil ich ihn von Eleanor zu Weihnachten bekommen habe.

Vielleicht vergisst Ashton unsere Verabredung und ich komme drumherum. Oder falls nicht, könnte ich eine Ausrede erfinden. Kopfschmerzen? O ja, das funktioniert. Der Plan steht. Gedanklich klopfe ich mir auf die Schulter und hänge meine Handtasche an den Haken.

Mario, Luigi und Peach hoppeln zwischen meinen Beinen umher und warten auf ihre übliche Begrüßung. Erst das Klingeln meines Handys unterbricht mich. Anhand der Melodie ist mir sofort klar, dass es einer meiner Brüder ist.

»Hey, Matti.«

»Na, wie geht's meiner Lieblingsschwester?«

Ich unterdrücke ein Seufzen. Wenn er derart herumschleimt hat das meist einen Grund. »Was hast du ausgefressen?«

Matthew lacht trocken. »Du hast mich durchschaut. Wie immer.«

»Dann komm auf den Punkt. Für Rätselraten bin ich heute nicht in der Stimmung.«

»Kannst du mir bisschen was pumpen?«

»Von wie viel reden wir?«

»Fünfhundert?«

Nun seufze ich doch. Eigentlich wollte ich mir nächsten Monat eine neue Küchenmaschine zulegen, weil die alte schon länger kaputt ist. Ich habe extra gespart, um mir dieses Mal ein robusteres Gerät zu kaufen. Aber daraus wird dann wohl nichts. Dabei habe ich mich bereits gefreut.

»Okay.« Ich achte darauf, nicht verärgert zu klingen.

»Ach, Laurie, du bist meine Rettung. Mal wieder. Ich zahle es dir so schnell wie möglich zurück. Versprochen.«

»Wofür ist Familie denn da? Wenn ich in der Klemme stecke, hilfst du mir doch auch.« Er hat mir schließlich damals Geld geliehen, als ich welches gebraucht habe, weil eine Shoppingtour mit meinen Freundinnen ausgeartet war.

»Ich weiß. Aber sag es Mom und Dad nicht, ja?«

»Natürlich. Das bleibt unser Geheimnis.«

Sie wissen nicht, dass ihr jüngster Sohn regelmäßig Geldprobleme hat. Nur durch Zufall habe ich davon erfahren und greife ihm seitdem hin und wieder unter die Arme. Zum Glück zahlt er es mir immer zurück.

Leider redet er sich heraus, wenn ich frage, wie er in diese Situation gerät. Ich vermute allerdings Wettschulden, weil Sportwetten ihn schon immer fasziniert haben. Sicher ist es ihm peinlich und deswegen verheimlicht er es mir. Er möchte nicht, dass unsere Eltern oder Brüder davon erfahren.

»Danke. Kannst du es mir heute noch überweisen?«

»Mache ich. Wenn du –« Es klopft an der Haustür. Mist, das ist bestimmt Ashton. »Matti, ich muss auflegen. Wir können ja morgen noch mal telefonieren.«

»Alles klar. Und danke schön.«

»Bye.«

Zögerlich öffne ich die Tür, während ich das Gespräch beende. Natürlich ist es mein Nachbar. Genau wie gestern trägt er Sportkleidung. Ob er keine anderen Sachen im Schrank hat?

Shadow sitzt neben ihm und linst an mir vorbei zu meinen Kaninchen. Wenn er nicht an der Leine wäre, hätte ich jetzt Angst um meine Liebsten.

»Hey, Lauren.«

»Hey.«

»Oh, wer ist denn da?« Ashton geht in die Hocke und betrachtet die drei, die mit wackelnden Nasen zum Hund schauen.

»Das sind Mario, Luigi und Peach.«

»Super Mario Bros.?«

»Ich bin ein Riesenfan.«

Er nickt und richtet sich auf. »Wollen wir?«

»Ähm. Also es ist … Ich … Können wir das verschieben? Auf der Arbeit war die Hölle los. Mir dröhnt der Kopf.«

»Dann sind etwas frische Luft und ein Eis genau das richtige.« Ashton zwinkert mir zu. »Wir sind auch nicht lange weg. Versprochen.«

Mist. Ob er mich durchschaut hat? Vielleicht sollte ich es einfach hinter mich bringen? Es ist doch nur ein Treffen unter Nachbarn. Mehr nicht. Danach verschwindet jeder in seiner Wohnung und ich muss nicht mehr wie ein Einbrecher durchs Treppenhaus schleichen.

»Na gut.« Ich schultere meine Handtasche und stecke mein Handy ein, bevor ich die Tür hinter mir schließe.

Kapitel 10

Lauren

Ashton macht eine einladende Geste und lässt mir den Vortritt. Kurz danach stehen wir vor der Haustür. Der Gehweg ist vom Regen feucht. Ich schaue fragend zu meiner Begleitung, doch er gibt bereits die Richtung vor und ich folge ihm. Shadow hat die Nase gesenkt und hebt nach wenigen Sekunden an einem Busch das Bein.

Es ist merkwürdig, dass wir schweigsam nebeneinander herlaufen. Angestrengt grüble ich, über was ich mit Ashton reden könnte. Warum hat er mich eingeladen und weshalb habe ich zugesagt? Wenn ich das wüsste. Aber jetzt muss ich da durch.

»Schon alle Kartons ausgepackt?« Unverfängliche Fragen sind immer gut.

»Nur das Wichtigste. Ziehe schließlich bald wieder um.«

»Hast du denn eine neue Wohnung in Aussicht?«

»So ähnlich.« Er holt ein Leckerli aus der Hosentasche und wirft es Shadow zu. »Ich habe eine Lagerhalle in Ballymount gekauft, die momentan als Fitnessstudio umgebaut wird. Es gibt noch zwei Nebengebäude auf dem Grundstück. Eines davon wird mein Haus.«

Dann habe ich mit meinem ersten Gedanken gar nicht allzu falschgelegen – *demnächst* lebt er in einem

Fitnessstudio. Ashton ist bestimmt so ein Kerl, der ohne sein tägliches sechsstündiges Training und ausreichend Proteinshakes nicht überlebt. Wenn er …

Ich bleibe stehen, als ich auf dem Gehweg einen Regenwurm entdecke, der durch den Regen herausgelockt worden ist. Damit niemand auf den Wurm tritt, setze ich ihn zurück ins Gras. Zufrieden lächelnd beobachte ich ihn dabei, wie er sich in die Erde gräbt.

Als ich dann aufsehe, betrachtet Ashton mich auf eine seltsame Art und Weise. Sein Mund ist leicht geöffnet, die Stirn gerunzelt. Sicher hält er mich jetzt für eigenartig, weil ich dieses winzige Lebewesen gerettet habe.

Aber so bin ich eben. Schon als Kind habe ich Tiere in Not aufgepäppelt. Damals war es mein größter Wunsch, Tierärztin zu werden. Wie Dad. Nur leider konnte ich es nicht ertragen, bei einer OP dabei zu sein, geschweige denn, das Skalpell zu benutzen. Somit konnte ich das Studium nicht beenden.

Ich frage mich häufiger, warum ich in der Buchhaltung gelandet bin. Die Arbeit ist eintönig und ständig nörgelt mein Boss herum. Dabei wollte ich immer etwas tun, das ich mit Leidenschaft verbinde.

Weg mit den trüben Gedanken – bringen wir das Eisessen schleunigst hinter uns.

Ich straffe die Schultern und gehe weiter. Nach wenigen Schritten hat Ashton mich eingeholt und wir laufen schweigend nebeneinanderher. Wenn uns jemand entgegenkommt, verringert er den Abstand zwischen uns so sehr, dass sich unsere Arme beim Gehen berühren.

Und falls darunter Frauen in unserem Alter sind, entgeht mir nicht, wie sie ihn anhimmeln und mir missbilligende Blicke zuwerfen. Denken sie etwa, wir wären ein Paar?

Wie absurd.

Ein Fitnessgott wie Ashton würde sich niemals auf mich einlassen. Und umgekehrt genauso. Einen Herzensbrecher kann ich nicht gebrauchen, nachdem ich in vier Beziehungen schon heftig auf die Nase gefallen bin.

Kurz läuft Ashton vor mir her und ich nutze die Möglichkeit, mir seinen knackigen Po genauer anzusehen. Ob er sich so straff anfühlt, wie er aussieht?

Na, sicher tut er das, Lauren! Was für eine dämliche Frage. Der besteht ausschließlich aus Muskeln.

Ashtons Bewegungen sind kraftvoll und geschmeidig zugleich. Sein Rücken ist breit und aufrecht. Dieser Mann strotzt vor Selbstbewusstsein und Attraktivität. Ihm liegen die Frauen bestimmt reihenweise zu Füßen. Und ich werde mich definitiv nicht dazustellen.

Wir erreichen ein gemütliches Café direkt an der Straße und suchen uns einen Platz unter einem Sonnenschirm, der gleichzeitig als Regenschutz dient. Und wenn ich den Himmel richtig einschätze, werden wir den bald benötigen.

Weil der Wind auffrischt, schließe ich meinen Blazer. Eigentlich wollte ich mich vorher umziehen, aber dafür hat mir wegen Matthews Anruf die Zeit gefehlt.

Die Kellnerin hält an unserem Tisch. »Was darf es sein?«, flötet sie und betrachtet Ashton intensiv. Eine offensichtliche Röte breitet sich auf ihren Wangen aus.

Hallo? Merkt sie nicht, dass er nicht allein ist? Egal, ob wir nun ein Paar oder Nachbarn sind, muss sie ihn doch nicht in meiner Anwesenheit derart anhimmeln.

Er erwidert ihren Blick mit einem charmanten Lächeln. *Schleimbolzen.* Wahrscheinlich verhält er sich nur mir gegenüber so nervtötend. »Ich nehme den kleinen Frozen Joghurt mit Bananenscheiben«, antwortet er.

Sie notiert seine Bestellung und schiebt sich eine Strähne hinter das Ohr. Dabei kichert sie wie ein Schulmädchen. Innerlich verdrehe ich die Augen und unterdrücke ein Seufzen.

»Für mich bitte das *große* Softeis mit Keksstückchen und Schokoladensoße«, sage ich, um diese Flirterei zu unterbrechen. Das kann ich mir echt nicht länger mitansehen.

Blinzelnd reißt sich die Kellnerin von Ashton los. Es ist, als hätte sie mich erst jetzt wahrgenommen. Mit hochgezogenen Brauen fliegt ihr Blick über meinen Körper.

Den Blick kenne ich. Wahrscheinlich denkt sie sich, ich sollte lieber auch zum gefrorenen Joghurt greifen. Zwei Atemzüge vergehen, bis sie nickt und sich abwendet, um die Bestellung aufzugeben.

Ashton zieht sein Handy aus der Hosentasche, tippt konzentriert darauf herum und überkreuzt lässig die Beine. Unauffällig schiele ich zu ihm, kann aber nicht erkennen, was er tut.

»Alles okay?« Ich streiche Shadow über den Kopf. Er hat sich unter den Tisch gequetscht und schaut bettelnd zu mir auf.

»Ja, trage nur das Eis in die App ein.«

»Häh?«, mache ich, weil ich nur Bahnhof verstehe.

»Die Kalorien. Ich esse streng nach Plan.« Ashton erklärt mir das, als wäre es die natürlichste Sache der Welt.

»Und ich dachte, nur Frauen zählen Kalorien, die auf Diät sind.«

»Die meisten Kraftsportler genauso, um eine optimale Nährstoffaufnahme zu erreichen. Sonst wird es nichts mit dem stetigen Muskelaufbau.«

»Hast wohl noch nicht genug davon?« Der Spott in meiner Stimme ist offensichtlich.

Wenn Blicke töten könnten, würde ich mich jetzt zumindest vor Schmerzen krümmen. Mit meinem Spruch habe ich definitiv eine wunde Stelle getroffen.

»Ist das nicht anstrengend, immer alles zu notieren, was du isst?«, bohre ich weiter nach.

»Man gewöhnt sich daran.« Seine Antwort nuschelt er zwischen zusammengebissenen Zähnen.

»Und was machst du, wenn du Hunger auf etwas hast, es aber nicht in deinen Plan passt?«

»Dann esse ich es nicht.«

Ich schüttle fassungslos den Kopf, andererseits bewundere ich Ashton für seine Disziplin. Wenn ich Heißhunger habe, muss ich den befriedigen. Sonst bekomme ich schlechte Laune. »Das wäre nichts für mich. Ich genieße lieber das Leben. Schließlich gibt es so viele leckere Sachen.« Als ich das sage, kommt die Kellnerin und stellt unsere Bestellung auf dem Tisch ab.

Mir entfährt vor Freude ein kleiner Quiekser. Die Eisschale ist riesig und genau das, was ich jetzt brauche. Sofort greife ich zum Löffel und schiebe mir eine Portion Softeis in den Mund. Während die kalte Köstlichkeit auf meiner Zunge zergeht, stöhne ich genüsslich.

Ashton beobachtet mich mit geweiteten Augen. »Hast du eine Ahnung, wie lange du für diese Kalorienbombe trainieren musst, um sie wieder auszugleichen?«

»Nein. Ist mir auch egal.«

Er presst die Lippen aufeinander und steckt sein Handy ein. »Wenn du möchtest, kannst du mich mal ins Fitnessstudio begleiten. Dann kann ich dich trainieren.«

Fast hätte ich über seinen Vorschlag gelacht. »Ich und Sport? Nein, danke.«

Ein tiefes Seufzen dringt aus seiner Kehle, bevor er sich ebenfalls seinem Eis – oder besser gesagt gefrorenem Joghurt – widmet. »Was machst du eigentlich beruflich?«

»Ich arbeite in der Buchhaltung. Und du bist bestimmt Unterwäschemodel.« Als mir bewusst wird, dass ich meinen Gedanken ausgesprochen habe, beiße ich mir vor Schreck auf die Zunge.

Jetzt lacht er. »Danke für das Kompliment.«

Pah! Von wegen. So meinte ich das doch nicht.

Kapitel 11

Ashton

Einige Regentropfen landen auf dem Sonnenschirm und nach wenigen Atemzügen trommelt es rhythmisch. Shadow legt seinen Kopf auf Laurens Schoß und beobachtet sie, wie sie ihr Eis schlemmt. Es ist selten, dass er einem Menschen sofort bedingungslos vertraut. Selbst bei mir hat er einige Tage gebraucht.

»Er mag dich und hat mit dir Freundschaft geschlossen.« Mein Ton ist versöhnlich, um unsere Streitereien nicht wieder aufflammen zu lassen.

»Ich bin eben eine Tierfreundin.«

Ja, das ist mir schon aufgefallen, als sie den Regenwurm ins Gras gesetzt hat. Ich kannte bisher keinen Menschen, der das tun würde. Die meisten schauen nicht mal auf den Boden. Aber Lauren ist dahingehend anders. Nur mit ihrer Stichelei geht sie mir auf die Nerven. Deswegen konnte ich mir die ein oder andere Spitze nicht verkneifen. Von ihren angeblichen Kopfschmerzen merkt man jedenfalls nichts. Oder wollte sie mir erneut einen Korb geben? Nein, das glaube ich nicht.

Immerhin kann ich nach diesem Treffen das erste Date abhaken. Fehlen noch zwölf, dann darf ich mich auf die Ledersitze sinken lassen und die PS unter meinem Hintern spüren. Ich kann es kaum erwarten, mit dem Porsche über die Insel zu düsen. Das wird ein unvergessliches Erlebnis.

»Wir müssen aber aufpassen. Ich weiß nicht, wie Shadow auf deine Kaninchen reagiert, falls er eine Chance hat, ihnen näherzukommen.«

Laurens Augen weiten sich schreckerfüllt. »Meinst du, er würde sie verletzen?« Ihre Stimme klingt zittrig.

»Keine Ahnung. Eigentlich ist er ein freundlicher Hund. Außerdem ist er mit seinen schätzungsweise zehn Jahren auch nicht mehr so fit.«

Sie nickt und scheint beruhigt.

Während wir das Eis essen, plaudern wir über unsere Haustiere. Endlich haben wir ein Thema gefunden, bei dem wir uns einig sind und unsere Gespräche nicht andauernd stocken. Anschließend zahle ich und wir machen uns auf den Rückweg. Zum Glück haben sich die Regenwolken verzogen.

Lauren erzählt mir, dass sie ihre Kaninchen aus schlechter Haltung übernommen hat. Sie laufen frei in der Wohnung herum und sind stubenrein. Wenn es warm genug ist, nimmt sie Mario, Luigi und Peach zu ihren Eltern mit, damit sie sich im Garten austoben können. Ich finde es toll, dass sie nicht im Käfig eingepfercht sind.

Danach berichte ich ihr, wie Shadow zu mir gekommen ist. Letztes Jahr ist er Rory zugelaufen, aber weil seine Frau allergisch auf Hundehaare reagiert, habe ich ihn aufgebrummt bekommen. Niemand hatte einen schwarzen Labrador vermisst, also ist er bei mir geblieben. Mittlerweile kann ich mir ein Leben ohne ihn nicht mehr vorstellen.

Erst als wir zurück sind, beenden wir unsere Unterhaltung. Gemeinsam nehmen wir die Treppe ins Dachgeschoss. Lauren schnauft wie eine Dampflok, als wir oben ankommen; ich dagegen bin kein Stück aus der Puste.

»Na, sicher, dass du nicht mal mit zum Sport kommen möchtest?«, frage ich herausfordernd.

Mit einem warnenden Blick funkelt sie mich an und übergeht meine Anspielung mit einem zuckersüßen »Danke fürs Eis. War köstlich«. Sie holt ihren Schlüssel aus der Handtasche.

»Gern. Vielleicht können wir das bald wiederholen?«

»Ähm.« Ihre Wangen glühen und sie senkt ruckartig den Kopf. »Mal sehen.« Ich höre ihre Antwort kaum und schon dreht sie mir den Rücken zu, um ihre Wohnungstür zu öffnen. »Bye, Ashton.«

Ehe ich etwas erwidern kann, ist Lauren drinnen. Und ich stehe erneut wie ein Trottel im Hausflur und starre ihre verschlossene Tür an. Ich werde aus dieser Frau nicht schlau, obwohl ich jetzt einiges mehr über sie weiß. Aber es hat nicht so geklungen, als würde sie Interesse an einem zweiten Date haben.

Dabei ist es zum Schluss viel besser gelaufen. Hm. Ich muss mir unbedingt etwas einfallen lassen, sonst kann ich den Porsche vergessen.

Nachdem ich die Tür aufgeschlossen habe, trottet Shadow zum Wassernapf und säuft ihn leer. Ich öffne die Balkontür und scheuche damit zwei Tauben auf, die auf dem Geländer gesessen haben, und lasse mich auf die Couch fallen.

Gähnend lehne ich mich zurück und schließe für einen Moment die Augen. Die Bauarbeiten an der

Lagerhalle bereiten mir aktuell schlaflose Nächte.

Was, wenn mein Fitnessstudio nicht erfolgreich wird und ich all das Geld in den Sand setze, was ich über zehn Jahre gespart und von meinen Großeltern geerbt habe? Ganz zu schweigen von dem Bankkredit. Dann würde ich für den Rest meines Lebens auf einem riesigen Schuldenberg sitzen.

Da hilft nur eines: Mit dem leidigen Papierkram weiter machen.

Ich nehme den Ordner mit den Rechnungen vom Couchtisch und schlage ihn auf, um sie am Laptop ins Buchhaltungsprogramm einzutragen. Und je länger ich daran sitze, desto mehr zweifle ich daran, es allein zu schaffen. Aber ein Steuerberater kostet zu viel. Ich trommle mit dem Stift auf meinen Oberschenkel und verfalle ins Grübeln.

Ob mir Lauren helfen würde? Sie ist Buchhalterin und hat mehr Ahnung von Zahlen, als ich es je haben werde. Außerdem schlage ich damit zwei Fliegen mit einer Klappe. Schließlich brauche ich eine Idee für ein zweites Treffen, bei der sie nicht Nein sagen kann.

Ja, so mache ich es. Der Plan ist perfekt.

Ich lege den Ordner zurück und verschränke die Arme am Hinterkopf. Eigentlich würde ich mich gern entspannen, aber eine Verabredung mit einer Frau von Tinder kommt nicht infrage, solange ich mich mit Lauren treffe. So haben es mir Rory und Connor jedenfalls auferlegt.

Also ist jetzt die perfekte Zeit für mein Training. Ich starte die Work-out-Playlist, verbinde mein Handy aber dieses Mal nicht mit den Lautsprechern; sonst steht Lauren gleich wieder auf der Matte.

Hm – oder sollte ich vielleicht? Nein, besser nicht. In den nächsten Tagen werde ich ihr bestimmt begegnen und sie um Hilfe bitten.

Ich ziehe den Hoodie aus und beginne mit dem Aufwärmen. Dafür wähle ich extra Übungen, die keinen Lärm machen. Nur leider fordern die mich nicht so, wie ich es gern hätte. Nach drei Sätzen Push-ups gebe ich auf und schlüpfe in meine Laufschuhe. Dann jogge ich eben. Hauptsache Bewegung.

Kapitel 12

Lauren

Wyatt hat mich auch geliked – wir haben ein Match bei Tinder. Unfassbar! Dabei arbeiten wir seit drei Jahren im selben Unternehmen. Ich bin gespannt, was er mir schreiben wird. Mittlerweile ist die Nachrichtenflut der Männer abgeebbt. Zum Glück. Mir war es echt zu viel. Teilweise habe ich mich wie ein gejagtes Reh gefühlt.

Im Endeffekt sind es jetzt vier, mit denen ich regelmäßig schreibe. Darunter *CharmingPrince92*. Vorhin habe ich ihm vorgeschlagen, dass wir uns auf einen Kaffee treffen könnten, aber seitdem hat er sich nicht mehr gemeldet, obwohl es sonst immer schnell geht.

Nun gut, vielleicht hat er bereits schlechte Erfahrungen gemacht und ignoriert mich jetzt. Soll ja vorkommen, wie mir Eleanor erzählt hat.

Es klopft an der Haustür. Leise richte ich mich auf der Couch auf und lausche. Ob es Ashton ist? Hm, wer sonst. Alle anderen Nachbarn benutzen die Klingel. Aber was will er?

»Lauren?«

Sollte ich ihn ignorieren? Ich könnte schließlich nicht da sein …

Er klopft erneut. Dieses Mal energischer.

Ach, Mist. Seufzend erhebe ich mich und öffne die Wohnungstür. Ashton lächelt mich an, neben ihm sitzt Shadow und wedelt mit dem Schwanz.

»Hey. Hast du Lust auf einen Spaziergang?«

»Ähm. Weißt du ich –«

»Wieder Kopfschmerzen?«, unterbricht er mich mit einem Blitzen in den Augen.

Doppelter Mist.

»Nein, das nicht. Ich –«

»Es ist wirklich wichtig. Ich brauche bei einer Sache Hilfe und ich glaube, du wärst die Richtige dafür.«

Ich öffne den Mund und schließe ihn wieder. »Um was geht es?«

»Finanzkram. Und als Buchhalterin hast du bestimmt mehr Wissen darüber als ich.« Ashton zwinkert mir zu und setzt wieder dieses unwiderstehliche Grübchenlächeln auf. Hat er eine Ahnung, welche Wirkung das auf mich hat? »Beim Gassigehen kann ich dir die Details erklären.«

»Na gut.« Die beiden Worte kommen mir schnell über die Lippen, obwohl mein Kopf noch das Für und Wider abwägt.

»Danke, Lauren.«

»Treffen wir uns in fünf Minuten unten vor der Haustür?«

Er nickt. »Bis gleich.«

Tief ausatmend schließe ich die Tür. Was hat dieser Kerl an sich, dass ich ihm keine Bitte abschlagen kann? Eilig tausche ich Leggings und Shirt gegen Jeans, Bluse und Ballerinas.

Schnell die Haare kämmen. Ach ja, ein bisschen Deodorant und Parfüm noch. Lippenstift? Nein, den brauche ich bei Ashton nicht. Ich schultere meine Handtasche und werfe einen prüfenden Blick in den Flurspiegel, bevor ich die Treppe nach unten nehme.

Ashton und Shadow erwarten mich bereits. Allerdings entgeht mir nicht, wie mein Nachbar mich von oben bis unten mustert. Ich tue so, als würde ich es nicht bemerken und schaue in den Himmel. Noch ist er strahlend blau, aber ich kann den Regen riechen.

»Können wir?« Ashton läuft bereits los.

»Wohin möchtest du?«

»Wie wäre es mit dem *Saint Stephen's Green*?«

»Gern. Da war ich schon ewig nicht mehr.«

»Obwohl der Park gleich um die Ecke ist?«

Ich zucke die Achseln, weil ich nicht weiß, was ich auf seine Frage erwidern soll. »Wobei brauchst du meine Hilfe?«

Ashton lacht. »So neugierig?«

»Vielleicht … Also?«

»Bei der Buchhaltung für mein Fitnessstudio. Einiges habe ich selbst hinbekommen, aber wenn es um die Finanzen geht, verliere ich den Durchblick. Und da dachte ich mir, dass du besser darin bist.«

»Okay.« Ich dehne das Wort, um es wie eine Frage klingen zu lassen. »Und das hättest du mir nicht vorhin an der Tür sagen können?«

Wir bleiben stehen, weil Shadow an einer Laterne schnüffelt. Ashton sucht Blickkontakt und schiebt eine Hand in die Tasche seiner Jogginghose. »Wahrscheinlich schon. Aber so habe ich die Hoffnung, dass du nicht sofort ablehnst.«

»Und warum beauftragst du dafür keinen Steuerberater?«

»Weil der unheimlich viel kostet und ich mir den nicht leisten kann.« Er macht ein zerknirschtes Gesicht.

»Verstehe.«

»Ich würde mich bei dir auf jeden Fall bedanken. Wie wäre es mit einem Dinner? Du darfst dir das Restaurant aussuchen.«

»Das brauchst du nicht. Für meine Familie und Freunde mache ich auch die Steuererklärung. Dafür verlange ich nichts.«

»Ich bestehe aber darauf.«

»Na gut. Abgemacht.«

»Perfekt.« Ashton strahlt mich an. Ihm scheint es viel zu bedeuten, dass ich ihm helfe.

Vielleicht ist er doch ganz nett. Wir haben uns sicher nur auf dem falschen Fuß erwischt. Kann passieren und ich sollte nicht immer voreilige Schlüsse ziehen, nur weil mich meine Brüder ständig vor aufdringlichen Männern warnen.

»Hast du morgen nach der Arbeit Zeit, Lauren?«

Ich nicke wortlos.

Wir erreichen den Park. Auf dem Spielplatz toben Kinder, Pärchen verweilen auf Decken auf der Wiese, in der Ferne schnattern Enten. Die Blätter der Bäume rascheln im Wind und hin und wieder blitzt die Sonne hindurch und lässt sie hellgrün schimmern. Vögel zwitschern und ein süßer Duft der blühenden Blumen umgibt mich.

Ashton erzählt mir genauer von seinen Plänen. Es erstaunt mich, dass er voller Optimismus ist, obwohl es haufenweise Fitnessstudios in Dublin gibt. Aber so leidenschaftlich, wie er redet, merke ich schnell, dass ihm viel daran liegt. Momentan ist er auf der Suche nach zwei Angestellten, die den Betrieb sicherstellen.

Er erläutert mir die verschiedenen Zertifizierungen und Weiterbildungen, die er hat. Mietverträge für die Trainingsgeräte hat er bereits abgeschlossen. Aktuell ist er jeden Tag auf der Baustelle, prüft den Fortschritt und packt mit an. Zum Glück gab es bisher keine schwerwiegenden Probleme, sodass alles im Zeitplan liegt.

Nachdem er mit seinem Bericht fertig ist, schwirrt mir der Kopf. Er hat sich ein Mammutprojekt aufgeladen. Verständlich, dass er Hilfe braucht. Nur warum bekommt er offenbar keine Unterstützung von seiner Familie oder seinen Freunden? Na ja, es geht mich nichts an, deshalb frage ich nicht nach.

Kapitel 13

Lauren

Als wir die Hälfte des Parks durchquert und den See erreicht haben, landet ein Regentropfen auf meiner Nase. Und noch einer auf meiner Wange. Seufzend schaue ich in den Himmel. Ich habe nicht bemerkt, wie er sich zugezogen hat.

Bevor es richtig schüttet, hole ich den Regenschirm aus meiner Handtasche, den ich immer bei mir trage. Unser Wetter ist eben unberechenbar.

Ich spanne ihn auf und schaue aus dem Augenwinkel zu Ashton. Er hat keinen dabei. »Wollen wir uns unterstellen?«

Er winkt ab. »Ein bisschen Regen hat noch niemandem geschadet«, erklärt er mit einer typischen Redensart.

»Wie du meinst.« Nach wenigen Schritten trommeln die Tropfen auf meinen Schirm und das schlechte Gewissen nagt an mir. Dieser sture Ire! »Wir können ihn uns teilen. Er ist groß genug für uns beide.«

Einen Moment betrachtet Ashton mich unschlüssig. Er schaut zu Shadow, dem der Regen nichts auszumachen scheint, und wieder zu mir. »Wenn du darauf bestehst.«

Schweigend treten wir den Rückweg an. Weil mir Ashton so nahe ist, spüre ich sogar seine Körperwärme.

Und sein Duft steigt erneut in meine Nase. Jedes Mal, wenn sich beim Gehen unsere Arme berühren, rieselt ein warmer Schauer über meinen Rücken.

Das ist nicht gut, absolut nicht. Bei Ashton hätte ich nie und nimmer eine Chance. Er ist sicher so ein Typ, der eine Affäre nach der nächsten hat, und nicht auf der Suche nach einer Beziehung ist. Deswegen darf ich mich auf keinen Fall in ihn verlieben. Das würde mein Herz nicht verkraften.

Umso erleichterter bin ich, als wir unser Ziel erreichen. Ashton schließt die Haustür auf und lässt mir den Vortritt. Sobald wir drinnen sind, schüttelt Shadow sein Fell aus. Ich kichere vergnügt, während die Wassertropfen herumfliegen. Zum Glück stehe ich nicht in seiner Nähe, sonst wäre ich spätestens jetzt nass.

Mein Nachbar macht dagegen ein langes Gesicht. »Tut mir leid, Lauren. Ich hätte dich vorwarnen sollen.«

»Schon gut.«

Vor meiner Wohnungstür angekommen, stelle ich den Regenschirm zum Trocknen auf.

»Könntest du kurz auf Shadow aufpassen? Ich muss ein Handtuch holen.« Ashton hält mir auffordernd die Leine hin.

Ich nehme sie entgegen, achte darauf, dass sich unsere Finger nicht berühren, und warte, bis Ashton zurück ist. Mit zwei Strandhandtüchern rubbelt er das Fell trocken, trotzdem riecht es nach nassem Hund. Erst nachdem er fertig ist, reiche ich Ashton die Leine.

»Danke, Lauren.« Er schaut mir direkt in die Augen. »Komm morgen zu mir, sobald du Zeit hast.«

Ich soll in seine Wohnung? Puh, daran habe ich nicht gedacht. Mir wäre ein öffentlicher Ort lieber. Es ist zwar nicht so, dass ich Ashton für einen Serienmörder oder etwas in der Art halte, aber irgendwie fühlt sich der Gedanke, allein mit ihm zu sein, merkwürdig an. Ich weiß nur nicht, warum.

»Mache ich.« Klingt meine Stimme zittrig?

Ashton lächelt und macht einen Schritt auf mich zu. »Bye. Und danke, dass du mich begleitet hast.«

»Hm-hm.« Ich wende mich ruckartig ab. Eilig schließe ich die Tür auf und bin froh, als ich sie hinter mir wieder zudrücke.

Mario, Luigi und Peach begrüßen mich, als wäre ich heute zum ersten Mal nach Hause gekommen. Nachdem ich sie gefüttert habe, machen sie es sich in ihren Lieblingsecken bequem und schlafen. Ich schiebe einen Kartoffelauflauf aus dem Gefrierschrank in den Ofen, weil mich der Spaziergang hungrig gemacht hat.

Solange ich auf mein Abendessen warte, prüfe ich die eingegangenen Nachrichten bei Tinder. Mein Arbeitskollege Wyatt hat immer noch nicht geschrieben. Schade. Ich antworte den anderen Männern und als ich endlich fertig bin, klingelt es an der Tür.

Mist!

Das ist Benjamin.

Ich habe total vergessen, dass mein Bruder mich heute besucht. Wie von der Tarantel gestochen springe ich von der Couch auf und lasse ihn mithilfe des Türöffners herein. Als er mich erreicht, drückt er mich fest an sich und gibt mir einen Kuss auf die Wange.

Benjamin tritt ein und hebt die Nase in die Luft. Es riecht offensichtlich nach Auflauf. »Ach, Laurie. Wofür hast du die Kalender-App auf deinem Handy, wenn du deine Termine trotzdem vergisst?«

»Tut mir leid. Ich habe nicht daran gedacht, ihn einzutragen.«

»Also muss ich dich jetzt regelmäßig erinnern?«, fragt er in einem gespielt belustigten Ton und stellt den Beutel mit dem chinesischen Essen auf dem Küchentisch ab.

»Super Idee. Es war in den letzten Tagen so viel los. Neben mir ist jemand Neues eingezogen.«

Benjamin streichelt Peach, die sich auf die Hinterbeine gestellt hat und neugierig zum Tisch linst. »Und die Frau lädt dich täglich zum Kaffeeklatsch ein?«

»So in etwa. Nur dass es keine ältere Dame ist. Es ist ein Typ. Ein Fitnessgott.« Um meine Worte zu unterstreichen, nicke ich mehrmals hintereinander.

Er hebt eine Augenbraue. »Sag nicht, du hast dich verknallt?«

»Was? Quatsch!« Ich lache über seine Frage. »In den doch nicht. Wir sind nur Nachbarn.«

»Dann ist gut. Aber falls er meinem Schwesterchen das Herz bricht, bekommt er es mit mir zu tun.«

»So weit kommt es nicht, keine Sorge.« Ich stelle die Pappbecher mit den Holzstäbchen auf den Couchtisch. In diesem Moment erscheint eine Benachrichtigung von Tinder auf meinem Handy.

Natürlich entgeht das meinem Bruder nicht. »Tinder?«

Ich zucke mit den Schultern. »Eleanor hat mich dazu überredet.«

»Hast du dich schon mit jemandem getroffen?« Er setzt sich auf die Couch, während ich die Getränke aus der Küche hole.

»Bisher nicht … Du klingst nicht begeistert?«

»Na ja, da treiben sich nicht nur ehrliche Kerle rum.«

»Ich weiß, Benji. Aber ich bin ein großes Mädchen und kann auf mich aufpassen«, erwidere ich wie sonst auch, um ihn zu beruhigen, denn manchmal vergessen sie, dass ich achtundzwanzig Jahre alt bin.

»Es ist doch nur so, dass ich mich immer um dich sorge.«

Augenverdrehend nehme ich neben ihm Platz. »Das macht ihr alle fünf. Und Mom und Dad natürlich auch.«

»Ist doch normal. Du bist das Küken.« Benjamin öffnet die Pappschachtel und stochert mit den Holzstäbchen in den gebratenen Nudeln herum. »Also – dein neuer Nachbar. Was ist mit dem?«

»Wirklich? Muss jetzt ein Kreuzverhör sein? Da ist nichts.«

»Und warum sind deine Wangen rot?«

»Ich …« Vor Schreck beiße ich mir auf die Zunge, aber dann besinne ich mich eines Besseren. Die fühlen sich nicht warm an. »Fast wäre ich darauf reingefallen.«

Er grinst frech. »Ich wollte nur deine Reaktion testen. Also, erzähl mir von ihm.«

Resigniert seufzend berichte ich von meinem ersten Aufeinandertreffen mit Ashton sowie den darauffolgenden Tagen. Zwischenzeitlich genießen wir unser Abendessen. Nachdem ich Benjamin alles bis ins kleinste Detail geschildert habe, ist er merkwürdig still.

Doch bevor ich ihn fragen kann, was los ist, klingelt der Timer. Ich hole den Kartoffelauflauf aus dem Backofen und stelle ihn auf den Couchtisch. Zwar bin ich satt, aber ein paar Bissen nehme ich trotzdem noch. Den Rest isst Benjamin.

»Laurie, mir gefällt da etwas an der Sache mit deinem Nachbarn nicht.«

»Was meinst du?«

»Ich weiß auch nicht. Nur so ein Gefühl.«

Lächelnd lege ich einen Arm um seine Schultern. »Falls es dich beruhigt, ich kann Ashton darauf hinweisen, dass ich fünf ältere Brüder habe. Das wirkt *immer* abschreckend.«

»Für unsere Kleine ist eben kein Mann gut genug.«

»Wie gesagt, wir sind nur Nachbarn, die sich angefreundet haben. Mehr nicht.« Ich lehne mich entspannt zurück und lege beide Hände auf meinen Bauch.

Puh, bin ich satt. Und glücklich, weil die Zeit mit Benjamin etwas Besonderes ist. Wir haben die stärkste Bindung zueinander und verstehen uns manchmal ohne Worte, obwohl er sieben Jahre älter ist als ich.

Benjamin wirft mir die Fernbedienung zu. »Such du heute einen Film aus.«

»Etwas Lustiges, Blutiges oder Spannendes?«

»Ich könnte ein bisschen Aufmunterung vertragen.«

»Oh! Was ist passiert?«

»Beziehungsdrama.« Er verzieht das Gesicht, als hätte er Schmerzen. »Wir sind gerade sechs Wochen zusammen und schon redet sie von Hochzeit und Kindern.«

»Hast du Schluss gemacht?«

»Bin kurz davor.«

»Ach, Benji. Mit Mitte dreißig ist es völlig normal, langsam daran zu denken. Sie hat sicher Torschlusspanik.«

»Mag sein. Aber ich bin noch nicht bereit dafür. Woher soll ich wissen, dass sie die Eine ist?«

»Gute Frage … Musst du häufig an sie denken, wenn sie nicht bei dir ist?«

»Eher nicht.«

»Und wie fühlst du dich bei der Vorstellung, in den nächsten fünf Jahren täglich neben ihr aufzuwachen?«

Bedächtig schüttelt er den Kopf. »Nicht gut.«

»Hm. Ich glaube nicht, dass du sie liebst. Falls es so wäre, hättest du anders geantwortet.«

»Stimmt. Wenn du verliebt bist, redest du ständig über den Kerl. Dann bist du immer übertrieben fröhlich und backst andauernd.«

»Ich weiß, es ist hart für – ähm … Wie heißt sie noch gleich?«

Er grinst. »Das spielt keine Rolle mehr.«

»Okay. Was ich sagen wollte: Die Trennung wird für deine zukünftige Ex sicher hart, aber es ist auf lange Sicht besser für euch beide. So hat sie die Chance, einen Mann kennenzulernen, der ihre Gefühle erwidert und ihre Lebensziele teilt. Und du kannst weiter nach Misses Right Ausschau halten.«

»Und wenn ich sie nie finde?«

»Schon mal Tinder probiert?«

Benjamin bläst die Wangen auf und lässt die Luft langsam entweichen. »Sollte ich?«

»Was ist das für eine Frage?«

Eine halbe Stunde später haben wir sein Profil angelegt und uns ein paar Frauen angesehen. Aber Benjamin möchte lieber erst weitersuchen, nachdem er sich von seiner Freundin getrennt hat. Daher starten wir bei Netflix einen lustigen Film und lachen, bis uns die Bäuche wehtun.

Kapitel 14

Ashton

Ich steige aus der Dusche und trockne mich ab. Während ich in eine saubere Jogginghose und ein Shirt schlüpfe, werfe ich einen Blick auf die Uhr. Ich habe mit Lauren keine genaue Zeit vereinbart, daher kann sie jeden Augenblick klingeln. Schnell die Haare kämmen; weil sie feucht sind, lasse ich sie offen.

Im Wohnzimmer räume ich den Couchtisch frei, damit wir Platz haben, uns die Unterlagen anzusehen. Zügig kehre ich die Fellbüschel von Shadow auf. Hm, was noch?

Irgendwie herrscht in jeder Ecke das reinste Chaos: unaufgebaute Schränke und gestapelte Umzugskartons. Eigentlich wollte ich das längst erledigt haben, aber ich bin bisher nicht dazu gekommen.

In der Küche bereite ich einen Proteinshake zu. Ich verdopple die Menge, damit ich auch für Lauren eine Portion habe. Sie isst gern Schokolade, deswegen nehme ich diese Geschmacksvariante. In der App trage ich die Zutaten ein und prüfe meine Kalorienzufuhr. Dank des intensiven Trainings vorhin bin ich mit meinem Verbrauch im grünen Bereich.

Nachdem alles im Mixer cremig gerührt ist, verteile ich den Eiweißshake in zwei Gläser. Und dann höre ich, wie Lauren die Treppe hochsteigt. Das Klappern ihrer Absätze hallt im Haus. Selbst Shadow hebt den Kopf und schaut zur Wohnungstür, obwohl er bis eben gedöst hat.

Durch ihn habe ich gestern Abend mitbekommen, dass Lauren Männerbesuch hatte. Ich weiß nicht, warum ich die beiden durch den Spion beobachtet habe. Sie haben sich innig umarmt und Lauren hat ihn angestrahlt. Ein merkwürdiges Gefühl hat sich in mir breitgemacht.

Eigentlich wusste ich durch ihren Instagram-Account längst, dass sie viele Kerle kennt, aber irgendwie war es anders, es live zu sehen. Und dann habe ich sie ewig lachen gehört. Was sie wohl gemacht haben? Hatten sie Sex?

Ach, verdammt, das geht mich nichts an!

Obwohl wir uns erst dreimal getroffen haben, konnte ich Lauren besser kennenlernen. Ich habe sie für eine Zicke gehalten, dabei ist sie das Gegenteil davon. Wie der erste Eindruck täuschen kann …

Nur durch die Wette konnte ich das herausfinden, sonst wäre ich ihr sicher ständig aus dem Weg gegangen. Unser Spaziergang gestern war sogar richtig schön, nicht mehr so unangenehm wie unser erstes Date.

Als wir unter dem Regenschirm zurückgegangen sind, hat sich alles vertraut angefühlt. So vertraut, dass ich kurz davor war, sie zum Abschied zu umarmen. Freundschaftlich natürlich. Denn auf die Art und Weise, wie Lauren mich ansieht, ist es offensichtlich, dass sich nie mehr aus uns entwickeln wird.

Was das angeht, liegen Connor und Rory absolut falsch. Aber egal – allein der Wettgewinn ist es wert.

Ich stelle die Gläser auf den Couchtisch, doch Lauren klingelt nicht bei mir, sondern geht erst zu sich, wie am Klimpern ihres Schlüssels zu hören ist. Dann warte ich eben.

Die Zeit vertreibe ich mir am Handy. Ich bin in einigen Fitnessgruppen aktiv und nutze die Community, um Werbung für die Eröffnung meines Studios zu machen. Kraftsportneulingen gebe ich Tipps für ihre Trainingsanfänge und auch Fortgeschrittene freuen sich über meine Ratschläge.

Zwischendurch stelle ich die Shakes in den Kühlschrank. Nachdem eine Stunde vergangen ist, packe ich das Handy weg. Ob Lauren mich vergessen hat? Mal sehen.

Weil ich das Warten leid bin, öffne ich meine Wohnungstür, um bei ihr zu klopfen. Doch in diesem Moment schwingt ihre Tür ebenfalls auf. Sie hat geduscht, ihre Haare sind leicht feucht. Wie gestern trägt sie Jeans und dazu ein weites Shirt.

»Hey, Ashton. Ich wollte gerade zu dir.«

»Und ich wollte dich abholen.«

»Meinst du, ich schaffe die drei Meter nicht allein?«

»Na ja, wenn ein neuer Nachbar wieder seine Kartons abstellt, könnte es schwierig werden.«

»Haha.«

Ich mache eine einladende Geste. Zögerlich tritt Lauren ein und sieht sich mit hochgezogenen Augenbrauen um, während sie Shadow mit einer ausgiebigen Streicheleinheit begrüßt. Er schmiegt sich dicht an ihre Beine und bettelt sie förmlich um ihre Aufmerksamkeit an.

»Interessant, was du aus der Wohnung gemacht hast.« Der Sarkasmus in Laurens Stimme ist unüberhörbar.

»Eine echt Männerhöhle, was?« Ich nehme die Shakes aus dem Kühlschrank und drücke Lauren einen in die Hand. »Setz dich«, sage ich und deute zur Couch.

»Was ist das?« Sie riecht neugierig am Glas.

»Ein Eiweißshake mit Schokoladengeschmack. Ich dachte mir, dass du vielleicht Hunger hast?«

»Ja. Danke.« Lauren nimmt auf der Couch Platz und nippt am Glas. »Mhm. Lecker. Hätte ich nicht gedacht.«

Ich setze mich neben sie. »Ist mein Geheimrezept.«

Milchreste kleben an ihrer Oberlippe und sie leckt genüsslich darüber. »Verrätst du es mir?«

»Wenn wir hier fertig sind, gern.« Ich klappe den Ordner auf dem Couchtisch auf und starte den Laptop.

»Ach, du bist ein Erpresser?«

Grinsend zucke ich mit den Schultern. »Eigentlich bin ich nur verzweifelt.«

»Na gut, dann lass mal sehen.«

Zuerst zeige ich ihr, was ich bereits erledigt habe. Ich stelle ihr den Businessplan vor, den ich der Bank vorgelegt hatte. Rory hat mir dabei geholfen, sonst wäre ich sicher bei der Finanzierung gescheitert. Hin und wieder fragt Lauren etwas dazu, aber größtenteils hört sie mir aufmerksam zu. Dann komme ich zu den Punkten, bei denen ich ihre Hilfe brauche. Lauren scheint mit dem Buchhaltungskram keine Probleme zu haben. Innerhalb von einer Stunde sind die Formulare und Anträge ausgefüllt sowie die Belege in der Software eingetragen. Und ich bin erstaunt. Eigentlich ist es ganz einfach, wenn man eine Fachfrau hat, die es erklärt.

»Wow. Das ging schneller, als ich erwartet habe.« Ich schiebe den Ordner beiseite. Wie gut es sich anfühlt, das erledigt zu haben. Richtig erleichternd.

Sie leert ihren Shake, bevor sie mir antwortet. »Kein Ding. Ich habe täglich mit solchen unliebsamen Aufgaben zu tun.«

»Das klingt beinahe so, als würde dir dein Job keinen Spaß machen?«

»Macht er auch nicht.«

»Warum bist du dann Buchhalterin geworden?«

Lauren lehnt sich zurück und betrachtet meine offenen Haare. Erst jetzt wird mir bewusst, dass ich sie nicht zusammengebunden habe. »Ist eine lange Geschichte. Die Kurzfassung: Meine Eltern haben darauf bestanden, dass ich einen ordentlichen Beruf lerne, mit dem ich ausreichend Geld zum Leben verdiene.«

»Verstehe. Und was wolltest du eigentlich tun?«

»Etwas mit Tieren. Eine Pension oder Aufnahmestation vielleicht.«

»Ich an deiner Stelle würde den Traum nicht begraben. Du kannst ihn dir immer noch erfüllen.«

Sie wiegt den Kopf hin und her. »Dafür brauche ich Geld, das ich nicht habe.«

»Hm. Und etwas leihen ist schwierig, weil daraus keine großen Profite entstehen …«

»Genau.«

»Blöde Situation. Aber vielleicht ergibt sich trotzdem mal eine Möglichkeit.«

»Schön wär's.«

Wir verfallen in Schweigen. Anders als sonst ist es nicht unangenehm. Jeder hängt seinen Gedanken nach und dennoch ist es zwischen uns entspannt.

Shadow erhebt sich nach einigen Minuten gemächlich und trottet auf mich zu. Winselnd stupst er mit der Nase an mein Bein.

Ich kraule ihm den Kopf. »Zeit für eine Runde, was?«

Wie zur Bestätigung bellt er, eilt zur Tür und zerrt mit dem Maul die Leine vom Haken.

»Möchtest du mitkommen, Lauren?«

»Heute nicht. Ich habe noch zu tun.«

»Alles klar. Und wann wollen wir Essen gehen?«

»Schlag was vor.« Lauren steht auf und schlendert zur Wohnungstür, an der Shadow ungeduldig auf und ab läuft.

»Morgen?«

»Klingt gut. Wohin?«

»Such dir was aus.« Ich binde meine Haare zusammen. Dabei entgeht mir nicht, wie Lauren mich unauffällig beobachtet.

»Du lädst mich ein, also kannst du entscheiden.«

»Wie du möchtest.« Ich lege Shadow die Leine an, bevor ich die Tür öffne. »Dann hole ich dich um neunzehn Uhr ab?«

»Okay. Bis morgen.«

»Ja. Und danke noch mal für deine Hilfe.«

»Gern. Vergiss das Rezept nicht.« Sie lächelt flüchtig, bevor sie in ihrer Wohnung verschwindet, und ich nehme mit Shadow die Treppe nach unten.

Mir fällt eine riesige Last von den Schultern, weil nun endlich das gröbste Papierchaos beseitigt ist. Ich weiß nicht, wie ich das ohne Lauren geschafft hätte. Und ganz nebenbei habe ich gleich Date Nummer vier klargemacht. Perfekt. Wenn wir weiter so ein Tempo hinlegen, kann ich bald die erste Tour mit dem Porsche planen.

Kapitel 15

Lauren

Wyatt hat mir immer noch nicht geschrieben«, sage ich in einem enttäuschten Ton und klemme das Handy zwischen Ohr und Schulter, um die Haustür aufzuschließen.

Eleanor schlürft ihren Kaffee, das höre ich deutlich, weil sie den Lautsprecher angeschaltet hat. »Und wenn du den Anfang machst?«

»Ich laufe keinem Kerl hinterher.«

»Stimmt. Wie sieht es mit den anderen Männern aus?«

»Stockend. Mit zweien habe ich gestern Abend telefoniert. Vielleicht verabrede ich mich demnächst mit ihnen. Einige neue Matches habe ich heute auch bekommen.« Ich laufe hoch ins Dachgeschoss. »Das sehe ich mir später an. Nachher gehe ich mit meinem neuen Nachbarn essen.«

»Ein Date?«, quietscht sie begeistert.

»Wir sind befreundet. Oder besser gesagt auf dem besten Weg dahin.«

»Ob er das auch so sieht?«

Ich komme in meiner Etage an und atme tief durch. Bevor ich Eleanor antworte, trete ich in meine Wohnung ein und drücke die Tür hinter mir zu. Schließlich weiß ich nicht, ob Ashton zu Hause ist und mich telefonieren hört.

»Wenn du ihn schon mal gesehen hättest, würdest du diese Frage nicht stellen.« Mario, Luigi und Peach holen sich ihr Begrüßungsleckerli ab. »Du erinnerst dich? Der Fitnessgott, der locker als Unterwäschemodel arbeiten könnte?«

Sie kichert. »Vielleicht ist er nur in seine Muskeln verliebt. Ich stelle mir gerade vor, wie er nackt vor dem Spiegel steht und sich selbst anhimmelt.«

»Ich glaube, so ist er nicht drauf.«

»Oha. Du verteidigst ihn. Interessant.«

»Tue ich nicht.« Um etwas frische Luft ins Wohnzimmer zu lassen, öffne ich die Balkontür.

»Schon klar, Lauren. Vergiss nicht: Ich will jedes schmutzige Detail erfahren.«

»So weit wird es nicht kommen.«

»Wer weiß, wer weiß.« Eleanors Stimme klingt verrucht und damit bringt sie mich zum Lachen. »Zieh dir schicke Unterwäsche an.«

»Du guckst zu viele Schnulzen. Im wahren Leben läuft es anders.«

»Mag sein. Aber findest du es nicht komisch, dass ihr in den letzten Tagen häufig Zeit miteinander verbracht habt?«

Ich lasse mich auf die Couch fallen und nage auf der Unterlippe. »Du interpretierst da etwas rein, Eleanor.«

Sie seufzt resigniert. »Wie du meinst. Was wirst du anziehen?«

»Jeans und Shirt.« Ich drücke ein Kissen gegen meinen Bauch, weil ich ahne, was jetzt folgt.

»Kein Kleid?«

»Du weißt, warum.«

»Laurie, glaub mir, du siehst in dem türkisfarbenen umwerfend aus.«

»Findest du?«

»Ja. Zieh es an. Bitte, bitte, bitte.«

»Na gut.« Peach schnuppert an meiner Wade. Ihre Schnurrhaare kitzeln auf der Haut. Kichernd beuge ich mich vor und kraule ihr den Kopf. »Dann mache ich mich jetzt fertig. In einer Stunde holt Ashton mich ab.«

»Viel Spaß ihr zwei.«

Ich verzichte darauf, ihr zu widersprechen, und beende das Gespräch. Bevor ich anfange, über ihre Worte zu grübeln, schwinge ich mich unter die Dusche. Mit dem Shampoo, das so herrlich nach Vanille duftet, wasche ich mir die Haare. Während sie einweichen, rasiere ich mir die Achseln und Beine.

Irgendwann erwische ich mich dabei, wie ich eine Melodie summe, und höre sofort damit auf. Was ist mit mir los? Freue ich mich etwa auf das Essen mit Ashton?

Ja, warum denn nicht? Er ist nett und wir verstehen uns. Schließlich können Frauen mit Männern befreundet sein, ohne dass Gefühle im Spiel sind.

Jawohl.

Mit einem knochenharten Handtuch trockne ich mich ab – besser als jedes Peeling – und creme mich mit Körperlotion ein. Nachdem ich das Kleid angezogen habe, das ich zum Speeddating getragen habe, föhne ich mir die Haare. Etwas Wimperntusche, Parfüm und Lipgloss. Fertig.

Vor dem Spiegel im Schlafzimmer stehend mache ich mit dem Handy ein Foto von mir und schicke es Eleanor. Sie antwortet mit einem Herz und meint, dass sie mich um mein Dekolleté beneidet und Ashton sicher Augen machen wird.

Ja klar, als würde der mich attraktiv finden. Er steht bestimmt nur auf Frauen mit einem sexy Körper.

Weil ich noch zehn Minuten Zeit habe, bis Ashton mich abholt, setze ich mich auf den Balkon und öffne Tinder. Es nervt mich, dass Wyatt nicht schreibt. Allerdings bin ich ihm seitdem nicht im Büro begegnet. Vielleicht ist er krank oder hat Urlaub? Das wäre eine Erklärung. Ich schaue mir die neusten Matches an, werde aber vom Klopfen an der Wohnungstür unterbrochen.

Auf geht's!

Als ich öffne, lächelt Ashton mich an. Er trägt eine dunkelblaue Chinohose und ein weißes Hemd, dessen oberster Knopf offen ist und das seine Muskeln zur Geltung bringt. Die Ärmel sind lässig nach oben gerollt. Und plötzlich habe ich das Gefühl, jemand würde mir einen Eiswasserkübel über den Kopf schütten.

Was, wenn es wirklich ein Date ist und Eleanor recht hat?

Nein, ausgeschlossen. Ein Mann wie Ashton würde sich niemals an mich ranmachen. Wir sind Nachbarn und das Essen ist nur der Dank für meine Hilfe bei seiner Buchhaltung.

»Können wir?« Er mustert mich aufmerksam.

Ich schiebe den Gedanken beiseite und hebe einen Finger. »Eine Sekunde noch.« Eilig schließe ich die Balkontür und schnappe mir die Handtasche. Ashton hockt in der Tür und streichelt Peach. Die kleine Verräterin genießt es sichtlich.

»Fertig«, sage ich überflüssigerweise.

Er erhebt sich und zieht einen Autoschlüssel aus der Hosentasche. »Lust auf mexikanisches Essen? Ich kenne in Smithfield ein klasse Restaurant.«

»Klingt gut.«

Wie sonst auch lässt er mir den Vortritt. Manieren hat er ja, obwohl ich die bei unserem ersten Aufeinandertreffen vermisst habe. Er führt mich zum Hof, dort steht sein Auto. Eigentlich habe ich einen Sportwagen erwartet, keinen älteren Toyota Corolla.

Ehe ich die Möglichkeit habe, die Beifahrertür zu öffnen, übernimmt das Ashton für mich. Mit zittrigen Beinen setze ich mich und schnalle mich an.

Es ist kein Date, es ist kein Date, sage ich mir unaufhörlich. Trotzdem fühlt es sich immer mehr wie eines an.

Kapitel 16

Ashton

Ich halte Lauren die Eingangstür des Restaurants auf und komme nicht drumherum, ihren Hintern zu begutachten, während sie vor mir läuft. Als ich sie das erste Mal gesehen habe, sind mir ihre Kurven noch im negativen Sinne aufgefallen.

Wie falsch ich damit gelegen habe! Klar, sie ist nicht schlank, aber dick ist sie genauso wenig. Das Kleid beweist es eindeutig. Und dann ihre Brüste! Vorhin musste ich mich zwingen, sie nicht anzustarren. Ob sie sich so weich anfühlen, wie sie aussehen?

Wir bekommen einen Tisch für zwei direkt am Fenster. Von hier hat man einen erstklassigen Blick zur Liffey, an dessen Ufer einige Leute im letzten Sonnenlicht schlendern.

»Es ist schön hier«, sagt Lauren in bewunderndem Ton und schaut verträumt zum Fluss.

»Warst du noch nie in der Gegend?«

»Doch. Ist aber Ewigkeiten her.«

»Ich komme einmal im Monat mit meinen Kumpels her, seit wir das Restaurant vor ein paar Jahren entdeckt haben.«

Lauren nickt und schaut weiter aus dem Fenster. Ich hingegen bewundere nochmals ihren Ausschnitt. Als der Kellner am Tisch erscheint, bestelle ich mir eine Burrito Bowl mit Hühnchen und mein Date wählt das Chili con Carne.

»Hast du an das Rezept für den Shake gedacht?«, fragt Lauren unvermittelt, nachdem wir allein sind.

»Mist. Habe ich vergessen. Ich gebe es dir morgen.«

»Es eilt ja nicht.«

Wir verfallen in Schweigen und beobachten das Treiben auf der Straße, bis der Kellner das Essen serviert.

Mit geweiteten Augen betrachtet Lauren meinen Teller. »Sprengt das nicht dein Kalorienlimit?« Sie grinst mich frech an und greift nach dem Löffel.

»Ich habe mir das Abendessen für heute eingeplant.«

»Und woher willst du wissen, wie viele Kalorien das sind?«

»Der Chefkoch hat mir mal die Zutatenliste gegeben, als ich ihn danach gefragt habe.« Ich schiebe mir eine Portion in den Mund und kaue gründlich.

»Wirklich? Mir wäre das peinlich.«

Ich zucke mit den Schultern und schlucke hinunter. »Was ist daran schlimm? Mache ich ständig und ist genauer, als die Kalorien zu schätzen.«

»Wie kann man da mit Genuss essen?« Ihr Blick ist fassungslos.

»Tue ich das nicht?« Demonstrativ lade ich mir ein Stück Hühnchen auf die Gabel.

»Vielleicht. Trotzdem hast du es geplant.« Lauren beugt sich vor und funkelt mich an. »Mal angenommen, ich backe eine Pizza mit extra viel Käse und lade dich überraschend zum Essen bei mir ein. Würdest du ablehnen?«

Darauf weiß ich keine Antwort. In den letzten Jahren sind solche Situationen nie vorgekommen, weil ich einen festen Ernährungsplan habe und nur zu besonderen Anlässen davon abweiche.

»Wo bleiben da der Spaß, die Spontanität und vor allem der Genuss, Ashton?«, hakt sie weiter nach, weil ich ihr nicht antworte.

»Ich genieße eben andere Dinge als Essen. Und Spaß habe ich genug.«

Sie schnaubt. »Und das macht dich glücklich?«

»Natürlich«, kommt mir sofort über die Lippen. Aber an Laurens hochgezogenen Augenbrauen erkenne ich, dass sie mir das nicht abkauft. Selbst in meinen Ohren klinge ich nicht überzeugend.

»Und Sport gehört dazu?«

»Absolut. Ich eröffne bald ein Fitnessstudio. Denkst du, ich würde Kunden gewinnen, wenn ich keine Freude daran und einen Bierbauch hätte?«, erkläre ich, in der Hoffnung, dass Lauren nicht weiter herumbohrt.

Sie legt den Kopf schief und überlegt kurz. »Stimmt auch wieder. Vorbildfunktion und so.«

Lauren bringt mich damit erneut zum Nachdenken. Wie schafft sie es bloß, mit solchen Nebenbemerkungen alles ins Wanken zu bringen, was ich mir mühsam aufgebaut habe?

»Und wie war das mit der Pizza und der Einladung?« Grinsend lehnt sie sich zurück. »Eben hat es so geklungen, als würdest du definitiv ablehnen.«

»Aber vielleicht mache ich für dich eine Ausnahme?«

Sie zuckt bei meiner Antwort offensichtlich zusammen und selbst ich bin über meine Worte überrascht. Ihr Blick huscht unsicher zwischen dem Teller vor ihr und mir hin und her, während ihre Wangen eine leichte Röte bekommen.

Irgendwie gefällt es mir, dass ich mit ihr auch über andere Themen als ideale Trainingsabläufe, perfekte Nährstoffverteilung oder stetigen Muskelaufbau sprechen kann. Mit meinen Tinder-Dates rede ich schließlich kaum und meine Kollegen und Kumpels sind genauso an Fitness interessiert wie ich.

Ich finde es spannend, Laurens Meinung zu hören. Aus ihrer Perspektive habe ich vieles noch nicht betrachtet. Das würde ich niemals erleben, wenn Connor und Rory sich nicht die Wette ausgedacht hätten.

»Also?« Weil sie mir nicht antwortet, bleibe ich hartnäckig.

Lauren kaut auf ihrer Unterlippe und sieht unheimlich süß dabei aus. »Na gut, Herr *Nachbar*. Morgen Abend gibt es bei mir Pizza und einen Film. Wenn du nicht auftauchst und mindestens so viel wie ich isst, helfe ich dir nie wieder bei deiner Buchhaltung.«

Mir entgeht nicht, dass sie das Wort »Nachbar« betont. Will sie damit etwas klarstellen, oder war das neckend gemeint?

»Geht klar. Ich bringe Ben & Jerry's mit.« Rorys Frau steht voll auf das Eis und ich hoffe, bei Lauren ist es genauso.

Ihr Mundwinkel zuckt verräterisch. Punktlandung! Damit ist das fünfte Date geklärt. »Half Baked.«

»Eine andere Sorte wäre mir nicht in den Sinn gekommen.«

Dabei weiß ich nicht mehr, wie diese Eissorte schmeckt, weil es Ewigkeiten her ist, seit ich davon gegessen habe. Was stellt diese Frau mit mir an? Oder besser: Was tut man nicht alles für einen geliehenen Porsche?

»Und komm nicht auf die Idee, nach den Zutaten zu fragen. Die verrate ich dir nicht.«

»Okay, unter einer Bedingung.« Es fällt mir schwer, ihr zuzustimmen, aber eine Gegenleistung kann ich dafür definitiv einfordern.

Kurz zeigt sich Angst in Laurens Gesicht, doch sie fängt sich schnell wieder. »Welche?«, flüstert sie.

»Ich werde mir auch ein Treffen einfallen lassen, bei dem du über deinen Schatten springen musst. Und du wirst mitmachen. Ohne Wenn und Aber.«

Lauren legt den Löffel ab, verschränkt die Finger ineinander und betrachtet mich nachdenklich. »Auf einer Skala von eins bis zehn. Wie schlimm wird es?«

Um meine Antwort hinauszuzögern, streiche ich mir über das Kinn. »Eine Fünf. Höchstens.«

»Einverstanden.« Sie fügt leiser hinzu: »Hoffentlich bereue ich das nicht.«

»Wirst du nicht. Versprochen.«

Während des restlichen Essens überlegen wir, welchen Film wir morgen ansehen, allerdings können wir uns nicht einigen. Deswegen plaudert Lauren über ihre Lieblingsserien. Weil ich selten welche schaue, kenne ich die wenigsten und höre hauptsächlich zu. Mit ihr zu reden fühlt sich leicht an, als würden wir schon Ewigkeiten befreundet sein. Unfassbar, dass wir uns bei unserer ersten Begegnung angemotzt haben.

Ich bin immer noch erstaunt, wie Lauren es geschafft hat, mich zum Pizzaessen zu überreden. Keine Ahnung, wann ich zuletzt eine hatte. Im Gegenzug werde ich mir etwas Tolles für sie überlegen.

Vielleicht eine Trainingseinheit im Fitnessstudio? Nein, lieber nicht. Da macht sie bestimmt nicht mit.

Aber eine Wanderung wäre perfekt. Bewegung, eine atemberaubende Aussicht und Zeit, sich besser kennenzulernen. Das wird ihr gefallen. Nur verraten werde ich noch nichts.

Nach dem Essen zahle ich und wir machen einen Spaziergang entlang der Liffey. Das Wasser rauscht kaum hörbar, Möwen kreischen in der Ferne und Livemusik dringt aus den umliegenden Pubs zu uns. Die Atmosphäre entspannt mich und auch Lauren wirkt lockerer.

Wenn sich im Gehen unsere Hände flüchtig berühren, bin ich kurz davor, meine Finger mit ihren zu verschränken. Aber es fühlt sich falsch an, das zu tun, also lasse ich es. Schließlich möchte ich nicht, dass sie sich in mich verliebt und dann enttäuscht ist, sobald ich die Wette gewonnen habe.

Kapitel 17

Lauren

Vielen Dank für den schönen Abend, Ashton«, sage ich und krame den Wohnungsschlüssel aus meiner Handtasche.

»Sehr gern. Dann bis morgen?«

»Ja, bring ordentlich Hunger mit.«

Er grinst schief und ignoriert meine Anspielung. »Schlaf gut.«

»Du auch.« Ich schließe auf und winke Ashton zu, bevor ich in meiner Wohnung verschwinde. Tief ausatmend lehne ich mich mit dem Rücken gegen die Tür. Unser Treffen war toll – besser, als ich mir vorgestellt hatte.

Nur war es definitiv kein Date. Ashton hat weder versucht mich zu berühren, noch hat er mit mir geflirtet. Eleanor wird enttäuscht sein, wenn ich ihr davon erzähle.

Aber andererseits – was habe ich erwartet? Ein Kerl wie Ashton interessiert sich nun mal nicht für mich. Freundschaft? Ja. Beziehung? Auf keinen Fall!

Sein Blick war eindeutig, als wir uns das erste Mal im Hausflur gegenüberstanden und er meine Figur abgecheckt und beurteilt hat. Sofort habe ich mich in meinem Körper unwohl gefühlt.

Ich brauche einen Moment, bis ich das Gedankenchaos in meinem Kopf sortiert habe. Mario, Luigi und Peach liegen träge in ihren Schlafhäusern und machen sich nicht einmal die Mühe, mich zu begrüßen. Kein Wunder, es ist kurz nach Mitternacht.

Und ich muss morgen zeitig aus den Federn, obwohl Samstag ist. Also ab ins Bett, sonst bin ich zu nichts zu gebrauchen. Ich schminke mich ab, putze mir die Zähne und schlüpfe in meinen Pyjama. Gähnend sinke ich aufs Kopfkissen und schließe die Augen. Schon nach wenigen Atemzügen erfasst mich eine bleierne Schwere.

☘ ☘ ☘

Als am Morgen der Wecker klingelt, fühle ich mich wie gerädert. Aber es nützt nichts, Timothy holt mich in einer Stunde ab. Und wie ich meinen Bruder kenne, wird er überpünktlich sein. Ich schäle mich widerwillig aus der Bettdecke und schlurfe ins Badezimmer.

Eine halbe Stunde später habe ich einen Earl Grey intus, Porridge gegessen und bin halbwegs munter. Der Geruch des Tees – das feine Bergamotte-Aroma – erinnert mich an Ashton.

Ich weiß immer noch nicht, was mich dazu bewegt hat, ihn zum Abendessen bei mir einzuladen. Eigentlich war ich der Meinung, er würde angesichts der Kalorienmenge ablehnen und wollte ihn nur etwas aufziehen.

Tja, falsch gedacht.

Nun muss ich das Beste daraus machen. Aber ich könnte mir vorstellen, dass es ein lustiger Abend wird.

Immerhin verstehen wir uns recht gut, wenn wir nicht gerade über Sport oder gesunde Ernährung reden. Falls er …

Es klingelt und ich zucke zusammen. Timothy! Per Türsummer öffne ich ihm und warte vor meiner Wohnung, bis mein Bruder die Treppen hochgejoggt kommt. Mit einem Lächeln drückt er mich an sich und gibt mir einen Kuss auf die Stirn.

»Können wir, Laurie?«

»Du bist zu zeitig. Gib mir noch fünf Minuten.« Ohne eine Antwort abzuwarten, ziehe ich ihn am Arm herein.

»Ich bin so aufgeregt.«

»Hast du immer noch Angst, sie könnte Nein sagen?«

»Angst? Und wie. Ich habe sogar Albträume.«

Mit einem unterdrückten Grinsen lege ich beide Hände auf seine Schultern. »Hazel liebt dich, du liebst sie. Warum um alles in der Welt sollte sie deinen Antrag ablehnen?«

»Es ist ein gewaltiger Schritt für unsere Beziehung.«

Ich lasse meine Hände sinken. »Und sie kann sich glücklich schätzen, einen so tollen Mann wie dich an ihrer Seite zu haben.«

»Das sagst du nur, weil du meine Schwester bist. Gib es ruhig zu.«

»Nein, Timmy. Es stimmt einfach. Wenn ich jemanden wie dich kennenlernen würde, wäre das mein Traummann.«

Meine Worte lassen Timothy strahlen. »Hazel wird also ganz bestimmt Ja sagen?«

»Ich bin mir absolut sicher.«

»Puh!« Er wischt sich den imaginären Schweiß von der Stirn. »Dann brauche ich nur noch den Ring.«

Zehn Minuten später sitzen wir in seinem Wagen und sind auf dem Weg zum Juwelier. Weil Timothy beim Autofahren nicht quatschen mag, prüfe ich meine Nachrichten bei Tinder. Zwei Männer haben mich auf ein Date eingeladen, mit denen ich schon einige Tage schreibe. Also verabrede ich mich mit dem einen am Montag und dem anderen am Dienstag.

Wir kommen am Geschäft an. Timothy trommelt mit den Fingern auf das Lenkrad. So aufgeregt, habe ich ihn noch nie erlebt. Dabei wollen wir nur einen Ring aussuchen. Wie wird es ihm erst beim Antrag und der Trauung gehen?

Ich lege meine Hand auf seine. »Alles wird gut.«

Timothy nickt kaum merklich. »Danke, dass du mir hilfst, *mo réiltean*.«

Mein Stern. So nennt er mich, seit wir eine Sternschnuppe zu meinem achten Geburtstag gesehen haben.

»Sehr gern.«

Nach ein paar Atemzügen hat er sich beruhigt und wir steigen aus. Als wir das Geschäft betreten, halte ich für einen Moment inne und lasse die Einrichtung auf mich wirken. In jeder Ecke glitzert es. Die Auslagen mit den dunkelbraunen Holzsockeln werden durch die Deckenbeleuchtung gekonnt in Szene gesetzt. In der Mitte ragt ein Kronleuchter in den Raum.

Wow!

Ich möchte nicht wissen, was ein Ring hier kostet. Aber Timothy wollte unbedingt in diesem Geschäft einen aussuchen. Er muss ihn schließlich bezahlen und ich darf ihn beraten.

Wir werden von einer Verkäuferin begrüßt, die eine süßliche Parfümwolke umgibt. Sie fragt, wonach wir suchen, und denkt kurz, ich wäre die Glückliche, doch ich stelle das sofort klar. Sie präsentiert uns einige schlichte Verlobungsringe und anschließend die exquisiten Exemplare.

Und dann verliebe ich mich: Er ist schmal und roségold. Die Diamanten sind wie bei einer Blüte um einen größeren Stein angeordnet. Und wenn ich ihn liebe, wird Hazel das auch tun. Schließlich haben wir einen ähnlichen Geschmack.

»Der hier.« Meine Stimme ist nur ein sanfter Hauch.

Das Lächeln der Verkäuferin wird ein Stück herzlicher. Kein Wunder, nun sehe ich das Preisschild. Dreitausend Euro. Das ist … Wirklich? Für einen Verlobungsring?

Sie reicht ihn mir und ich streife ihn über meinen Finger, damit Timothy ihn ebenfalls bewundern kann. Mein Herz macht einen Purzelbaum nach dem nächsten. Er ist wunderschön – und unbezahlbar.

»Wir sollten einen günstigeren Ring aussuchen«, flüstere ich, damit die Verkäuferin mich nicht hört.

Mein Bruder schüttelt sofort den Kopf. »Du findest ihn hübsch, dann nehme ich ihn.«

»Bist du sicher?«

»Absolut. Wenn du bei dem Anblick strahlst, wird es Hazel auch tun.«

Ich wende meine Hand und betrachte den Ring aus verschiedenen Perspektiven. Das Licht bricht sich in den Diamanten. Wie schön es sich anfühlt, ihn zu tragen. »Darf ich ein Foto machen?«

Die Verkäuferin nickt. »Natürlich.«

Eilig halte ich diesen Moment mit meinem Handy fest. Als ich den Ring abnehme, zittern meine Finger wie verrückt. Ich blinzle mehrmals, um die Tränen in den Augen loszuwerden.

Nie im Leben habe ich damit gerechnet, welche Gefühle in mir hochsteigen, wenn ich den Verlobungsring für die zukünftige Frau meines Bruders anprobiere.

Kapitel 18

Ashton

Ich nehme einen kräftigen Schluck vom Eiweißshake. Nach wenigen Atemzügen kehrt die Energie in meinen Körper zurück und der Geschmack von Vanille und Mango breitet sich im Mund aus. Mein heutiges Training ist besonders intensiv ausgefallen, um das Abendessen halbwegs ausgleichen zu können.

»Wie läuft es mit der Wette?«, fragt Connor schon zum zweiten Mal und stellt seine Sporttasche ab, um sich ebenfalls einen Shake zu genehmigen.

Vorhin hat er mich bereits damit genervt. Aber ich quatsche beim Training nicht und habe ihn abgewimmelt. Jetzt klappt das nicht.

»Rory kann schon mal seinen Schlitten polieren.«

»Echt? Wie oft hast du dich mit deiner Nachbarin bisher verabredet?«

»Nachher steht Date Nummer fünf an.«

Er hebt eine Augenbraue und wirkt sprachlos. »Du verarschst mich.«

»Nein, tue ich nicht. Sie hat mich zum Pizzaessen bei sich eingeladen.«

»Alles klar. Du und Pizza? Niemals.«

Ich verdrehe die Augen. »Es geht hier um einen Porsche. Da kann ich ein Stück essen.«

»Deswegen hast du vorhin wie ein Verrückter trainiert.« Rory boxt in meinen Oberarm. »Die Kleine schafft es tatsächlich, dass du dich gehen lässt.«

Er und Connor geben sich grinsend ein High Five. Sie sind sich ihrer Sache absolut sicher. Wenn sie wüssten, dass ihr Plan nicht aufgeht …

»Ihr übertreibt.«

»Und ihr habt keinen Sex?«, bohrt Rory nach.

»Natürlich nicht. Ich habe sie nicht mal geküsst.«

Connor beugt sich vor und betrachtet mich auf eine merkwürdige Art und Weise. Sein Grinsen ist verschwunden. »Ihr hattet vier Dates, richtig?«

»Habe ich doch gerade gesagt. Lauren ist nicht wie die anderen Frauen, die mir um den Hals fallen und mich ins Bett zerren. Sie hat definitiv kein Interesse an mir. Außerdem bekommt sie häufiger Männerbesuch.«

»Das hat sie dir erzählt?« Rory bleibt skeptisch.

»Nein. Ich habe es gesehen.« Dabei erwähne ich lieber nicht, dass ich Lauren schon mehrmals durch den Spion an meiner Wohnungstür beobachtet habe. Schlimm genug, dass ich es getan habe.

Beide werfen sich einen vielsagenden Blick zu, woraufhin Connor mit den Schultern zuckt. »Vielleicht haben wir die falsche Frau ausgesucht.«

»Egal. Die Wette gilt und ich werde gewinnen.« Demonstrativ sehe ich auf die Uhr. »Damit ich es nicht versaue, muss ich jetzt los.«

Ich verabschiede mich von meinen Kumpels und schwinge mich ins Auto. Bevor ich losfahre, prüfe ich meine Kalorienzufuhr. So hart, wie ich heute trainiert habe, sollte die Pizza nicht allzu sehr ins Gewicht fallen. Danach öffne ich Instagram und schaue, was Lauren treibt.

Es ist ein neuer Post online. Der Typ, der sie heute Morgen abgeholt hat, ist mit ihr auf einem Foto zu sehen. Schnell schließe ich die App, weil sich die beiden vertraut anschauen. Und das gefällt mir nicht. Erst recht nicht, als ich durch den Spion gesehen habe, wie innig sie sich umarmt haben.

Ach, Mist – ich muss noch das versprochene Eis besorgen!

Als ich eine halbe Stunde später meine Wohnungstür aufschließe, werde ich freudig von Shadow empfangen. Wir drehen eine Runde, danach mache ich mich fertig. Lauren ist definitiv zu Hause, das kann ich hören; die Wände sind schließlich dünn.

Pünktlich um neunzehn Uhr klopfe ich bei ihr an der Tür und sie öffnet mir prompt. Der Pizzageruch schlägt mir entgegen und obwohl ich gerade erst einen Shake hatte, knurrt mein Magen.

»Hey, Lauren. Hier duftet es ja gut.« Ich trete ein.

Ein sanftes Lächeln umspielt ihre Lippen, als ich ihr den Eisbecher in die Hand drücke.

»Danke. Das Essen ist fertig.« Sie deutet zum Wohnzimmer. »Setz dich.«

Während ich zur Couch schlendere, sehe ich mich unauffällig um. Neben der Badezimmertür steht ein Kaninchenstall, der aber leer ist. Die drei hoppeln frei herum und beobachten mich neugierig aus einiger Entfernung.

Die Wohnung hat denselben Schnitt wie meine – nur spiegelverkehrt – und ist mit hellen Möbeln ausgestattet. Alles wirkt gemütlich, es ist aufgeräumt und sauber. Auf den Schränken stehen Grünpflanzen, damit sie für die Kaninchen unerreichbar sind.

Das Bücherregal ist komplett gefüllt mit Romanen, die mir nichts sagen. Aber das ist sicher kein Wunder, weil ich selten lese. Den Titeln nach zu urteilen sind es hauptsächlich romantische Liebesgeschichten. So habe ich Lauren nicht eingeschätzt – eher als Thrillerleserin.

An den Wänden hängen Bilder von verschiedenen Tieren. Die Couch ist mit haufenweise bunten Kissen bestückt, auf dem Tisch brennen drei Teelichter. Im Grunde ist es genauso, wie ich es mir vorgestellt habe.

»Kann ich dir helfen?«, frage ich, nachdem ich mich umgesehen habe.

»Nein, es ist schon alles bereit.« Lauren betritt mit zwei Pizzatellern den Raum und stellt sie auf dem Couchtisch ab. »Was möchtest du trinken? Bier, Wein, Wasser?«

»Ein Wasser bitte.« Ich nehme Platz und schaue Lauren hinterher, wie sie in die Küche verschwindet. Heute trägt sie kein Kleid, dafür eine lange Bluse und Jeans.

Mit zwei gefüllten Gläsern kommt sie zurück – in ihrem ist vermutlich Rotwein. Lauren setzt sich neben mich. Erst jetzt bemerke ich die dick belegten Pizzen auf den Tellern vor uns. Puh, das Teil wird mein Kalorienlimit definitiv sprengen. Sofort drückt es in meinem Magen unangenehm.

»Willst du jetzt kneifen?« Lauren betrachtet mich mit einem amüsierten Blick.

Ich höre mich schlucken und brauche einen Moment, bis ich sprechen kann. »Hast du morgen was vor?«

»Nein?« Sie lässt ihre Antwort wie eine Frage klingen, ich höre deutlich die Neugierde heraus.

»Besitzt du Outdoorkleidung?«

Lauren verzieht einen Mundwinkel. »Warum habe ich das Gefühl, dass ich es bereuen werde, wenn ich Ja sage?«

»Wir gehen morgen wandern.«

Ihre Schultern sacken nach unten und ihre Augen werden groß. »Das hört sich aus deinem Mund gefährlich an.«

»Du wirst es überleben. Ich hingegen«, mein Blick schweift über die riesige Pizza, »bin mir nicht sicher.«

»Na gut. Aber wenn ich nicht mehr laufen kann, musst du mich tragen. Stark genug bist du ja.« Lauren kichert und bringt mich damit zum Lachen. »Lass uns anfangen, sonst wird das Essen kalt.«

Nickend greife ich nach dem ersten Stück. Bevor ich hineinbeiße, betrachte ich die Zutaten. Massig Käse, darunter Mais, Zwiebeln, Champions und Thunfisch – eine ungewöhnliche Kombination. Der Boden ist dick und fluffig und mit Tomatensoße bestrichen. Ich mache die Augen zu und nehme einen Bissen. Langsam kauend achte ich auf die verschiedenen Geschmacksnoten.

»Und?« Lauren holt mich wieder ins Hier und Jetzt.

Ich schlucke hinunter. »Verdammt. Die ist echt lecker.« Und das sage ich nicht, um ihr eine Freude zu machen, es stimmt tatsächlich.

»Siehst du mal, was du in all den Jahren verpasst hast.«

»Woraus ist der Teig? Er ist irgendwie … cremig statt knusprig.«

»Quark, Mehl, Milch und Öl.«

Ich beiße nochmals ab und stöhne genüsslich. »Das ist die beste Pizza, die ich je gegessen habe«, murmle ich mit vollem Mund.

Lauren strahlt mich an. »Danke.«

Während wir über andere mögliche Belagsvarianten plaudern, merke ich nicht, wie schnell unsere Teller leer werden. Der Druck in meinem Magen verschwindet und macht Platz für eine angenehme Wärme. Mir war bisher nicht bewusst, worauf ich alles verzichtet habe, seit ich intensiv Kraftsport betreibe.

Satt und zufrieden trage ich mit Lauren die Teller in die Küche und räume sie in den Geschirrspüler. Aus dem Gefrierschrank nimmt sie den Eisbecher und reicht mir zwei Löffel. Wir machen es uns auf der Couch gemütlich und starten bei Netflix einen Actionfilm. Nebenbei schlemmen wir das Eis.

Es fühlt sich merkwürdig an, sich mit Lauren den Becher zu teilen. Irgendwie vertraut. Dabei kennen wir uns doch kaum. Aber je mehr Zeit ich mit ihr verbringe, desto mehr wird mir bewusst, dass ich Lauren zuerst falsch eingeschätzt habe.

Während ich vorhin mit Shadow spazieren war, musste ich über Connors und Rorys Worte nachdenken. Lauren sieht mich als Kumpel und die beiden haben die Hoffnung, wir würden uns ineinander verlieben.

Vielleicht bin ich auch nicht mehr in der Lage dazu, seitdem die Sache mit Florence grundlegend in die Hose gegangen ist – im wahrsten Sinne des Wortes. Wer weiß, ob es je eine Frau schafft, dass ich ihr aufrichtig vertrauen kann. Aber eines steht fest: Keine wird mich je wieder so demütigen, wie Florence es getan hat.

Nachdem der Eisbecher leer ist, setzt Lauren sich im Schneidersitz neben mich und presst ein Kissen an ihren Bauch. Dabei berührt sie mit dem Knie beinahe meinen Oberschenkel. Obwohl der Film spannend ist, muss ich immer wieder nach unten sehen. Ob sie darauf wartet, dass ich etwas tue?

Warum sollte sie, Ace? Wir sind Freunde. Freunde. Freunde. Freunde. Mehr nicht.

Also achte ich darauf, mich nicht zu bewegen, damit ich sie nicht versehentlich berühre.

Kapitel 19

Lauren

Gähnend strecke ich mich. Warum scheint mir die Sonne ins Gesicht? Vorsichtig öffne ich ein Auge und sehe verschwommen die Umrisse meines Wohnzimmers. Verdammt, ich bin während des Films auf der Couch eingeschlafen. Der Tag mit Timothy war zwar schön, aber anstrengend. Und dann noch … Ashton!

Ruckartig richte ich mich auf. Von ihm fehlt jede Spur, allerdings liegt eine Decke über meinen Beinen und der Fernseher ist aus. Na toll! Ich habe nicht bemerkt, wie er gegangen ist.

Seufzend lasse ich mich zurück auf die Couch sinken und schließe die Augen. Es war eine dämliche Idee, Ashton zum Pizzaessen bei mir einzuladen. Nicht nur, dass ich den ganzen Abend stocksteif neben ihm gesessen habe, muss ich heute zu allem Überfluss mit ihm wandern. Dabei ist das so gar nicht mein Fall.

Worauf habe ich mich nur eingelassen?

Mein Handy vibriert. Mit geschlossenen Lidern taste ich auf dem Couchtisch danach und finde es nach einer gefühlten Ewigkeit. Ich prüfe die Nachrichten bei Tinder. *BookwormBen* hat mir geschrieben, aber ich antworte ihm lieber später.

Außerdem hat Timothy ein Foto gesendet. Darauf sind er und Hazel zu sehen. Sie hält strahlend ihre Hand mit dem Verlobungsring hoch. Ach, wie schön. Ich freue mich sehr für die beiden. Um meine Glückwünsche auszurichten, rufe ich ihn an.

Am Samstag ist die Verlobungsparty, zu der er mich einlädt. Als er fragt, ob ich eine Begleitung mitbringe, überlege ich kurz, verneine dann aber. Wen sollte ich denn mitbringen? Abgesehen von Eleanor natürlich.

Nach unserem Telefonat zwinge ich mich zum Aufstehen. Ich weiß nicht, wann Ashton aufbrechen möchte; wir haben keine Uhrzeit ausgemacht. Nach einem ausgiebigen Frühstück kümmere ich mich wie jeden Sonntag um den Haushalt.

Anschließend hole ich aus der hintersten Ecke meines Schranks die Outdoorausrüstung heraus. Die habe ich mir vor drei Jahren gekauft, weil Eleanor, Kristena, Nathalee und ich Urlaub in den schottischen Highlands machen wollten. Krankheitsbedingt konnte ich leider nicht mit.

Die Schuhe habe ich noch nie getragen, hoffentlich gibt das keine Blasen. Außerdem lege ich ein Regencape dazu, schließlich ist das Wetter immer für eine Überraschung gut.

Es klopft an der Tür. Einige Atemzüge ringe ich mit mir, ob ich wirklich mit Ashton wandern möchte, doch dann öffne ich die Wohnungstür. Er trägt robuste Wanderstiefel, eine Softshellhose und einen Kapuzenpullover. Shadow steht schwanzwedelnd neben ihm.

»Hey, Lauren. Bist du bereit?«

»Fast. Ich muss mich noch umziehen.«

»Alles klar. Dann treffen wir uns am Parkplatz?«

Ich nicke und schließe die Tür. Eilig mache ich mich fertig und komme fünfzehn Minuten später an seinem Wagen an. Shadow sitzt bereits auf der Rückbank. Ich reiche Ashton meinen Rucksack, den er zu seinem in den Kofferraum packt, und steige ein.

»Wohin fahren wir?«, frage ich und knete meine Hände. Es ist zwar nicht das erste Mal, dass ich in Ashtons Auto sitze, aber heute bin ich noch nervöser als am Freitag.

»Zum *Howth Cliff Walk*. Warst du schon mal dort?«

»Nein. Nur in *Howth Castle* vor einigen Jahren.« Wir haben zu Dads Geburtstag einen Familienausflug dorthin gemacht. Die Burg mit den Parkanlagen ist eine Besichtigung wert. Aber das Café mit dem selbst gebackenen Kuchen ist mir mehr in Erinnerung geblieben.

»Okay. Es gibt vier Wanderwege, die recht einfach sind. Der kürzere ist sechs Kilometer, der längste zwölf. Welchen wollen wir nehmen?« Ashton lenkt den Wagen zur Straße und fädelt sich in den Verkehr ein.

Ich schnaube. »Was für eine Frage.«

»Dachte ich mir.« Er wendet mir flüchtig den Kopf zu und grinst mich an. »Gut geschlafen?«

»Kann nicht klagen. Wann bist du gegangen?«

»Als der Film zu Ende war. Du hast nichts mehr mitbekommen.«

»Entschuldige, Ashton. Normalerweise passiert mir das nicht.« Hat vielleicht am Wein gelegen, den ich allein getrunken habe …

Er erwidert darauf nichts. Im Radio läuft Rockmusik. *»Still Counting«* von Volbeat, wie mir ein Blick auf das Display zeigt. Während ich dem Song lausche, lehne ich mich entspannt zurück und sehe aus dem

Beifahrerfenster. Zuerst ziehen die Reihenhäuser an uns vorbei, dann wechselt der Ausblick auf grüne Hügel, Klippen und das Meer.

Keine Stunde später hält Ashton auf dem Parkplatz am Hafen von Howth. Es stehen einige Autos hier. Manche Besucher brechen gerade für ihre Wanderung auf, andere schlendern zum Zentrum. Obwohl ich gern in der Natur bin, gefällt es mir nicht, sinnlos in der Gegend herumzulaufen. Dementsprechend eingestimmt steige ich aus und schultere meinen Rucksack.

Kommentarlos reicht Ashton mir die Leine. Shadow zerrt mich sofort über den Parkplatz und hebt an einem Baum das Bein – muss dringend gewesen sein. Während er sich erleichtert, sehe ich mich um.

Vor mir liegen der Hafen und der Fischmarkt, an dem reges Treiben herrscht. Boote schaukeln auf dem Meer, die von Möwen umkreist werden. In einiger Entfernung kann ich den Leuchtturm ausmachen, der majestätisch auf den Klippen thront.

Ich sauge die frische Luft tief in meine Lunge ein und lasse die Geräusche und Gerüche um mich herum wirken. Sofort legt sich ein salziger Geschmack auf meine Zunge.

Vielleicht war es doch keine schlechte Idee von Ashton, hierherzukommen. Irgendwie hänge ich seit Jahren im selben Trott fest und brauche dringend Abwechslung.

Wenn ich Glück habe, wird die Wanderung nicht so schlimm.

Shadow zieht mich weiter, die Nase auf den Boden gesenkt. Dann schließt Ashton zu uns auf und nimmt mir die Leine ab. Dabei berühren sich unsere Finger flüchtig. Schnell schiebe ich die Daumen unter die Träger meines Rucksacks, damit ich das Kribbeln in den Fingerspitzen verdränge.

»Wollen wir los oder musst du vorher auf die Toilette?« Ashton deutet mit einer Kopfbewegung zur Raststätte.

»Gute Idee.«

Ich suche die Waschräume auf und als ich zu Ashton und Shadow zurückkehre, stehen die beiden bei einer Wandergruppe. Es sind vier Frauen in unserem Alter, die sportlich sind und Ashton mit ihren Blicken anschmachten.

Ich verlangsame meine Schritte, weil ich mich in dieser Runde unwohl fühle. Aus den Gesprächsfetzen nehme ich heraus, dass sie die längere Strecke entlangwandern wollen.

»Wir probieren heute den *Cliff Path Loop*.« Ashton lächelt mich an, als er mich bemerkt, und Shadow schmiegt sich winselnd an meine Beine.

Das entgeht den Frauen nicht, denn nun widmen sie ihre Aufmerksamkeit mir. Ich hebe zum Gruß die Hand. »Hey.«

Alle vier nicken lediglich. Eine verschränkt sogar die Arme vor ihrer Brust.

»Viel Spaß«, verabschiedet Ashton sich, woraufhin sie losmarschieren.

Ich sehe ihnen kurz hinterher. »Kennst du sie?«

»Nein. Wir haben nur ein bisschen gequatscht. Sie haben gedacht, ich wäre allein unterwegs und mich gefragt, ob ich sie begleiten möchte.«

Ich nicke und dann geht es los. Zunächst kommen wir auf der Straße von Howth gut voran, bis wir auf einen Pfad direkt an den Klippen wechseln. Vor uns läuft eine Familie mit zwei jüngeren Kindern, die sich immer wieder nach Shadow umdrehen und kichernd winken.

Der Weg um uns herum ist mit Ginster, Heide und Farn gesäumt. Schafe grasen auf der Wiese oder dösen. Mal geht es bergauf, mal bergab. Es ist teilweise uneben und ich bin froh, passende Schuhe zu tragen.

Wir passieren Steinformationen und bleiben hin und wieder stehen, um den Ausblick zu genießen und Fotos zu machen. Das Meer leuchtet in unzähligen Blautönen, während die Wellen gegen die steilen Felswände donnern.

Eine kühle Brise weht mir ins Gesicht und zerrt an meinen offenen Haaren. Gleichzeitig wärmt mich die Sonne, dadurch schwitze ich am Rücken.

Trotzdem fühle ich mich lebendig und frei in dieser wunderschönen Umgebung.

Kapitel 20

Ashton

Laurens Lächeln wird von Schritt zu Schritt breiter. Man sieht ihr an, wie sie die vielen Eindrücke in sich aufsaugt. Um sie nicht allzu sehr zu verärgern, habe ich extra einen Wanderweg gewählt, der für sie einfach zu meistern ist. Schließlich soll sie mit einem Erfolgserlebnis den Tag beenden.

Nachdem wir etwa eine halbe Stunde unterwegs sind, verzieht Lauren beim Gehen allerdings das Gesicht und tritt bedachter auf.

»Alles in Ordnung?«, frage ich.

»Die Schuhe sind neu. Ich glaube, ich habe mir Blasen gelaufen.«

Auch das noch. »Wir machen eine Pause und dann sehe ich mir deine Füße an.« Ich lege meine Hand auf ihre Schulter und führe Lauren abseits des Pfads zu einer Wiese, auf der blaue Kornblumen blühen. Hier sind wir ungestört.

Sie nimmt den Rucksack ab und lässt sich mit einem erschöpften Seufzen ins Gras plumpsen. Shadow ist ebenfalls erledigt und wirft sich mit heraushängender Zunge neben sie. Ich reiche ihr die Leine, hocke mich vor Lauren und öffne ihre Schnürsenkel. Erstaunlicherweise lässt sie mich machen, ohne herumzunörgeln.

Vorsichtig streife ich ihr die Schuhe und anschließend die Socken ab. Am kleinen und großen Zeh sowie an den Hacken sieht man bereits auf beiden Füßen die wunden Stellen.

»Hast recht, das werden Blasen.« Ich setze meinen Rucksack ab, um nach Pflastern zu suchen.

»Und nun? So kann ich unmöglich weiterlaufen.«

»Keine Sorge. Ich bin vorbereitet«, sage ich und halte triumphierend die Packung hoch, was Lauren mit einem erstaunten Laut kommentiert.

Sie beobachtet mich aufmerksam, während ich die Pflaster aufklebe. Mit den Fingerspitzen streiche ich sie fest, damit sie sich beim Gehen nicht lösen. Ihre Haut fühlt sich weich an.

Als ich fertig bin und aufsehe, verfangen sich unsere Blicke. Da ist erneut diese Wärme in Laurens Augen, die mein Herz etwas schneller schlagen lässt. Ruckartig ziehe ich meine Hände von ihren Füßen, weil es in meinem Magen merkwürdig kribbelt.

»Danke.« Lauren senkt den Kopf, wackelt mit den Zehen und wirkt erleichtert. »Jetzt ist es bestimmt besser.«

»Keine Ursache.« Ich setze mich neben sie und gebe Shadow Wasser.

Auch Lauren nutzt die Pause, um etwas zu trinken. »Es ist wirklich schön hier.«

»Warte, bis wir die Aussichtsplattform erreicht haben.«

»Wie weit ist es noch bis dahin?«

»Etwa dreißig Minuten.«

Shadow legt sich auf den Rücken und lässt sich von Lauren den Bauch kraulen. Ich tue es ihm gleich, doch ich bekomme keine Streicheleinheiten. Eine Weile beobachte ich die Vögel am Himmel, die schwerelos durch die Luft gleiten und zwitschern. Ich zupfe eine Blüte von den Kornblumen ab und drehe sie zwischen den Fingern.

Bis sich Lauren ebenfalls hinlegt und nach oben schaut. Ich wende mich auf die Seite, stütze den Kopf in meiner Handfläche ab und betrachte ihr entspanntes Gesicht. Ein einzelnes Haar klebt an ihrem Mundwinkel. Wie von selbst zupfe ich es ab und streiche ihr eine Strähne hinters Ohr.

Als ich dabei ihre weiche Wange berühre, dreht Lauren mir den Kopf zu. Erneut liegen unsere Blicke aufeinander und ich schaffe es nicht, wegzusehen. Ich glaube, darin dieselbe Unsicherheit zu finden, die auch in mir herrscht.

Sie befeuchtet mit der Zunge ihre Lippen, ihr Brustkorb hebt und senkt sich auffallend. Schon als Lauren gestern Abend auf der Couch geschlafen hat, war da dieses Gefühl, sie am liebsten küssen zu wollen. Es hat mich dermaßen irritiert, dass ich Lauren zugedeckt und fluchtartig ihre Wohnung verlassen habe.

Und nun ist es erneut da. Aber dieses Mal viel stärker und ich schaffe es nicht, mich dagegen zu wehren. Ich will es auch nicht. Ich will es zulassen.

Langsam beuge ich mich vor und werde von Laurens mittlerweile vertrautem Geruch nach Vanille umhüllt, den ihre Haare verströmen. Wenige Zentimeter, bevor sich unsere Lippen treffen, halte ich inne und gebe ihr die Chance zurückzuweichen. Aber sie rührt sich nicht von der Stelle.

Ich betrachte Lauren, ihre halb geschlossenen Lider, die sanfte Röte auf ihren Wangen. Sie hat den Atem angehalten, den Mund leicht geöffnet, als würde sie darauf warten, dass ich sie küsse. Und verdammt, ich will es auch. Ich streiche mit den Fingern durch ihr samtiges Haar, lege meine Hand in ihren Nacken und …

Shadow bellt und zerrt an der Leine, die Lauren noch hält. Erschrocken fahren wir auseinander und setzen uns auf. Ein anderer Hund läuft mit seinem Besitzer an uns vorbei. Wahrscheinlich ein Mädchen, auf das Shadow scharf ist. So reagiert er immer, aber ich habe es nicht übers Herz gebracht, ihn kastrieren zu lassen.

»Komm her, Junge«, sage ich und kann die Verärgerung in meiner Stimme nicht verbergen.

Zum Glück beruhigt er sich und schmeißt sich schmollend vor meine Füße. Er legt die Schnauze auf den Pfoten ab und schielt der Dame hinterher, die ihn gekonnt ignoriert.

Zögerlich schaue ich zu Lauren, die sich die Socken anzieht und anschließend die Schuhe zubindet. »Willst du weiter?«, frage ich irritiert.

»Hm-hm«, macht sie lediglich und weicht meinem Blick aus.

Eigentlich möchte ich lieber mit ihr im Gras liegen bleiben …

Dennoch erhebe ich mich, schultere meinen Rucksack und reiche Lauren die Hand. Zwei Atemzüge vergehen, bis sie danach greift und sich hochhelfen lässt. Ich will Lauren dichter an mich heranziehen, aber sie löst sofort ihre Hand aus meiner und wendet sich von mir ab.

Ist sie sauer, weil wir uns beinahe geküsst haben, oder weil wir unterbrochen wurden? Aus ihrem Gesicht kann ich darauf keine Antwort lesen.

Auch Lauren setzt ihren Rucksack auf. Ich nehme ihr die Leine ab, bevor wir weitergehen. Und dann marschiert sie in einem Tempo los, das ich ihr nicht zugetraut habe. Kein Zweifel – sie ist sauer.

Was habe ich mir dabei gedacht? Das mit der Wette war eine dämliche Idee. Weil wenn ich damit weitermache, verletze ich Lauren womöglich und das möchte ich auf keinen Fall. Porsche hin oder her, sie ist ein Mensch, der es nicht verdient hat, angelogen zu werden.

Ich glaube, ich habe noch nie eine Frau kennengelernt, die so hilfsbereit und selbstlos ist wie Lauren. Da ist es nicht verwunderlich, dass sich die Kerle um sie reißen. Aber möchte ich das auch? Will ich einen Schritt weitergehen und damit die Wette aufs Spiel setzen?

Die Gedanken schwirren mir durch den Kopf und immer, wenn ich das Gefühl habe, zu einem Entschluss gekommen zu sein, türmen sich neue Fragen auf. Es ist besser, dass ich mir vorher darüber im Klaren bin, was ich als Nächstes tue, und mich erst einmal zurückhalte. Schließlich will ich auf keinen Fall erneut so eine Demütigung wie mit Florence erleben.

Kapitel 21

Lauren

Wie waren deine Tinderdates?« Eleanor nippt an ihrem Kaffee und grinst mich über den Tassenrand hinweg an.

Ich verdrehe die Augen. »Erinnere mich nicht daran. Der Kerl, mit dem ich am Montag ausgegangen bin, hat die ganze Zeit nur über sich geredet. Ich bin kaum zu Wort gekommen. Und zu allem Überfluss hat er zum Abschied versucht mich zu küssen, obwohl er extrem nach Knoblauch gerochen hat.« Ich verziehe das Gesicht, um zu verdeutlichen, wie sehr mich diese Vorstellung abstößt. »Der Typ von gestern war mindestens fünfzehn Jahre älter als auf den Fotos. Nach einer halben Stunde bin ich gegangen, weil er aufdringlich wurde.«

Eleanor schüttelt den Kopf, legt ihre Hand auf meine und drückt sie leicht. »Nur weil zwei Dates schiefgegangen sind, solltest du die Hoffnung noch nicht aufgeben … Wie läuft es eigentlich mit deinem sexy Nachbar?«

»Da läuft rein gar nichts. Samstag war er bei mir. Wir haben Pizza gegessen und uns einen Film angesehen. Am Sonntag waren wir wandern. Seitdem habe ich ihn nicht mehr gesehen.«

»Ist denn irgendetwas zwischen euch vorgefallen?« Sie zieht ihre Hand zurück und betrachtet mich neugierig.

»Was meinst du?« Ich achte darauf, desinteressiert zu klingen, in der Hoffnung, dass Eleanor nicht weiter herumbohrt.

Bisher habe ich es geschafft, unseren Beinahe-Kuss aus meinen Gedanken zu verbannen, weil ich nicht weiß, was ich davon halten soll. Doch nun kommen die Erinnerungen an diesen Moment wieder in mir hoch. Und ganz besonders das leichte Flattern in meinem Bauch.

»Du hast mit diesem Mann fünf Tage hintereinander verbracht – das romantische Dinner, der Spaziergang im Regen und all das. Und dann meldet er sich plötzlich nicht mehr?« Sie legt den Kopf schief und denkt kurz nach. »Das passt nicht zusammen.«

Ich rühre meinen Kaffee um, um Eleanors intensivem Blick zu entgehen. »Er hat mich beinahe geküsst.« Die Worte kommen nach einiger Zeit leise über meine Lippen.

»*Was?* Und das sagst du mir erst jetzt? Erzähl!«

»Da gibt es nicht viel zu erzählen. Wir haben auf der Wiese gelegen und er war kurz davor, mich zu küssen, aber dann hat sein Hund gebellt und uns unterbrochen. Ashton hat anschließend so getan, als wäre nichts passiert. Nach der Wanderung haben wir uns vor der Wohnung verabschiedet. Das war's. Seitdem herrscht Funkstille.«

Eleanor bläht die Wangen auf und sieht jetzt aus wie ein Hamster, der seine Vorräte bunkert. »Wolltest du von ihm geküsst werden?«

»Ja. Nein. Vielleicht … Ach, ich weiß doch auch nicht.« Ich stütze das Kinn in der Handfläche ab und seufze tief. »In diesem Moment wollte ich es. Aber wenn ich darüber nachdenke, möchte ich es nicht. Ich brauche nicht noch einen weiteren Kerl, der mit meinem Herzen spielt.«

»Und was ist mit der Variante, dass er sich in dich verliebt hat?«

»Aber doch nicht nach einer Woche. Wir kennen uns schließlich kaum.«

»Magst du ihn?«

»Stell mir nicht immer solche schwierigen Fragen, auf die ich keine Antworten habe. Wir verstehen uns eben gut und ich habe bisher gedacht, wir sind nur befreundet.«

»Weil du davon ausgegangen bist, dass er kein Interesse an dir hat. Aber das hat er nun widerlegt.«

»Falls das stimmt, wird er mir nicht ewig aus dem Weg gehen. Und dann kann ich mir immer noch den Kopf darüber zerbrechen.«

»Na wenn du meinst …« Zum Glück merkt Eleanor, dass ich nicht weiter über Ashton sprechen möchte. »Wie ist der Stand mit deinem Arbeitskollegen?«

»Keine Nachricht. Im Büro bin ich Wyatt bisher nicht begegnet.«

»Er wird dir sicher bald schreiben.«

»Hoffentlich.« Ich leere meinen Kaffee, der bereits kalt ist, und lasse den Blick durch Eleanors Wohnzimmer gleiten. Sie hat mal wieder ihre Möbel umgeräumt. Das tut sie nur, wenn sie genervt ist. Also frage ich: »Was gibt es bei dir Neues?«

Sie winkt ab. »Nur das Übliche. Mom nervt mich mittlerweile wöchentlich, wann ich einen Mann heirate und sie endlich Grandma wird. Und Senan vom Speeddating hat sich nicht bei mir gemeldet.«

»Das tut mir leid … Aber ist es nicht der perfekte Zeitpunkt, um mit Tinder zu starten?«

Eleanor verzieht einen Mundwinkel. »Nachdem ich dich dazu überredet habe, kann ich schlecht kneifen, oder?«

Ich lache. »Keine Chance.«

Fünfzehn Minuten später ist Eleanors Profil erstellt und wir wischen uns durch die App. Einige Männer kommen mir bekannt vor, andere wurden mir bisher nicht angezeigt. Genauso wie meine Freundin mir geholfen hat, stehe ich ihr nun zur Seite.

Und dann lächelt mich ein Kerl an, der mir nur allzu bekannt ist. »Stopp!«

Eleanor zuckt zusammen und lässt beinahe das Handy fallen. »Gott verdammt, Laurie! Soll ich einen Herzinfarkt bekommen?«

»Das ist Ashton.« Ich deute auf sein Tinder-Profil.

»Nicht dein Ernst? Der ist heißer, als du ihn mir beschrieben hast.«

Gemeinsam betrachten wir seine Fotos. Auf einem ist nur sein Gesicht zu sehen, auf den restlichen posiert er entweder mit nacktem Oberkörper oder mit Hanteln im Fitnessstudio. Sein Text dazu ist kurz. Er sucht keinen One-Night-Stand, sondern die Frau fürs Leben.

Wirklich? Damit habe ich nicht gerechnet.

»Ob er mich auch auf Tinder gesehen hat?«, murmle ich gedankenverloren.

»Schon möglich. Frag ihn doch einfach.«

Ich schüttle den Kopf. »Ist egal. Mach weiter«, erwidere ich, obwohl es mich interessiert.

☘ ☘ ☘

Eine Stunde später komme ich an meiner Wohnungstür an. Aus dem Augenwinkel schaue ich nach nebenan. Leise Musik ist zu hören, sonst nichts. Ich schließe auf und trete ein. Nach der üblichen Begrüßung von Mario, Luigi und Peach zieht es mich in die Küche.

Mir ist danach, zu backen. Etwas Süßes mit viel Kalorien. Schließlich hatte ich heute wieder Stress mit Mister Sheppard. Na ja, eigentlich habe ich den täglich. Aber gerade beschäftigt mich die Sache mit Ashton sogar mehr als mein Chef. Nachdenklich blättere ich durch meine Rezeptsammlung und wähle den Schokoladenkuchen.

Während ich den Teig anrühre, summe ich ein Lied aus dem Radio mit und wippe im Takt mit den Hüften. Solange das Küchlein im Ofen ist, beantworte ich die Nachrichten bei Tinder und Instagram. Nur leider vergeht mir langsam die Lust darauf, da ich jedes Mal alles von vorn schreiben muss, wenn ich ein neues Match habe.

Dann ist meine Kaloriensünde fertig. Nachdem der Kuchen etwas abgekühlt ist, verteile ich ordentlich Schokoladenguss darüber. Lecker! Davon muss ich gleich ein Foto auf Instagram posten.

Ich schneide mir ein Stück ab und schiebe mir einen Bissen in den Mund, als mein Handy klingelt. Jonathan! Schnell schlucke ich herunter und nehme den Anruf von meinem Bruder entgegen.

»Das ist aber eine Überraschung«, sage ich mit einem breiten Lächeln.

»Hast mich wohl vermisst?« Ich höre ihn durch den Lautsprecher grinsen.

»Und ob. Wie geht es dir?«

»Alles bestens. Momentan bin ich in London.«

Im Hintergrund wird ein Flug aufgerufen. »Nicht wahr? Kommst du etwa nach Hause?«

»Deswegen rufe ich dich an. Hast du heute Abend Platz auf deiner Couch?«

»Für dich immer. Heißt das, du bist bei Timmys Verlobungsfeier dabei?«

»So ist der Plan.«

»Hach, ich freue mich so. Es ist ewig her, seit wir uns zuletzt gesehen haben. Wissen es Mom und Dad schon?«

»Nein. Soll eine Überraschung werden. Also nichts ausplaudern, Laurie.«

»Ehrenwort.«

»Und wie läuft es bei dir?«

»Gut. Ich habe mir gerade einen Schokoladenkuchen gebacken.«

»Du kleine Naschkatze. Lässt du mir ein Stück übrig?«

»Klar, Jona.«

»Ist wirklich alles okay? Du klingst etwas bedrückt.«

»Nichts Dramatisches. Erzähle ich dir nachher … Wie lange bleibst du in Dublin?«

»Wenn alles klappt, bis zu Hopes zehntem Geburtstag. Ich habe vorhin mit Patrick telefoniert. Sie wollen groß feiern.«

Eine Weile plaudern wir, bis Jonathans Flug aufgerufen wird. Durch seine Arbeit in einer Whiskydestillerie kommt er viel in der Welt herum und hat immer interessante Anekdoten auf Lager.

Nachdem ich das Gespräch mit meinem Bruder beendet habe, widme ich mich wieder dem Kuchen. Und erneut kreisen meine Gedanken um Ashton. Die Funkstille zwischen uns macht mir mehr zu schaffen, als ich mir eingestehen will.

Ich schiebe den Teller beiseite, lehne mich auf der Couch zurück und schließe die Augen. Als Ashton auf der Wiese meine Wange berührt hat, hat mein ganzer Körper gekribbelt. Und sein Blick erst! Warm und liebevoll zugleich. Vielleicht sogar etwas verlangend.

Auf diese Art und Weise hat mich noch nie ein Mann angesehen. In diesem Moment wollte ich, dass er mich küsst. Umso enttäuschter bin ich, dass wir unterbrochen wurden.

Was passiert wäre, wenn Shadow nicht gebellt hätte? Ist Ashton ein guter Küsser? Bestimmt. Außerdem sehen seine Lippen weich aus. Bei der Vorstellung, wie unsere Zungen miteinander spielen, zieht es sehnsüchtig zwischen meinen Beinen.

Keuchend öffne ich die Augen. Es ist einfach zu lange her, dass ich Sex hatte. Wo ist der Vibrator, den mir Nathalee geschenkt hat? Schließlich kann ich Schokolade auch mit einem Orgasmus kombinieren …

Kapitel 22

Ashton

Die Arme nicht durchstrecken«, sage ich und tippe auf Ophelias Ellenbogen.

Sofort korrigiert sie die Spannung. Nach fünf weiteren Wiederholungen drückt sie die Hantelstange von sich, um sie auf der Ablage abzusetzen. »Gut so?«

»Schon besser. Wir sind für heute fertig. Du kannst mit dem Cool Down starten.«

Ophelia schwingt sich hoch und grinst mich verführerisch an. »Gibst du auch Privatstunden?«

»Was …« Ich räuspere mich, weil ich aus Gewohnheit beinahe zugestimmt hätte. »Momentan nicht.«

»Schade.« Sie macht sich auf den Weg zum Crosstrainer. Natürlich wackelt sie dabei aufreizend mit ihrem knackigen Hintern. So ein richtig schöner Apfelpo.

Schnell reiße ich mich von ihrem Anblick los und schlendere hinter den Tresen zu meiner Kollegin, die mit einer Kundin plaudert, um den neuen Trainingsplan für Ophelia auszuarbeiten. Beide schenken mir ein anschmachtendes Lächeln, das ich allerdings ignoriere.

Seit Tagen erkenne ich mich selbst nicht wieder. Ständig muss ich an Lauren denken. Besonders an den Moment auf der Wiese und ihren traurigen und zugleich verwirrten Gesichtsausdruck, während der restlichen Wanderung.

Mittlerweile bereue ich es, sie bei unserem Abschied nicht nach einem weiteren Date gefragt zu haben. Ich möchte sie unbedingt besser kennenlernen, mit ihr lachen und etwas unternehmen. Und das liegt nicht an der Wette.

Sie ist die erste Frau, die sich mir nicht an den Hals geworfen hat und mich dazu bringt, mein Leben zu überdenken. Vielleicht ist sie sogar die Eine, die mich den Mist mit Florence vergessen lässt.

Damit ich das herausfinden kann, muss ich Lauren näherkommen. Dann werde ich …

Mein Handy klingelt und holt mich aus den Grübeleien. Ohne auf den Namen zu achten, lasse ich den Stift fallen und nehme das Gespräch entgegen.

»Finnegan«, melde ich mich.

»Kavanagh.« Es ist der Baustellenleiter. Das bedeutet nichts Gutes. »Wir haben ein Problem.«

War ja klar! »Wie schlimm ist es?«

»Die Wasserrohre in Ihrem Haus sind in einem miserablen Zustand. Es wäre besser, wenn wir die austauschen.«

Ich lege den Kopf in den Nacken und muss das Gesagte erst einmal verdauen. »Wie teuer wird es?«

»Schätzungsweise fünftausend.«

Auch das noch. Wenn die kostenintensiven Probleme nicht bald ein Ende haben, muss ich meinen Kredit bei der Bank aufstocken. Aber es nützt nichts, ich muss dort in einem halben Jahr einziehen, damit die Miete für meine Wohnung wegfällt.

»Okay, machen Sie es.«

»Alles klar. Ich schicke Ihnen das Angebot per E-Mail.«

Zwei Stunden nach dem Telefonat ist Feierabend. Zeit für mein Training. Erst als ich den Frust wegen der steigenden Kosten herausgelassen habe, setze ich mich ins Auto und fahre nach Hause. Shadow erwartet mich bereits, also gehe ich mit ihm spazieren.

Als ich auf dem Rückweg bin, ruft Connor an und fragt, ob ich vorbeikommen kann. Es ist wichtig. Rory ist auch da. Weil mir etwas Ablenkung guttut, stehe ich dreißig Minuten später vor seinem Haus. Ich setze mich mit meinen Kumpels in den Garten und genieße die warmen Sonnenstrahlen im Gesicht. Shadow ist erledigt und verkrümelt sich unter den Tisch.

»Übrigens – was die Wette angeht. Ich werfe das Handtuch«, sage ich unvermittelt. In den letzten Tagen habe ich häufiger darüber nachgedacht und bin immer wieder zu demselben Entschluss gekommen.

Connor, der gerade seine Bierflasche an die Lippen setzen wollte, hält in der Bewegung inne. »Du gibst auf?«

Ich zucke mit den Schultern. »Es war eine Schnapsidee und von Anfang an zum Scheitern verurteilt.« Die wahren Gründe verschweige ich ihnen lieber. Zuerst muss ich sehen, was da zwischen Lauren und mir ist.

»Also seid ihr in der Kiste gelandet?« Rory beugt sich vor und mustert mich aufmerksam.

»Ich will nicht darüber reden.«

Die Jungs kennen mich gut genug, um zu wissen, dass sie nicht mehr aus mir herausbekommen. Deswegen nicken sie lediglich.

Rory knetet seine Hände, wirkt jedoch nicht angespannt. »Jungs, danke, dass ihr spontan hergekommen seid. Ich habe gute Neuigkeiten.«

»Hast du die Beförderung gekriegt?«, fragt Connor.

»Nein, das nicht. Viel besser. Es hat endlich geklappt, ich werde nächstes Jahr Vater.«

»Wow! Herzlichen Glückwunsch.« Ich klopfe ihm auf die Schulter.

Tränen schimmern in seinen Augen. Die beiden sind seit einem Jahr verheiratet und haben bisher vergeblich versucht, schwanger zu werden.

Nach unserer Männerrunde mache ich mich auf den Heimweg. Als ich an Laurens Wohnungstür vorbeikomme, höre ich Geräusche. Demnach ist sie zu Hause. Ich bringe Shadow rein und ziehe das Rezept für den Eiweißshake mit Schokoladengeschmack aus der Hosentasche, das ich vorhin aufgeschrieben habe. Dann klopfe ich bei Lauren.

Es dauert einen Moment, bis die Tür aufschwingt. Doch es sind nicht ihre braunen Augen, die mich betrachten, sondern ein Kerl, der nur ein Handtuch um die Hüften trägt. Er ist etwas kleiner als ich und trainiert definitiv nicht. Seine Haare sind feucht, also kommt er frisch aus der Dusche.

Wohnt er etwa hier? Ist er ihr Freund? Aber er sieht anders aus als die bisherigen Typen, die ich mit Lauren gesehen habe. Ich schätze ihn zwei oder drei Jahre älter als mich.

»Hey.«

»Hey … Ist Lauren da?« Ich brauche einen Moment, bis ich einen halbwegs klaren Gedanken fassen kann.

Er schüttelt den Kopf und verschränkt die Arme vor

der nackten Brust. Kurz habe ich Bedenken, dass dadurch das Handtuch verrutscht, doch es hält. Will er mich etwa einschüchtern oder mich warnen, weil ich in sein Revier eindringe? »Sie ist noch unterwegs. Was willst du von ihr?«

»Ich bin Ashton. Der neue Nachbar. Lauren hat mich um das Rezept hier gebeten.« Ich schwenke das Blatt in meiner Hand.

»Aha. Ich gebe es ihr.« Er nimmt es mir ab und wirft mir einen merkwürdigen Blick zu. »Bye.« Und dann schließt er die Tür.

Wie benommen gehe ich in meine Wohnung. Deshalb war sie mir gegenüber so reserviert und hat nicht mit mir geflirtet. Sie hat einen Freund. Aber wo war er die ganze Zeit? Ich verstehe die Welt nicht mehr.

Seufzend strecke ich mich auf der Couch aus und reibe mir die Schläfen. In meinem Kopf pocht es unerträglich, weil die Gedanken darin umherfliegen wie in einer Achterbahn.

Ich ziehe mein Handy aus der Hosentasche und öffne Laurens Instagram-Account. Sie hat drei neue Posts veröffentlicht, seit ich zuletzt reingeschaut habe.

Zuerst einen Schokoladenkuchen, dann ein Foto, auf dem sie und der Kerl von eben zu sehen sind. Mit strahlenden Gesichtern liegen sie sich in den Armen. Aber der Schock kommt erst beim letzten Bild. Ein Verlobungsring. Es ist eindeutig Laurens Hand, das erkenne ich an der kleinen Narbe am Daumen, die mir aufgefallen ist, als wir die Buchhaltung gemacht haben.

Verdammt! Das kommt unerwartet. Eilig schließe ich die App, weil sich ein Druck in meiner Brust aufbaut und mir die Luft zum Atmen nimmt.

Kapitel 23

Ashton

Shadow tapst hechelnd die letzten Stufen hoch. Wir waren heute länger als üblich spazieren, weil ich eine neue Runde ausprobieren wollte. Ich hatte die Befürchtung, wir könnten Lauren mit ihrem Verlobten über den Weg laufen. Zum Glück ist mir das erspart geblieben.

Ich komme an ihrer Wohnung vorbei und genau in diesem Moment öffnet sich ihre Tür. Mit angehaltenem Atem starre ich sie an und dann erscheint Lauren. Sie trägt ihre Arbeitskleidung, hat Tränen in den Augen und wirkt ebenfalls erschrocken, als sich unsere Blicke begegnen. Erst jetzt fällt mir die Transportbox in ihrer Hand auf.

»Hey. Alles okay?«, frage ich besorgt.

Lauren schluchzt und schüttelt mit zusammengepressten Lippen den Kopf. »Irgendetwas ist mit Peach. Ich muss mit ihr zum Tierarzt.«

»Lass mich dich fahren, dann geht es schneller als mit dem Bus.«

»Das würdest du tun?« Sie wischt sich eine Träne von den Wangen.

»Natürlich. Geh schon mal zum Parkplatz. Ich bringe Shadow rein und hole den Autoschlüssel.«

»Okay. Danke.« Mit einem flüchtigen Lächeln läuft sie die Treppe nach unten.

Kurz danach folge ich ihr. Ich nehme extra zwei Stufen auf einmal, um zügiger beim Auto zu sein. Lauren wartet bereits. Und schon sitzen wir im Wagen und fahren los.

»Bitte zu Doc Dale in Sandyford. Weißt du, wo das ist?«

»Ja, ich gehe mit Shadow auch zu ihm. Er ist der beste Tierarzt in Dublin.«

Lauren nickt und öffnet die Transportboxtür, um Peach zu streicheln. Sie murmelt etwas, das sich anhört wie »Ich weiß«.

Zum Nachmittagsverkehr ist viel los, daher brauche ich eine halbe Stunde, bis wir vor der Praxis halten. Nachdem wir uns an der Rezeption angemeldet haben, nehmen wir im Wartebereich Platz. Es sind drei andere Tierbesitzer vor uns an der Reihe.

»Übrigens vielen Dank für das Rezept.« Lauren beendet nach einiger Zeit das Schweigen zwischen uns. Mittlerweile sind ihre Tränen versiegt, aber sie wirkt weiterhin mitgenommen.

Ich weiß, wie sie sich fühlt. Als Shadow vor drei Monaten von einem anderen Hund gebissen wurde, habe ich mit ihm gelitten, als die Wunde von Doc Dale geklammert wurde. Zum Glück war sie nicht tief und ist gut verheilt.

»Also hat es dir dein *Freund* gegeben.« Mein Ton ist ruppiger als beabsichtigt.

Laurens Kopf schnellt zu mir und sie hebt eine Augenbraue. »Jonathan ist nicht mein Freund, sondern mein Bruder.«

Ein »Oh« kommt mir über die Lippen, gefolgt von einem »Ah«, als die Erkenntnis in meinem Gehirn einsetzt.

Ihr Mundwinkel zuckt. »Dachtest du etwa, ich wäre mit ihm zusammen?«

»Ja. Sein Verhalten war eindeutig.« Bebt meine Stimme?

»Er wollte dich sicher nur einschüchtern. Das machen sie ständig. Also alle fünf. Sie denken, sie müssten mich beschützen.«

»Du hast fünf Brüder?«

»Hm.« Sie nickt bedeutungsvoll. »Fünf *ältere* Brüder.«

»Okay … Jetzt wird mir einiges klar.« Wahrscheinlich sind das die Kerle, die auf ihrem Instagram-Account zu sehen sind.

Lauren grinst flüchtig. »Also hat sich Jonathan nicht benommen?«

»Doch, doch.«

»Dann ist ja gut. Er ist überraschend zu Besuch gekommen. Unser mittlerer Bruder Timothy hat sich verlobt und am Samstag will er eine Party schmeißen.«

Nun habe ich eine halbwegs schlüssige Erklärung für den Verlobungsring. Zwar nicht, warum Lauren ihn am Finger getragen hat, dennoch beruhigt es mich. Vielleicht hätte ich mir den Text bei Instagram durchlesen sollen, anstatt voreilige Schlüsse zu ziehen.

»Weißt du, als ich gestern bei dir war, wollte ich nicht nur das Rezept abgeben.«

»Ach ja? Brauchst du wieder Hilfe bei deiner Buchhaltung?«

»Momentan nicht.« Ich lege meine Hand auf ihre und streichle sanft über ihre Haut. Lauren starrt auf unsere Hände und schluckt geräuschvoll. »Eigentlich wollte ich dich um ein Date bitten.« Ein richtiges Date, füge ich in Gedanken hinzu. Denn ich will von vorn anfangen – ohne Wette. Das finde ich Lauren gegenüber sonst unfair.

»Ich überlege es mir.« Sie wendet sich der schlafenden Peach zu.

Zwar habe ich mit dieser Antwort nicht gerechnet, dennoch ist es kein Nein und ein Grund zur Hoffnung. Und die Tatsache, dass ich immer noch ihre Hand halte, spricht für sich. Wir verschränken unsere Finger miteinander und warten.

Es dauert eine halbe Stunde, bis wir aufgerufen werden und das Untersuchungszimmer betreten. Doc Dale lächelt herzlich und umarmt sogar Lauren. Was läuft hier? Kennen sie sich?

»Hey, Dad«, sagt sie in einem liebevollen Ton.

Ihr Vater? Na klar! Sie haben denselben Nachnamen. Wieso ist mir das nicht eher aufgefallen? Daher kommt wohl ihre Tierliebe. Und jetzt verstehe ich auch, warum die Schwester am Empfang so freundlich war und Lauren sofort mit Vornamen angesprochen hat.

»Hallo, mein Schatz.« Sein Blick fällt dann auf mich. »Wir kennen uns doch.« Doc Dale kneift die Augen zusammen und denkt kurz nach. »Shadow. Richtig?«

»Ja, Sir.«

»Ashton ist mein neuer Nachbar. Er war so nett und hat mich gefahren.« Lauren öffnet die Transportbox. »Peach muss krank sein. Sie hat auf der Couch gelegen, als ich nach Hause gekommen bin, und mich nicht begrüßt.«

»Okay. Ich sehe sie mir an.«

Aus einiger Entfernung beobachte ich die Untersuchung. Doc Dale hat eine beruhigende Art, daher lässt Peach alles ohne Theater über sich ergehen. Bei Shadow ist es ähnlich. Er hat keine Angst, wenn wir zum Tierarzt müssen.

»Ein Zahn ist entzündet.« Er öffnet ihr Maul und zeigt Lauren die Stelle. »Ich spritze ihr Antibiotika. Zwei weitere Spritzen gebe ich dir mit, die kannst du ihr morgen und übermorgen verabreichen. Danach sollte es der kleinen Dame besser gehen. Falls sie nicht frisst, probierst du das.« Er reicht ihr eine Plastikdose mit einem braunen Pulver.

»Danke, Dad.« Sie drückt ihrem Vater einen Kuss auf die Wange und wir verabschieden uns.

Eine halbe Stunde später kommen wir zu Hause an und bleiben vor Laurens Wohnung stehen.

»Möchtest du mit reinkommen, Ashton? Ich könnte uns was kochen.« Sie öffnet die Tür und schaut mich fragend an.

»Ist dein Bruder noch da?«

»Nein. Warum fragst du?«

»Ich wollte nicht stören.«

»Tust du nicht. Und falls es dich beruhigt: Er hat sich vorhin bei unseren Eltern einquartiert.« Lauren tritt ein und betrachtet mich abwartend. »Also – kommst du, oder hast du etwas vor?«

Ohne ihr eine Antwort zu geben, betrete ich ihre Wohnung. Lauren lässt Peach aus der Transportbox. Die Kaninchendame fühlt sich offenbar besser, denn sie hoppelt direkt zum Wassernapf.

Lauren stößt einen erleichterten Seufzer aus und schaut dann zu mir. »Was sagt deine Essensplanung für heute?« Ihr Ton ist ironisch und das Lächeln frech.

»Ich glaube, heute kann ich davon abweichen.«

»Gut, dann gibt es Irish Stew.«

»Wobei kann ich dir helfen?«

Lauren verschwindet in die Küche und ich folge ihr.

»Schälst du Kartoffeln und Karotten?«, schlägt sie vor und reicht mir ein Messer und ein Schneidebrett.

Nickend mache ich mich an die Arbeit. Aus dem Augenwinkel beobachte ich Lauren, wie sie das Fleischstück würfelt, das sie aus dem Kühlschrank genommen hat. Und immer, wenn ich mich wieder auf das Messer in meiner Hand konzentriere, habe ich das Gefühl, dass Lauren mich ansieht.

Ein stechender Schmerz durchfährt meinen Finger. »Autsch«, murre ich und betrachte verwundert den Blutstropfen, der sich auf meiner Haut verteilt.

»Hast du dich geschnitten?« Ohne meine Antwort abzuwarten, greift Lauren nach meiner Hand und hält sie unter den fließenden Wasserhahn. Mit einem sauberen Geschirrhandtuch tupft sie über die Wunde. »Ist nicht tief. Ich hole dir ein Pflaster.«

»Nicht nötig«, sage ich, aber sie ist bereits aus der Küche gelaufen. Ich drücke das Tuch auf meinen Finger, um die Blutung zu stoppen, und dann ist Lauren schon zurück und bringt das Pflaster an.

Dabei hält sie meine Hand länger als nötig fest und auch unsere Blicke verlieren sich ineinander.

»Danke«, flüstere ich.

Ein sanftes Lächeln zuckt an ihrem Mundwinkel, das mein Herz schneller schlagen lässt. »Glaub nicht, dass du dich nun vor der Arbeit drücken kannst.« Mit einer Kopfbewegung deutet sie zum Schneidebrett.

Eine Karotte und fünf Kartoffeln müssen noch geschält werden.

»Würde mir nie im Traum einfallen.«

»Dann ist ja gut.« Langsam lässt sie meine Hand los, doch das prickelnde Gefühl bleibt. »Ich ziehe mich um, bevor ich das Fleisch mit den Zwiebeln anbrate.« Ehe ich etwas erwidern kann, verschwindet sie im Schlafzimmer und tauscht Bluse und Rock gegen ein weites Shirt und Leggings. Sie schaltet das Radio ein und Popmusik erfüllt die Küche.

In der Zwischenzeit habe ich es geschafft, das Gemüse ohne weitere Zwischenfälle zu schälen und in kleine Würfel zu schneiden. Wir schütten die Zutaten in einen großen Kochtopf, in dem etwas Wasser sprudelt. Dabei berühren wir uns ständig, mal an den Armen, mal mit den Fingern. Obwohl wir kaum reden, macht es mir viel Freude, mit Lauren gemeinsam zu kochen.

Hin und wieder wirft sie einen prüfenden Blick zu Peach, während wir die Küche sauber machen. Es ist offensichtlich, dass Lauren sich weiterhin sorgt, aber schon beruhigter ist.

Nach einer halben Stunde ist der Eintopf fertig und wir setzen uns an den Küchentisch, um unser Abendessen zu genießen. Dabei ist es mir sogar egal, wie viele Kalorien das sind. Unfassbar. Es schmeckt so gut, dass eine zweite Portion auf meinem Teller landet. Doch nach dem Essen gehen möchte ich noch nicht.

»Hast du Lust auf einen Film?«, frage ich und schiebe den leeren Teller von mir.

Lauren hält beim Kauen inne. Dann nickt sie und schluckt hinunter. »Wie wäre es mit einer Serie?«

»Ein Serienmarathon?«

»Super Idee. Welche?«

»Hast du ›*The Witcher*‹ schon gesehen?« Connor und Rory schwärmen regelmäßig davon.

Sie grinst. »Nein, steht aber auf meiner Merkliste.«

Kapitel 24

Lauren

Ashton hat es sich in der Mitte der Couch bequem gemacht und beide Arme auf der Rückenlehne ausgebreitet. Egal, ob ich mich auf die linke oder rechte Seite setze, ich werde ihm sehr nahe sein. Ich wähle den linken Platz, achte aber darauf, Ashton nicht zu berühren, und starte bei Netflix die erste Folge von »*The Witcher*«.

Ich weiß immer noch nicht, was ich von Ashtons Vorschlag halten soll. Unser Beinahe-Kuss hat mich durcheinandergebracht. Dann meldet er sich nicht.

Vorhin hatte ich das Gefühl, dass er eifersüchtig war, weil er Jonathan für meinen Freund gehalten hat. Und außerdem fragt er mich nach einem Date. Dabei habe ich niemals gedacht, dass er Interesse an mir haben könnte.

Puh! Mir schwirrt der Kopf und seine Anwesenheit macht es mir schwer, alles genauer zu durchdenken. Eigentlich wollte ich Ashton als Dank für seine Hilfe nur zum Abendessen einladen und habe nicht damit gerechnet, dass er länger bleibt.

Als er seine warme Hand auf meine Schulter legt, die mich sanft, aber bestimmt an seine Seite drückt, halte ich die Luft an. Was, wenn er sich Sex erhofft? Nein, das kann ich mir nicht vorstellen. Schließlich hat er in seinem Tinder-Profil stehen, dass er eine Beziehung sucht.

Oder? Ach verdammt. Ich sollte es einfach auf mich zukommen lassen und mich nicht schon vorher fertigmachen.

Wir kuscheln doch nur. Mehr nicht. Notfalls kann ich ihn jederzeit aus meiner Wohnung werfen.

Langsam entspanne ich mich und schmiege mich an Ashtons Seite, während ich den Hauptdarsteller *Geralt von Riva* auf dem Fernseher bei seinem Kampf gegen ein Monster verfolge.

Der Schauspieler – ich weiß nicht, wie er heißt? – erinnert mich etwas an Ashton. Zumindest der Körperbau und die Gesichtszüge. Besonders das breite Kinn, die ausdrucksstarke Augenpartie und die schmalen Lippen. Bis auf die grauen Haare natürlich.

Ashtons Hand gleitet auf meine Hüfte. Als er mich mit den Fingerspitzen streichelt, traue ich mich, dichter an ihn zu rutschen. Seine harten Muskeln an meinem Körper zu spüren, fühlt sich traumhaft an. Diese Stärke und seine Wärme lassen mich den Schrecken um Peach Stück für Stück vergessen.

Ich nehme all meinen Mut zusammen und platziere eine Hand auf Ashtons Brust. Wie selbstverständlich gehe ich mit meinen Fingern auf Erkundungstour. Es ist viel zu lange her, dass ich in den Armen eines Mannes gelegen habe. Zwei Jahre. Aber jetzt ist nicht der richtige Zeitpunkt, um an meinen Ex-Freund zu denken.

Der Abspann der ersten Folge läuft. Ich drücke auf der Fernbedienung auf Pause, hebe den Kopf und fange Ashtons fragenden Blick auf.

»Also von mir aus können wir noch die zweite ansehen«, flüstert er.

Ein Lächeln schleicht sich auf meine Lippen. Es ist, als hätte er meine Gedanken gelesen. Denn die Vorstellung, dass er jetzt geht, gefällt mir nicht. Viel lieber möchte ich noch länger mit ihm kuscheln.

»Gern. Ich geh nur kurz für kleine Mädchen.«

Sichtbar widerwillig löst er seine Hand von mir, damit ich aufstehen kann. Bevor ich das Badezimmer betrete, schaue ich, ob bei Peach alles in Ordnung ist. Sie schläft zwar, wirkt aber entspannt.

Beim Händewaschen sehe ich flüchtig in den Spiegel. Meine Wangen sind rosig und das Lächeln auf den Lippen sagt mehr als tausend Worte. Als ich Ashton begegnet bin, habe ich ihn für einen arroganten Fitnessgott gehalten, der sich nicht auf eine Frau wie mich einlassen würde.

Wie falsch ich damit gelegen habe. Aber wohin soll das Ganze mit uns führen?

Weil mein Dutt mittlerweile unordentlich wirkt, ziehe ich das Haarband heraus und fahre mit den Fingern durch die Strähnen, um sie in Form zu bringen. Nachdem ich ein paarmal tief durchgeatmet habe, kehre ich zu Ashton zurück.

Er hockt vor dem Kaninchenstall, streichelt Peach und füttert mit der anderen Hand Mario, der ihm zaghaft etwas Heu aus den Fingern zieht. Nur Luigi hält sich im Hintergrund. Er war schon immer misstrauisch, wenn er fremden Menschen begegnet.

Ashton blickt auf. Sein Mund öffnet sich, aber es kommt kein Ton heraus. Langsam richtet er sich auf, umfasst meine Hand und zieht mich an sich. Überrascht schnappe ich nach Luft. Er schlingt beide Arme um meine Taille und sein Geruch empfängt mich wie eine flauschige Decke.

»Ich mag es, wenn du dein Haar offen trägst«, raunt er in mein Ohr.

Ein warmer Schauer rieselt über meinen Rücken und mein Herz holpert vor Freude über sein Kompliment. Wie selbstverständlich schmiege ich mich an Ashtons Brust und lausche dem gleichmäßigen Bum-Bum. Sofort fühle ich mich geborgen und beschützt.

»Machst du deine auch auf?«, frage ich und lasse eine Hand auf seinen Rücken gleiten.

Er lacht und ich genieße das Beben seines Körpers. »Wusste ich doch, dass es dir gefallen hat. Ich habe deinen Blick also nicht falsch eingeschätzt, als du bei mir warst.«

Grinsend löse ich mich von ihm. »Ach, der Herr Nachbar hält sich wohl für unwiderstehlich?«

Ashtons linke Augenbraue wandert nach oben. »Also willst du behaupten, dass dir das hier«, er hebt sein Shirt hoch und gibt den Blick auf seine Bauchmuskeln frei, »nicht gefällt?«

Ich möchte wegsehen, schaffe es jedoch nicht. Ein schmaler, dunkelblonder Haarflaum verschwindet unter seiner Jogginghose. Hitze schießt in meinen Kopf und es pocht lustvoll zwischen meinen Beinen. Als ich mir die Lippen lecke, senkt Ashton sein Shirt. Mit dieser unwillkürlichen Geste habe ich mich offenbar verraten.

»Wusste ich es doch.« Er löst sein Haarband. »So hast du auch reagiert, als wir uns das erste Mal begegnet sind.«

»Tun das nicht die meisten Frauen?« Ich setze ein freches Grinsen auf.

»Leider ja.« Ein trauriger Unterton schwingt in seinen Worten mit. Er legt einen Arm um meine Schultern und führt mich zurück zur Couch.

Als hätten wir es schon unzählige Male getan, kuscheln wir uns aneinander und schauen die zweite Folge der Serie. Und weil es spannend ist, sogar die dritte. Doch danach kann ich kaum noch die Augen offen halten und unterdrücke ein Gähnen. Deswegen schalte ich den Fernseher aus und richte mich auf.

»Wollen wir morgen weiterschauen? Ich bin total erledigt«, murmle ich und reibe mir die Lider.

Ashton nickt und streicht mir eine Strähne hinters Ohr. Dabei berühren seine Fingerspitzen meine Haut und verursachen ein wohliges Prickeln in meinem Bauch. »Gute Idee. Und am Wochenende den Rest?«

»Am Samstag bin ich bei der Verlobungsfeier meines Bruders.« Kurz huscht ein enttäuschter Ausdruck über Ashtons Gesicht. Sollte ich ihn fragen, ob er mitkommen will? Hm. Warum nicht! »Möchtest du mich begleiten?«

»Ich würde mich freuen.« Seine Antwort kommt prompt, als hätte er auf meine Frage gewartet. Ashton legt eine Hand unter mein Kinn, damit ich ihn direkt ansehe. »Danke für den schönen Abend, Lauren.« Sein Daumen streichelt meine Wange und unsere Blicke verlieren sich ineinander. Langsam kommt er mir entgegen und schiebt seine Hand in meinen Nacken.

Mein Herz schlägt mir bis zum Hals und ich halte automatisch die Luft an. Sein Atem streicht über meine Haut. Ich schließe zitternd die Lider, kurz bevor sich unsere Lippen treffen. Es ist ein sanfter Kuss. Ein Herantasten, ohne zu drängen. Trotzdem liegt darin unglaublich viel Zuneigung. Ich fühle mich schwerelos, als Ashton sich zurückzieht und mich anlächelt. Seine Bartstoppeln lassen meine Haut prickeln.

»Das wollte ich schon am Sonntag auf der Wiese tun.« Ashtons Stimme ist rau und beschert mir erneut eine Gänsehaut.

Ich kann nicht mehr klar denken, deswegen nicke ich nur und beobachte Ashton, wie er sich erhebt.

»Gute Nacht, Lauren«, sagt er und verlässt nach einem letzten liebevollen Blick meine Wohnung.

Ich presse ein Kissen an meine Brust und strecke mich glücklich seufzend auf der Couch aus. Was für ein Kuss!

Kapitel 25

Lauren

Eilig sprühe ich Parfüm hinter meine Ohren und verteile je einen Spritzer auf meinen Handgelenken. Nach einem prüfenden Blick in den Spiegel nicke ich mir zu und verlasse das Badezimmer. Es klopft an der Wohnungstür. Eine angenehme Aufregung durchströmt meinen Magen, als ich öffne.

Ich ziehe scharf die Luft ein, während ich Ashton mustere. Statt Sportkleidung trägt er ein weißes, kurzärmliges Hemd, bei dem der erste Knopf lässig geöffnet ist, sowie eine cremefarbene Anzughose und braune Lederschuhe. Sein Bart ist frisch gestutzt und sogar die Haare geschnitten. Die Spitzen enden nun kurz vor den Schultern.

Wow! Er hat sich für die Verlobungsfeier meines Bruders ordentlich ins Zeug gelegt.

Um davon abzulenken, dass ich ihn mal wieder anstarre, streiche ich über die nicht vorhandenen Falten meines Kleides.

Zur Begrüßung gibt Ashton mir einen zarten Kuss auf die Lippen. Sein Duft umgibt mich und ich sauge ihn tief in meine Lunge ein. Seit er gestern Abend meine Wohnung verlassen hat, habe ich ihn vermisst und musste ständig an ihn denken.

Wir haben wieder gemeinsam gekocht, drei weitere Folgen angesehen und auch gekuschelt. Und natürlich hat er mich zum Abschied geküsst. Doch dieser Kuss war nicht mehr so vorsichtig wie unser erster. Es war wie ein Versprechen. Ein Versprechen nach mehr.

Nachdem ich allein war, habe ich eine Stunde mit Eleanor telefoniert und ihr davon erzählt. Sie meinte, dass ich nun Tinder nicht mehr brauche. Deswegen habe ich mich bei den Männern, mit denen ich nur noch sporadisch geschrieben habe, verabschiedet, mein Profil gelöscht und die App deinstalliert.

»Lauren, du siehst umwerfend aus.« Ashtons Augen leuchten.

»Du aber auch.«

»Ich möchte doch einen guten Eindruck bei deiner Familie hinterlassen.«

»Du hast Sorgen. Mach dich lieber auf ein Kreuzverhör mit meinen Brüdern gefasst.«

»Überlebe ich es?«

»Schwer zu sagen. Den letzten Mann, der das Vergnügen hatte, haben sie damit verjagt. Ich habe nie wieder was von ihm gehört.«

Sein Lächeln verschwindet, der Scherz ist mir gelungen. Aber dann lacht er schallend und schüttelt den Kopf. Die Grübchen um seinen Mund kommen zum Vorschein und sogar kleine Lachfältchen um seine Augen. Er hebt vielsagend den Finger. »Fast wäre ich darauf reingefallen.«

Ich mache ein ernstes Gesicht, um ihn zu verunsichern. »Und wenn es die Wahrheit ist?«

Er sagt nichts. Dafür verpasst er mir einen Kuss, der meine Beine weich macht. Seine Zunge streicht zärtlich über meine und entlockt mir ein leises Stöhnen. Doch bevor wir ihn intensivieren, löst Ashton sich von mir und lässt mich atemlos zurück.

Er fährt sich mit einer lässigen Bewegung durch sein Haar. »Wir sollten los, sonst kommen wir zu spät.«

»Ja«, flüstere ich benebelt, nehme meine Handtasche und schaue kurz zu Peach, der es seit gestern wieder gut geht, bevor ich die Wohnungstür schließe.

Schuhe – beinahe wäre ich barfuß losgestürmt! Was ist nur mit mir los? Hat mich Ashtons stürmischer Kuss dermaßen aus der Bahn geworfen? »Mist, der Kuchen!« Schnell mache ich erneut kehrt und schnappe mir den Behälter aus der Küche.

Ashton nimmt ihn mir ab und schaut mit gerunzelter Stirn hinein. »Du hast gebacken?«

»Ach, nichts Besonderes. Nur Apfelkuchen.« Wir laufen die Treppe hinunter zum Parkplatz. »Sag nicht, du willst dir heute eine Kalorienbombe genehmigen?«

»Ist dir nicht aufgefallen, dass ich in den letzten beiden Tagen nicht getrackt habe?«

Natürlich ist mir das nicht entgangen. Egal, was ich gekocht habe, Ashton hat es gegessen, ohne mit der Wimper zu zucken. Deswegen wollte ich ihn nicht aufziehen und habe lieber geschwiegen.

»Doch. Und wie fühlst du dich damit?«

Er bleibt mir eine Antwort schuldig, bis wir gemeinsam im Auto sitzen. »Erstaunlich gut. Das bedeutet aber nicht, dass ich haufenweise Ungesundes in mich reinschaufle.« Ashton startet den Motor und fädelt sich im Verkehr ein. »Morgen wandern wir. Diesmal nehmen wir den längeren Weg.«

Ich seufze resigniert. »Na gut.«

Eigentlich freue ich mich darauf, weil es mir Spaß gemacht hat, obwohl ich sonst eher selten – um nicht zu sagen nie – wandere. Außerdem kann ich Zeit mit Ashton verbringen und die schöne Natur unseres Landes genießen. Die Bewegung tut mir ebenfalls gut. Nur dieses Mal werde ich gleich Blasenpflaster benutzen …

»Okay. Ich habe damit gerechnet, dass du Ausreden erfindest.«

»Tja. Solange du mich nicht dazu bringen willst, Gewichte im Fitnessstudio zu stemmen.«

»Und wie ist es mit Joggen?«

»Wie wäre es mit schwimmen?«

Meine prompte Gegenfrage bringt Ashton kurz aus dem Konzept. »Nächstes Wochenende? Da bin ich bei meinen Eltern eingeladen. Sie wohnen in Donegal. Ich kenne da in der Nähe einen wunderschönen Sandstrand.«

Mein Herz macht vor Freude einen Hüpfer, während ich nicke. Klar, ich stelle Ashton heute auch meiner Familie vor, aber dennoch bedeutet sein Vorschlag viel mehr als das. Ich kann immer noch nicht glauben, wie schnell alles mit uns geht. Zuerst haben wir uns gezofft, dann angefreundet und nun sind wir auf dem besten Weg, uns ineinander zu verlieben.

Wenig später kommen wir am Haus meiner Eltern an. Vor Aufregung zittern meine Finger, als ich den Sicherheitsgurt löse. Gentlemanlike öffnet Ashton mir die Beifahrertür und reicht mir sogar die Hand, die ich mit einem »Danke« umfasse. In der anderen hält er den Kuchenbehälter.

Gemeinsam schlendern wir in den Garten. Der Rasen ist erst kürzlich gemäht worden und verbreitet einen frischen Duft, der sich mit dem der Rosen vermischt. Unter der Linde steht ein langer Tisch mit Stühlen. Alles ist in Weißtönen gehalten, wie auch die Lilien und das Geschirr.

Als meine Nichte Hope und mein Neffe Issac mich entdecken, rennen sie kichernd auf mich zu.

»Tante Laurie!«, echot es aus ihren Mündern.

Lächelnd gehe ich in die Hocke und öffne meine Arme, um die beiden Wirbelwinde zu empfangen. Beinahe werfen sie mich um, aber ich kann noch rechtzeitig das Gleichgewicht finden.

Ich schiebe die zwei von mir weg und betrachte sie. »Wahnsinn, wie groß ihr geworden seid.«

»Das sagst du jedes Mal.« Hope lacht und schaut zu Ashton auf. »Ist das dein neuer Freund?«

Darauf weiß ich nicht, was ich antworten soll. Führen wir eine Beziehung oder sind wir noch in der Kennlernphase? Bevor ich die Gedanken mit mir ausgefochten habe, höre ich von Ashton ein deutliches »Ja«.

Eine Horde Schmetterlinge fährt in meinem Bauch Achterbahn. Schmunzelnd richte ich mich auf.

Issac stellt sich schützend vor mich und reckt das Kinn. Dabei sieht er zu seinem Dad, der mit seiner Mom am Tisch sitzt und uns beobachtet. Aber nicht nur sie. Alle Augen sind auf uns gerichtet. Ich bin zwar immer nervös, wenn ich einen neuen Mann zu meiner Familie mitbringe, doch dieses Mal ist es intensiver. Mir ist es wichtig, dass sie Ashton mögen, und ich hoffe, sie tun es. Wahrscheinlich, weil es mit ihm völlig anders ist als in meinen bisherigen Beziehungen.

Ashtons Blick fliegt zwischen mir, meinem Neffen und meinem ältesten Bruder hin und her.

Hinter meiner Hand verstecke ich mein Grinsen. »Ich habe dich vorgewarnt.«

Hope und Issac rennen davon und wir werden nach und nach von meiner Familie begrüßt.

Benjamin macht den Anfang und umarmt mich. Danach reicht er Ashton die Hand und drückt fest zu. Ich könnte schwören, dass währenddessen Fingerknöchel knacken. Es dauert lange, bis er loslässt. Sein ernster Gesichtsausdruck ist zugleich eine Warnung.

»Ich habe gehört, dass du in einem Fitnessstudio arbeitest?«, fragt Benjamin und streckt den Rücken durch.

Ashton lächelt verhalten und schiebt sich eine lose Haarsträhne hinter das Ohr. »Ich mag es, in Form zu sein.«

»Das wird dir nichts nützen, wenn du unserer Kleinen auch nur ein Haar krümmst«, erwidert Benjamin und wendet sich nach einem bedeutungsvollen Blick von uns ab.

Timothy schüttelt Ashton ebenfalls die Hand. Dabei legt er einen Arm um seinen Hals, zieht ihn zu sich heran und flüstert ihm etwas ins Ohr. Leider höre ich nicht, was. Ashton schluckt geräuschvoll, als sich mein Bruder von ihm löst, und nickt.

»Gut, dass wir uns verstehen«, sagt Timothy an Ashton gerichtet, bevor er mich begrüßt. »Der gefällt mir nicht, *mo réiltean*«, verkündet er so laut, dass nicht nur ich es höre.

Ich unterdrücke ein Seufzen. Das sagt er zu jedem Mann, den ich ihnen vorstelle.

Ehe ich etwas erwidern kann, schiebt Matthew Timothy zur Seite und küsst meine Wange, während er mich innig umarmt. Dann wirft er meiner Begleitung einen herausfordernden Blick zu. »Was hast du denn da für einen Kerl angeschleppt, Laurie?«

»Ich bin Ashton«, stellt er sich vor und schüttelt ihm die Hand.

»Willst du wissen, was wir mit dem letzten Typen angestellt haben, der Lauren verletzt hat?« Matthew erwartet offenbar keine Antwort, denn er spricht gleich weiter. »Der ist danach –«

»Ist gut, Matti. Ashton hat es verstanden«, unterbreche ich ihn. Die Story von meinem Ex, den sie aus Dublin gejagt haben, erzählen sie jedes Mal, obwohl sie nicht stimmt.

Matthew bohrt Ashton den Finger in die Brust. »Ich behalte dich im Auge«, sagt er und macht Platz für Patrick.

Mit ihm kommt Ashton recht flott ins Gespräch, da er ebenfalls Kraftsportler ist. Dennoch schwingt wie bei all meinen Brüdern ein drohender Unterton mit.

Und zum Schluss gesellt sich Jonathan zu uns. »Ach, der Nachbar mit dem Rezept.«

»Was soll ich sagen? Deine Schwester hat es mir echt angetan.« Ashton zuckt entschuldigend die Achseln. »Nichts für ungut, aber dich wollte ich nicht auf ein Date einladen.« Damit bricht er das Eis.

Zuletzt stelle ich ihm meine Eltern vor – wobei Dad und er sich bereits kennen. Mom ist ganz angetan von Ashton und flüstert mir unauffällig zu, dass sie ihn nett findet und sie sich für uns freut. Wenigstens eine Person!

Kurz bevor wir mit Kaffee und Kuchen beginnen, betritt Eleanor den Garten. Meine beste Freundin gehört quasi zur Familie und ist immer willkommen. Nachdem sie Ashton begrüßt und mir dabei deutlich zugezwinkert hat, fällt ihr Blick auf Jonathan.

Sie seufzt tief und lässt die Schultern sinken. Seit fünfzehn Jahren schwärmt sie für meinen Bruder, doch er sieht in ihr nur das kleine Mädchen von damals. Ich habe ihr schon häufiger angeboten, die beiden miteinander zu verkuppeln, aber Eleanor möchte das nicht. Dabei wünsche ich meiner besten Freundin, dass sie glücklich wird.

Unsere Gespräche über die anstehende Verlobung werden vom Erscheinen meiner zukünftigen Schwägerin unterbrochen. Mit ihrem bodenlangen weißen Kleid sieht Hazel wunderschön aus. Ihr Lächeln dazu ist umwerfend und liebevoll zugleich, denn es gehört ganz allein Timothy.

Hach, muss Liebe schön sein!

Zwei Stunden später, nachdem die Kuchentafel aufgehoben ist, schaltet Dad Musik ein. Timothy und Hazel tanzen auf der Wiese und meine Eltern gesellen sich zu ihnen. Im Takt der Lieder wippe ich mit den Beinen und lehne mich mit dem Rücken an Ashtons Brust. Er hat die Arme um meine Taille gelegt und küsst mich auf den Hinterkopf.

»Möchtest du auch tanzen?«, flüstert er in mein Haar.

»Ja«, hauche ich glücklich lächelnd.

Als Ashton mich zur improvisierten Tanzfläche führt, startet Ed Sheerans »*Perfect*«. Eng umschlungen bewegen wir uns langsam zur Musik, während mein Herz immer schneller schlägt.

Kapitel 26

Ashton

Ich parke vor meinem Elternhaus und lasse den Blick schweifen. Die Farbe des einst weißen Holzzaunes ist abgeblättert, die braunen Backsteinwände sind mit lila blühenden Glyzinien bewachsen und machen nur hin und wieder Platz für die Sprossenfenster.

Der Garten ist ein einziges Farbenmeer. Rosen, Lavendel, Hortensien, Fuchsien und Rhododendren werden wie jeher von Mom gehegt und gepflegt.

»Ist es das?«, flüstert Lauren andächtig und sieht sich ebenfalls um.

»Ja. Hier bin ich aufgewachsen.«

»Wow. Würde sich gut auf einer Postkarte machen.«

Ich nicke. »Bereit?«

»Absolut.«

Wir steigen aus und werden von einer leichten Meeresbrise empfangen. Nach der vierstündigen Fahrt ist mein Nacken verspannt, deswegen kreise ich den Kopf und die Schultern, um die Verspannung zu lösen, bevor ich die beiden Reisetaschen aus dem Kofferraum nehme.

Lauren lässt Shadow heraus, der sofort in den Garten rennt und Moms Blumen *gießt*. Er liebt es, sich hier auszutoben. Ich führe Lauren zum Eingang. Weil ich die Hände voll habe, schließt sie das schmiedeeiserne Gartentor hinter uns, das dabei ein quietschendes Geräusch macht.

Ehe wir die Haustür erreichen, schwingt diese auf und Mom erscheint. Sie muss das Zuschlagen der Autotüren gehört haben. Wie immer trägt sie eine Schürze, an der sie die Hände abwischt. Ihr Dutt ist ordentlich nach oben gebunden, vereinzelte Strähnen umrahmen ihr Gesicht. Nur wenige graue Haare stechen heraus.

Anstatt freudestrahlend auf mich zuzueilen, wie sie es sonst tut, hat sie nur Augen für Lauren. »Das ist aber eine Überraschung.« Sie wendet sich ab und ruft ins Haus: »Niall! Komm her! Dein Sohn hat endlich eine Frau mitgebracht!«

Ich unterdrücke ein Seufzen. Irgendwie habe ich geahnt, dass sie auf diese Weise reagieren, und habe deswegen nichts von meiner Freundin erzählt. Vielleicht war das ein Fehler. Aber nun ist es eh zu spät.

Lauren schaut mich fassungslos an. »Das darfst du mir nachher gern erklären«, flüstert sie, damit nur ich es höre.

Wir erreichen Mom, die Lauren aufmerksam mustert, bevor sie sich die Hände schütteln. »Donnerwetter. Bist du eine Hübsche.« Ohne Umschweife zieht sie Lauren an sich. »Herzlich willkommen in unserer Familie, meine Liebe.«

»Danke.«

»Mom, das ist Lauren. Lauren, das ist meine Mom.«

Sie kneift mir wie bei einem Schulkind in die Wange. »Wie lange hast du sie uns schon verschwiegen, *mo stóirín*?« Ihr Ton ist teils belustigt, teils tadelnd.

Nun seufze ich doch. »Wir sind noch keine zwei Wochen zusammen.«

»Dein Glück.« Sie umarmt mich und drückt mir einen feuchten Schmatzer auf. »Herzlichen Glückwunsch.«

Ehe ich etwas erwidern kann, löst Mom sich von mir, schiebt Lauren ins Haus und plappert wie ein Wasserfall auf sie ein. Ob es eine gute Idee war, sie mitzubringen? Nicht, dass sie einen Schrecken bekommt und das Weite sucht.

Kopfschüttelnd folge ich ihnen mit dem Gepäck. Dad hat sich endlich aus seinem Sessel gehievt und begrüßt Lauren ebenfalls. Anschließend klopft er mir väterlich auf die Schulter. »Glückwunsch, *mo mhac*.«

»Danke, Dad.«

Um dem Trubel zu entgehen, bringe ich die Reisetaschen in mein ehemaliges Kinderzimmer. Darin steht nur ein Einzelbett, daher werde ich auf der Couch schlafen und es Lauren überlassen.

Kurz sehe ich mich um. Es hat sich nichts verändert. In der Ecke neben dem Kleiderschrank steht mein Skateboard, davor liegt der Fußball. Im Regal sind Spielzeugautos und Flugzeugmodelle aufgestellt. Die Farben der Filmposter von *»The Dark Knight«*, *»The Transporter«* und *»Kill Bill: Vol. 1«* sind verblichen.

Und es riecht noch so vertraut wie früher.

Weil ich Lauren nicht länger allein mit meinen Eltern lassen möchte, verlasse ich mein Zimmer und finde die drei im Wohnzimmer. Mom und Dad löchern Lauren mit unzähligen Fragen. Sie wollen wissen, wie wir uns kennengelernt haben, was sie beruflich macht, wie sie mit meiner Fitnessmacke zurechtkommt, ob ich ihre Familie bereits getroffen habe. Und so weiter und so fort.

Um Lauren Beistand zu leisten, setze ich mich neben sie auf die Couch und werfe hin und wieder ein paar Antworten in den Raum, bis der gröbste Wissensdurst gestillt ist.

»Welche Zukunftspläne habt ihr?« Mom bohrt weiter nach und reibt sich vergnügt die Hände. So losgelöst habe ich sie lange nicht mehr erlebt.

Lauren zuckt zusammen. Es ist eindeutig zu früh, um darüber zu reden. Zeit, um die Fragerunde zu beenden. »Sag mal, Mom, riecht es aus der Küche angebrannt?«

Ihre Augen weiten sich schreckerfüllt und schon stürmt sie aus dem Wohnzimmer. Puh, das hat funktioniert.

Dad grinst mich an und hebt mahnend den Zeigefinger. »Sie ist doch nur neugierig.«

»Mag sein. Ich will aber nicht, dass sie mir damit meine Freundin verscheucht.«

Lauren legt eine Hand auf meinen Arm und schenkt mir ein liebevolles Lächeln. »Ist schon in Ordnung, Ashton. Du musstest mit meinen Brüdern bei Weitem Schlimmeres durchstehen.«

Wir plaudern etwas über Dads Arbeit in der Werkstatt, bis Mom zum Essen ruft. Es gibt Shepherd's Pie, weil es mein Lieblingsgericht ist. Ich haue ordentlich rein und nehme mir eine zweite Portion. Seit ich keine Kalorien mehr tracke, fühle ich mich freier. Zwar prüfe ich regelmäßig meinen Körperfettanteil, aber er hat sich bisher nicht großartig verändert.

Zum Glück scheint Moms Neugierde befriedigt, denn wir reden nun über mein Fitnessstudio und die Umbaumaßnahmen. Ich berichte von den regelmäßig auftretenden Problemen und wie mir Lauren mit der Buchhaltung geholfen hat.

Nach dem Essen reicht Dad mir einen dicken Umschlag. »Für dich, *mo mhac*. Wir haben ewig überlegt, was wir dir zum Geburtstag schenken, und da haben wir uns gedacht, dass du Geld dringender benötigst als irgendwelchen Plunder.«

Ich schaue hinein und staune über die Scheine. Mir ist klar, dass sie für die viele Kohle lange sparen mussten. Deswegen werde ich es sinnvoll einsetzen. »Danke.«

»Du hattest Geburtstag? Wann?«, zischt Lauren mir zu.

Ich zucke entschuldigend die Achseln. »Heute. Ist doch nichts Besonderes.«

»Ach nein? Ich habe aber nicht mal ein Geschenk für dich.«

Grinsend lege ich einen Arm um ihre Schultern und ziehe sie an mich. Ich gebe ihr einen Kuss auf die Schläfe. »Das stört mich nicht.«

Ihr grimmiger Gesichtsausdruck verschwindet und ihr Mundwinkel zuckt verräterisch. »So einfach kommst du mir nicht davon.«

Mom stellt kopfschüttelnd das Glas ab. »Lauren, mach dir nichts daraus. So ist Ashton schon immer gewesen. Damals, als ich –«

»Wollen wir zum Strand? Wir können schwimmen«, unterbreche ich Mom und springe sofort vom Stuhl auf, um Lauren aus der Küche zu ziehen. Sonst würde Mom sicher unangenehme Details über meine Kindheit ausplaudern.

Nachdem wir uns umgezogen haben, verlassen wir das Haus. Ich nehme Shadow an die Leine, der vor

Aufregung Sprünge macht, und drücke Lauren zwei Strandhandtücher in den Arm.

»Also …« Lauren stupst mich mit dem Ellenbogen in die Seite. »Ich bin wirklich die erste Frau, die du deinen Eltern vorgestellt hast?«

»Ja.«

Sie kneift die Augen zusammen. Den Blick kenne ich. Lauren hat Lunte gerochen und wird sich nicht mit einer ausweichenden Antwort zufriedengeben. »Wie viele Freundinnen hattest du bisher und warum wolltest du sie ihnen nicht vorstellen?«

»Keine. Deswegen bist du die Erste.«

Sie lacht, weil sie mir offenbar nicht glaubt. »Schon klar.«

Ich bleibe stehen und schaue Lauren eindringlich an. »Es ist die Wahrheit. Vor dir hatte ich mit keiner Frau eine Beziehung.«

Ihr Mund öffnet sich, schnappt dann wieder zu. »Wirklich?« Sie legt den Kopf schief.

»Na ja, ich habe vor dir etwas Unkompliziertes besser gefunden.«

»Und jetzt?«

»Jetzt möchte ich ankommen. Verstehst du, was ich meine?«

Lauren nickt langsam. »Irgendwie hatte ich ein völlig falsches Bild von dir.«

»Schockiert?«

»Es geht.«

Wir laufen weiter, weil Shadow zieht. Durch die fremden Gerüche ist er kaum zu bremsen.

»Da wir gerade die Karten auf den Tisch legen. Wie viele Beziehungen hattest du bisher?«

»Vier. Aber die waren alle nicht der Rede wert.«

»Gut. Und ich?«

»Bei dir ist es anders.« Sie schmiegt sich an meine Seite und ich lege einen Arm um sie. »Wenn ich ehrlich bin, hätte ich niemals gedacht, dass du dich überhaupt für mich interessieren könntest.«

Ihre Worte fühlen sich wie ein Peitschenhieb an. Ohne die Wette hätte ich das auch nicht. Aber die spielt jetzt keine Rolle mehr, weil ich eh aufgegeben habe. Trotzdem bin ich Connor und Rory auf eine gewisse Weise dankbar. Sie hatten den richtigen Riecher, was Lauren angeht.

»Dachte ich zuerst auch nicht. Bis ich dich besser kennengelernt habe.« Ich hauche ihr einen Kuss auf den Kopf. »Du bist der hilfsbereiteste, ehrlichste und liebevollste Mensch, dem ich je begegnet bin. Warum –«

»Ashton?« Eine Frauenstimme ruft meinen Namen, die mir nur allzu bekannt ist, und ich verstumme.

Auch das noch!

Während ich mich umdrehe, läuft es mir eiskalt den Rücken herunter. Und da ist sie – Florence. Mit einer aufreizenden Geste wirft sie ihre kastanienbraunen Locken nach hinten und stakst auf uns zu. Ihre blutroten Lippen sind zu einem doppeldeutigen Lächeln verzogen. Wenn ich gewusst hätte, dass sie immer noch in derselben Straße wohnt, hätte ich einen anderen Weg zum Strand gewählt.

Kapitel 27

Lauren

Ashton versteift sich und presst mich an sich, während diese … *Tussi* – anders lässt sie sich nicht beschreiben – auf uns zu tippelt.

»Florence.« Seine Stimme bebt und ich merke sofort, dass die beiden eine tiefgreifende Vergangenheit verbindet.

Ist sie der Typ Frau, mit der er sich bisher vergnügt hat? Die Vorstellung, wie sie miteinander schlafen, verursacht mir Übelkeit und hässliches Kopfkino, das Eifersucht in mir entfacht.

»Dass du dich mal wieder blicken lässt.« Sie kommt vor uns zum Stehen, legt einen manikürten Fingernagel an den gespitzten Mund und wirkt, als würde sie angestrengt nachdenken. »Du hast Geburtstag, stimmt's?«

»Ja.« Ashton verstärkt seinen Griff um mich, was Florence nicht unbemerkt bleibt.

Sie verzieht abschätzend das Gesicht. »Und sieh mal einer an.« Ihr Blick gleitet mit hochgezogenen, perfekt gezupften Augenbrauen über meinen Körper, während sie mit den Händen ihre Wespentaille entlangstreicht. Weil ich meinen Badeanzug trage, habe ich nur eine Tunika und eine Leggings angezogen.

Shadow knurrt leise.

Guter Junge! Ich mag Florence auch nicht.

»Ich bin Lauren.« Anstandshalber reiche ich ihr die Hand, die sie ignoriert. Das habe ich mir schon gedacht. So eine eingebildete Schnepfe.

Florence tritt einen Schritt an Ashton heran und gewährt uns dadurch einen tiefen Einblick in ihr Dekolleté, das nicht ansatzweise mit meinem mithalten kann. »Damit ist es offiziell. Nach fünfzehn Jahren bist du über mich hinweg.« Sie zwinkert ihm zu. »Gratulation.« Mit einem Hüftschwung, der sicher sexy anmuten sollte, wendet sie sich ab und stöckelt davon.

»Miststück«, knurrt Ashton.

Ich schiebe seinen Arm von mir und schaue zu Ashton auf. Der Muskel in seiner Wange zuckt und sein Brustkorb hebt und senkt sich auffallend schneller, während er ihr hinterherstarrt.

»Was ist hier gerade passiert?« Ich hoffe, dass es für ihren Auftritt eine logische Erklärung gibt. Denn die brauche ich. Unbedingt.

Langsam löst Ashton seine Augen von Florence und betrachtet mich. Mit jedem Atemzug werden seine Gesichtszüge weicher. »Du hast eben die Frau kennengelernt, die mich verarscht hat.« Er senkt den Kopf und krault Shadow hinter den Ohren. »Wegen ihr habe ich nie eine andere an mich rangelassen.«

Auf die Art und Weise, wie er das sagt, spüre ich regelrecht seinen Schmerz. Mit dieser Antwort habe ich allerdings nicht gerechnet. Ich lege eine Hand auf Ashtons Brust, dort, wo sein Herz kraftvoll schlägt. »Möchtest du mir davon erzählen?«

Er schaut auf und blickt mich erstaunt an. »Willst du das wirklich wissen?«

»Ja. Damit ich dich besser verstehe.«

Ashton nickt und gibt mir einen flüchtigen Kuss. »Lass uns zum Strand gehen. Dort können wir reden.«

Arm in Arm setzen wir unseren Weg fort und kommen wenig später am Meer an. Die Sonnenstrahlen lassen die Wellenkämme glitzern. Ich ziehe meine Schuhe aus und genieße den warmen Sand unter meinen Füßen. Wir suchen uns einen ruhigen Platz und setzen uns.

Wie selbstverständlich zieht Ashton mich zwischen seine Beine und küsst meine Schultern. Seine Bartstoppeln prickeln auf meiner Haut. Mit einem entspannten Seufzer lehne ich mich mit dem Rücken an seine Brust. Shadow scheint kein Interesse am Meer zu haben und legt sich neben uns.

Eine sanfte Brise weht zu uns herüber. Am Himmel schwirren nur wenige Schleierwolken umher. Wir beobachten die Wellen, die leise an den Strand rollen und sich wieder zurückziehen. In der Ferne kreischen Möwen. Eine Familie spielt im Wasser mit einem Ball, ihr Lachen hallt bis zu uns.

»Ich liebe es hier«, flüstere ich.

»Hm. Ich auch. Und ich bin froh, dass ich dich mitgenommen habe. Mir ist es wichtig, dass du meine Heimat siehst und meine Eltern kennenlernst. Sie sind schließlich ein Teil von mir und etwas gewöhnungsbedürftig.«

»Ach was. Ich finde sie nett und ehrlich. Aber du hättest mir sagen sollen, dass du heute Geburtstag hast.« Ich drehe den Kopf und hauche Ashton einen Kuss auf die Wange. »Alles Gute. Und denk nicht, ich würde mir kein Geschenk für dich einfallen lassen.«

»Danke.«

»Wie alt bist du überhaupt geworden?«

»Einunddreißig.«

»Was habe ich mir da für einen alten Knacker geangelt?«, ziehe ich ihn auf.

Das bringt Ashton zum Lachen. Seit wir Florence begegnet sind, wirkt er in sich gekehrt. »Und du?«

»In der Nacht, als ich über deine Kartons gefallen bin, habe ich meinen achtundzwanzigsten gefeiert.«

»Puh, was soll ich mit so einem jungen Küken?« Er streicht mir eine Strähne hinters Ohr. »Also war der Vibrator ein Geschenk?«

»Richtig. Von meiner Freundin Nathalee.«

»Ist er gut?«

»Er hält, was er verspricht. Aber es ist natürlich kein Vergleich zu … Du weißt schon.«

Meine Wangen glühen. Obwohl wir uns diese Woche täglich gesehen haben, lassen wir es langsam angehen. Aber die Vorstellung, mit Ashton zu schlafen, kreist mittlerweile unaufhörlich in meinem Kopf herum. Besonders, wenn wir auf der Couch liegen und uns küssen.

Er nickt und wir verfallen erneut in Schweigen.

Nach einer Weile räuspert Ashton sich. »Ich bin dir noch eine Erklärung wegen Florence schuldig.« Er atmet tief durch, bevor er weiterspricht. »Früher war ich in sie verliebt. Eigentlich war das fast jeder Junge aus der Schule, aber wir haben in derselben Straße gewohnt und ich habe sie dadurch häufiger gesehen. Sie war zwei Klassenstufen unter mir und bei allen Mädchen beliebt. Irgendwann habe ich mich getraut, sie nach einer Verabredung zu fragen.«

Er verstummt und ich warte geduldig, bis er weiterredet. »Ich war so glücklich, dass sie Ja gesagt hat. Wir waren im Kino und ich habe sie zum Schluss geküsst. Fünf Dates später wollte sie mit mir schlafen. Obwohl ich noch nicht so weit war, habe ich mitgemacht. Aber ich war verdammt aufgeregt und bevor wir überhaupt zur Sache gekommen sind, war es bei mir vorbei. Tja, sie hat mich ausgelacht und als Bohnenstange und Pizzagesicht bezeichnet. Natürlich hat sie es am nächsten Tag überall in der Schule rumerzählt. Alle Mädchen haben sich wegen ihr über mich lustig gemacht. Und noch viel schlimmer: Sie hat sich danach an meinen besten Kumpel rangeschmissen.«

»So eine blöde Kuh«, sage ich, dabei würde ich sie lieber mit anderen Schimpfwörtern betiteln.

Ich kann mir vorstellen, wie schlimm das für Ashton gewesen sein muss. In der Schule wurde ich wegen meines Gewichts regelmäßig gemobbt, auch wenn mich meine Brüder immer beschützt haben. Das hat mein Selbstwertgefühl ruiniert. Deswegen war mein erstes Mal die Hölle, weil ich mich nicht nackt zeigen wollte.

»Leider hatte sie mit ihren Beschimpfungen teilweise recht. Ich hatte keine Ahnung von Sex, war schlaksig und habe mit Akne gekämpft.« Ashton schlingt seine Arme fester um meinen Bauch. »Sie ist der Grund, warum ich wie ein Besessener trainiere. Ich dachte immer, dass ich ihr dann gefallen würde und sie mir eine zweite Chance gibt. Aber wie du gesehen hast … Zumindest habe ich es allen gezeigt, die mich damals ausgelacht haben.«

Ich nicke, weil sich ein dicker Kloß in meinem Hals gebildet hat. Das erklärt einiges, was ich bisher nicht verstanden habe. Doch ist er einhundertprozentig über sie hinweg? »Hat sie einen Freund?«

»So weit ich weiß, nein. Dafür aber ständig Affären mit verheirateten Männern. Die Leute in Donegal zerreißen sich das Maul über sie, weil sie schon die ein oder andere Ehe zerstört hat.«

»Findest du noch irgendetwas an ihr?«

»Nein, kein Stück. Ich verstehe nicht mal, warum ich damals in sie verknallt war.« Er vergräbt das Gesicht in meinem Haar. »In den letzten Tagen ist vieles aus meiner Vergangenheit unbedeutend geworden. Ich habe erst durch dich gemerkt, dass ich in dieser Fitnessspirale gefangen war. Du hast es geschafft, mich da rauszuholen und das Leben wieder zu genießen.«

Mein Herz macht bei seinen Worten einen Satz. »Danke, dass du es mir erzählt hast.«

»Nur meine Kumpels Connor und Rory wissen davon. Sonst niemand.«

Es berührt mich zutiefst, dass er mir so viel Vertrauen schenkt.

»Du hast ihre Namen schon ab und an erwähnt – woher kennt ihr euch?«

»Dazu muss ich etwas ausholen: Weil ich in Dublin bessere berufliche Chancen gesehen habe, bin ich nach der Schule umgezogen. Die beiden hatten in ihrer WG ein Zimmer frei und haben mir geholfen, mich einzuleben. Dadurch haben wir uns angefreundet.«

»Schön, wenn man sich auf jemanden verlassen kann.«

»Das stimmt.« Ashton küsst erneut meine Schulter und flüstert an meiner Haut: »Wollen wir schwimmen?«

Kapitel 28

Ashton

Lauren legt kichernd ihre Hände auf meine Schultern und drückt mich unter Wasser. Weil sie keine Chance hat, mich richtig unterzutauchen, gönne ich ihr den Spaß. Natürlich nicht, ohne dabei meine Arme um ihre Taille zu legen und ihren weichen Körper fester an meinen zu drücken. Es fühlt sich gut an, sie überall berühren zu können.

Prustend tauche ich wieder auf und gebe Lauren einen Kuss. Obwohl das Wasser nur schätzungsweise vierzehn Grad hat, wird es in meinen Badeshorts eng. Lächelnd schlingt Lauren die Beine um meine Hüften und schmiegt sich bibbernd an meine Brust.

Es ist offensichtlich, dass sie bereit ist, einen Schritt weiter in unserer Beziehung zu gehen. Also werde ich mir für heute Abend etwas Romantisches für sie einfallen lassen …

»Wir sollten uns aufwärmen«, flüstere ich ihr ins Ohr, woraufhin sie zähneklappernd nickt.

Ich trage sie aus dem Wasser und setze sie am Strand ab. Lauren wringt ihre Haare aus, während sie durch den Sand zurück zu unserem Platz tapst, wo Shadow uns schwanzwedelnd empfängt. Ich kann meinen Blick nicht von ihrem runden Po lösen, der im Badeanzug besonders zur Geltung kommt und verführerisch wackelt.

Nachdem wir uns jeder in ein Handtuch eingewickelt haben, setzen wir uns. Wie zuvor nimmt Lauren zwischen meinen Beinen Platz und lehnt den Rücken an meine Brust. Ob sie meine Erregung spürt? Falls ja, lässt sie sich nichts anmerken.

Wir plaudern eine Weile über meine Heimatstadt, bevor wir uns auf den Rückweg machen. Im Badezimmer ziehen wir uns nacheinander um. Mom und Dad erwarten uns bereits im Garten mit Kaffee und einer Geburtstagstorte. Natürlich muss ich zuerst die einunddreißig Kerzen darauf ausblasen. Aber ich lasse ihnen die Freude und mache ohne zu murren mit.

Lauren hält während des Essens mit mir Körperkontakt. Seit ich ihr mein Herz ausgeschüttet habe, tut sie das. Sie ahnt sicher nicht, wie viel mir das bedeutet.

Die Frauen unterhalten sich über Backrezepte und finden damit ausreichend Gesprächsstoff. Anschließend räumen wir das Geschirr in die Küche und waschen ab.

Zum Abendessen fahre ich mit Lauren nach Killybegs, weil ich nicht will, dass mir noch andere bekannte Gesichter begegnen. Außerdem sind wir damit in der Nähe des Sees, den ich ihr unbedingt zeigen möchte. Bei Kerzenschein genießen wir die würzige Fischsuppe und erzählen von unseren Familien und Freunden.

Eine Stunde später parke ich den Wagen an einem Wegrand und führe Lauren zu meinem Lieblingsplatz, den ich als Kind bei einer Fahrradtour entdeckt habe. Touristen verirren sich selten in diese Gegend, daher hoffe ich, ungestört mit Lauren zu sein.

Zwischen Heidekraut, Schafgarbe und Wacholder bahnen wir uns einen Weg zum See, der von Erlen, Birken und Weiden umgeben ist. In der Ferne schnattern Wildenten. Lauren löst ihre Hand aus meiner und stellt sich ans Ufer.

Sie lässt die Augen über den See gleiten, beobachtet die Libellen und den Graureiher am gegenüberliegenden Ufer. »Wunderschön«, haucht sie sehnsüchtig.

Auch ich halte inne und betrachte die Insel in der Mitte, auf der eine Weide thront. Es ist, als würde ich die Feen um die Blätter huschen sehen. All die Geschichten von Grandma und Mom über die magischen Wesen mit Flügeln kommen mir in den Sinn, wenn ich hier bin.

»Dachte ich mir, dass es dir gefällt.« Ich breite wenige Meter vom Ufer entfernt eine Decke aus. Hier sind wir durch die umliegenden Büsche und Bäume nicht so leicht zu entdecken.

Lauren hockt sich hin, um nach etwas im Wasser zu greifen, und in diesem Moment höre ich ein reißendes Geräusch. Den Grund erkenne ich sofort: In Laurens schwarzer Hose klafft an der Naht ein Loch und gibt den Blick auf ihren grauen Slip frei.

Mit einem entsetzten Keuchen schaut sie über die Schulter, während sie sich aufrichtet und mit den Fingern über den Po tastet. »O nein!«

Mit drei großen Schritten bin ich bei ihr. Zuerst weiß ich nicht, wie ich ihr helfen soll, doch dann sehe ich die Tränen in ihren Augen und nehme Lauren in den Arm.

»Hey, das ist nicht schlimm.« Meine Lippen sind dicht an ihrem Ohr, während ich die Worte flüstere, und ich streiche ihr beruhigend über den Rücken.

»Aber … aber es ist so … *peinlich.*«

»Muss es dir nicht sein.«

»Vielleicht tut mir doch etwas Sport gut.«

»Denkst du etwa, dass deine Hose deswegen gerissen ist?«

Sie zuckt verlegen die Achseln. »Möglich.«

Ich lege einen Finger unter ihr Kinn und hebe es an, damit Lauren mich ansieht. »Mir ist es auch schon mal passiert. Beim Training. Also kann es wohl daran nicht gelegen haben.«

Ein sanftes Lächeln zeigt sich an ihren Mundwinkeln. »Stört es dich denn nicht, dass ich nicht so durchtrainiert bin wie die Frauen im Fitnessstudio?«

»Ich mag deine Figur, deine Rundungen. Alles an dir.« Langsam ziehe ich meinen Finger zurück und gebe Lauren einen Kuss auf die Lippen. »Aber viel wichtiger ist, dass ich dich mag. Sehr sogar.«

Ihre Augen leuchten mich an. »Ich mag dich auch sehr, Ashton. Obwohl ich dich anfangs für einen überheblichen Fitnessgott gehalten habe.«

Lachend schüttle ich den Kopf. »Und ich hätte niemals gedacht, dass du die Eine bist, die es schafft, mich ordentlich umzukrempeln.« Mit der Nasenspitze stupse ich gegen ihre Wange. »Danke, Lauren.«

Mit den Lippen suche ich nach ihren, bis sie sich stürmisch und verlangend vereinen. Lauren schlingt ihre Arme um meinen Nacken. Ich hebe sie auf meine Hüften und trage sie zur Decke. Als wäre sie eine kostbare Fracht, lege ich sie auf dem Rücken ab und setze mich neben sie. Dabei ruhen unsere Blicke aufeinander.

Laurens Brustkorb hebt und senkt sich schneller, als ich mit den Fingerspitzen über ihre Arminnenseiten streiche. Ich verteile Küsse auf ihrer Haut, hinauf zu ihrer Schulter, weil ich sie überall spüren möchte. Ihre harten Brustwarzen zeichnen sich unter ihrem Shirt ab und ich kann es kaum erwarten, daran zu saugen und zu knabbern.

In meiner Hose pocht es erwartungsvoll. Ich erkunde Laurens Hals mit der Zunge, lecke hinab zu ihren runden, vollen Brüsten. Lauren schließt leise seufzend die Augen.

Ihr entspanntes Grinsen verleitet mich dazu, weiter auf Erkundungstour zu gehen. Ich schiebe ihr Shirt hoch, küsse ihren weichen Bauch. Mit der Fingerkuppe streiche ich über ihren BH, fühle die festen Knospen darunter.

Als ich ihre Brüste nacheinander massiere, stöhnt Lauren und öffnet die Augen. »Hör nicht auf.« Sie schenkt mir ein verführerisches Lächeln.

»Das habe ich nicht vor.«

Nickend setzt sie sich auf und streift sich das Shirt über den Kopf. Ehe ich die Möglichkeit habe, ihren BH aufzumachen, zerrt Lauren an meinem Oberteil und schon wirft sie es achtlos zur Seite. Mit beiden Händen drückt sie mich nach hinten, bis ich mit dem Rücken auf der Decke liege.

Lauren nutzt die Chance, um über meine nackte Brust zu streichen. So andächtig, wie sie das tut, bekomme ich eine Gänsehaut. Mit küssenden Lippen wandert sie hinunter zu meinem Bauch und öffnet meinen Gürtel. Dabei berührt sie meine Erregung und bringt mich zum Stöhnen.

Weil ich nicht länger untätig sein möchte, richte ich mich auf und presse Lauren an mich. Geübt befreie ich sie von ihrem BH und umschließe ihre Brustwarzen mit dem Mund. Während ich daran sauge und sie mit der Zunge umkreise, wirft Lauren den Kopf in den Nacken und krallt ihre Fingernägel in meine Schultern.

Kapitel 29

Lauren

Mein Körper bebt unter Ashtons Berührungen und das Verlangen in seinen Augen raubt mir den Atem. Sein Gesicht wirkt hart und entschlossen. Ich vergrabe die Finger in seinem offenen Haar, um ihn zu einem Kuss heranzuziehen. Mit der Zungenspitze fährt er zärtlich über meine Lippen, erkundet jeden Millimeter meiner Haut.

Sanft, aber bestimmt fordert er Einlass. Während unsere Münder miteinander verschmelzen, dreht sich alles um mich herum. Ashton weiß genau, was er tut. Nur am Rande bekomme ich mit, wie er meine gerissene Hose öffnet und sie mir von den Hüften zieht.

Mein Herz klopft immer schneller, als ich ebenfalls an seiner Jeans zerre. Vorhin ist mir schon die Wölbung darunter aufgefallen und ich kann es kaum erwarten, ihn in mir zu spüren. Ashton gleitet mit seinen Fingern über meine Beine und befreit mich Stück für Stück von meiner Hose.

Unsere Lippen lösen sich, damit er sie mir vollständig abstreifen kann. Dann hält er inne und lässt seinen Blick andächtig über meinen Körper schweifen. Ich trage nur noch einen Slip und fühle mich unwohl, wenn ich seinen durchtrainierten Oberkörper betrachte, mit dem ich nicht ansatzweise mithalten kann. Beschämt lege ich beide Arme auf meinen Bauch.

Doch Ashton umschließt meine Hände mit seinen und legt sie über meinem Kopf ab. »Du bist wunderschön und musst dich nicht verstecken.« Wie zur Bestätigung seiner Worte verteilt er unzählige Küsse auf meinem Bauch.

Ich nicke und entspanne mich. Ohne mich auch nur eine Sekunde aus den Augen zu lassen, greift er nach meinem Slip und rollt ihn hinunter. Sein Atem beschleunigt sich, als ich vollkommen nackt vor ihm liege.

Um für ausgleichende Gerechtigkeit zu sorgen, will ich mich aufrichten und ihm die Hose ausziehen, doch Ashton drückt mich sofort zurück auf die Decke.

»Noch nicht.« Sein Ton ist liebevoll, während er über meine Beininnenseiten streicht.

Zitternd atme ich aus und schließe die Lider. Ashton spreizt meine Beine und legt sich dazwischen. Er bläst seinen heißen Atem über meinen feuchten Eingang, bevor er mit den Fingerspitzen über meinen Venushügel fährt. Auffordernd strecke ich ihm mein Becken entgegen, doch er lässt sich Zeit und berührt mich überall, nur nicht dort, wo ich Erlösung finde.

Deswegen lege ich beide Hände auf seinen Kopf und führe ihn zu meiner Mitte. Er lacht kurz, bevor er mit der Zunge meine Schamlippen teilt. Zärtlich leckt er über meinen Kitzler, saugt daran, bis mir ein lustvolles Stöhnen entfährt. Mit zwei Fingern dringt er in mich ein und massiert mich von innen, während er mit der Zungenspitze mein empfindliches Knötchen neckt.

Mein Körper bebt unter seinen Berührungen immer heftiger. Doch kurz bevor mich der Orgasmus erreicht, hört Ashton auf und hebt den Kopf. Ehe ich protestieren kann, legt er meine Beine über seine Schultern und setzt seine Verwöhnung mit der Zunge intensiver fort.

Ich bewege das Becken in seinem Rhythmus und stöhne laut. Das scheint Ashton noch mehr anzuheizen, denn er verstärkt den Druck auf meinen Kitzler. Mein Puls rast und ich kralle die Hände in die Decke, weil sich eine warme Vibration in meinem Bauch aufbaut.

Als würde es Ashton merken, beißt er zärtlich in meine empfindliche Stelle. Mit einem Aufschrei wölbe ich den Rücken durch, spanne all die Muskeln in meinem Körper an und genieße das süße Zucken in meinem Unterleib, das wie Wellen durch mich rauscht. Erschöpft und glücklich lächelnd sacke ich zusammen.

Doch Ashton gewährt mir keine Pause. Er umfasst meine Brüste, leckt über meine Haut und erweckt das Feuer in mir erneut. Seine Berührungen lassen mich schwer keuchen. Ich öffne die Augen, beobachte die Blätter der Erle über uns, die sanft im Wind rascheln.

Langsam richte ich den Oberkörper auf und fahre die feinen Linien von Ashtons Brust- und Bauchmuskeln nach, bevor ich den Jeansbund erreiche. Ich küsse Ashton, während ich seine Hose vollständig öffne und sie ihm über die Beine schiebe. Aus der Tasche zieht er ein Kondom, bevor ich sie im gänzlich abstreife.

»Du bist vorbereitet«, sage ich schmunzelnd und befreie ihn von seinen Boxershorts.

»Falls du denkst, ich wäre mit dem Vorsatz hergekommen, dich zu verführen, irrst du dich nicht.« Er küsst meine Wange und lässt eine Hand über meine Seite gleiten, woraufhin ich erschaudere.

Ich nicke, weil ich zu Worten nicht in der Lage bin. Mit einem verführerischen Lächeln legt Ashton sich auf den Rücken und streift sich das Kondom über. Erwartungsvoll betrachte ich seinen Penis, der sich breit und hart in die Höhe reckt. Ohne weiter darüber nachzudenken, setze ich mich auf seinen Schoß und lasse ihn Zentimeter für Zentimeter in mich gleiten.

Ashton stöhnt genüsslich und schließt die Augen. Mit einem brummenden Ton packt er mich an den Hüften und krallt die Finger in meinen Po. Und dann sinke ich mit einem Ruck nach unten.

Seine Erregung füllt mich komplett aus, es ist ein irrsinniges Gefühl. Mit den Händen lenkt er meine Bewegungen. Zuerst langsam, damit ich alles intensiver spüre und wir einen gemeinsamen Rhythmus finden. Dann steigert er sich.

Halt suchend stütze ich mich auf Ashtons fester Brust ab, als er mir mit den Hüften entgegenkommt und kräftig in mich stößt. Mein Herz rast und ein lustvoller Schauer rieselt meinen Rücken hinab. Ich streiche über seine Schultern und die muskulösen Oberarme, die sich geschmeidig bewegen.

Während wir das Tempo steigern, beuge ich mich vor und suche nach Ashtons Lippen. Wie ausgehungert fallen wir übereinander her. Dabei wird er immer härter in mir und meine Mitte schließt sich um ihn. Ashton zwirbelt meine steifen Brustwarzen und dann erfasst mich ein erneuter lang anhaltender Orgasmus.

Vor meinen Augen tanzen weiße Punkte, während mein Körper unkontrolliert zuckt und ich laut stöhnend auf Ashton zusammensacke. Nach fünf weiteren Stößen folgt er mir mit einem absolut männlichen Knurren.

Überwältigt schmiege ich mein Gesicht an seine Halsbeuge, bis das Beben in unseren Körpern nachlässt. Das war der absolut beste Sex, den ich je hatte, und ich freue mich schon auf eine Wiederholung.

»Das war das schönste Geburtstagsgeschenk, das ich je bekommen habe, *mo leannan*«, flüstert Ashton mit erschöpfter Stimme in mein Ohr.

Mein Liebling. Vor Freude flattert mein Herz.

Kapitel 30

Lauren

Ich fahre den Computer herunter und stecke mein Handy in die Handtasche. Die Tür von Mister Sheppards Büro wird aufgerissen und mein Boss kommt mit rotem Kopf vor meinem Schreibtisch zum Stehen, hinter ihm der Geschäftsführer mit vor der Brust verschränkten Armen.

Auweia! Das bedeutet Ärger. Mal wieder.

»Misses Dale! Wie konnte das passieren?« Er pfeffert eine Rechnungskopie auf meinen Tisch und tippt energisch mit dem Zeigefinger auf den Stempel »bezahlt«, der mit meinem Kürzel versehen ist.

Es handelt sich um eine Bestellung aus der IT-Abteilung in Höhe von fünftausend Euro. Also nichts Ungewöhnliches. Am Montag habe ich die Überweisung mit einigen anderen Rechnungen vorgenommen, nachdem ich die unterschriebene Freigabeliste von Mister Sheppard bekommen habe.

»Was meinen Sie?«, frage ich verständnislos.

Mein Boss schnaubt. »Ich habe Ihnen letzte Woche gesagt, nachdem ich von der Besprechung mit der Geschäftsführung gekommen bin, dass wir die Rechnung noch zurückhalten müssen, weil es Probleme mit der Lieferung gibt.«

Daran kann ich mich nicht erinnern, hätte ich beinahe geantwortet. »Sie haben die Freigabe unterschrieben«, sage ich stattdessen.

»Jetzt wollen Sie mir Ihren Fehler unterschieben?« Seine Stimme bebt. »Bei der Flut an Rechnungen kann ich nicht jede prüfen! Das ist Ihre Aufgabe!«

»Wollen Sie mir etwa unterstellen, dass ich meine Arbeit nicht ordentlich erledige?« Mein Blick fliegt zum Geschäftsführer, der schweigend unseren Streit beobachtet. »Sie haben mir nichts nach der Besprechung gesagt.«

»Sie lügen! Natürlich habe ich das!«

Kopfschüttelnd schultere ich meine Handtasche und recke mein Kinn nach vorn. »Das, Mister Sheppard, geht zu weit. Seit Jahren behandeln Sie mich wie Ihr Mädchen für alles. Dabei bin ich nicht Ihre Sekretärin, sondern die Buchhalterin.«

Seine Nasenflügel blähen sich vor Wut auf. »Wenn Sie sich noch einmal solch einen fatalen Fehler leisten, werfe ich Sie raus.«

»Schön.« Im Sturmschritt verlasse ich das Büro. Natürlich nicht, ohne die Tür hinter mir zuzuknallen.

Was für ein Arsch! Weil er es vermasselt hat, stellt er mich als Sündenbock hin! Das wird ja immer besser. Wer weiß, welche Lügen er über mich bei der Geschäftsführung erzählt hat, um seinen Kopf aus der Schlinge zu ziehen.

Meine Wut wird von Sekunde zu Sekunde heftiger, während ich gedanklich fluche. Zum Glück ist heute Freitag und ich muss morgen nicht arbeiten.

Ich erreiche Ashton, der auf dem Parkplatz bereits auf mich wartet, weil er mir die Baustelle zeigen möchte.

Mit hochgezogenen Augenbrauen öffnet er mir die Beifahrertür und mustert mich aufmerksam. »Alles okay?«, fragt er mich, nachdem er ebenfalls eingestiegen ist.

»Nein. Können wir bitte beim Bäcker halten?«

»Gab es wieder Probleme auf der Arbeit?«

»Mein Chef will mich loswerden.« Als ich das sage, pocht mein Herz sofort schneller.

»Was ist diesmal passiert?« Sanft legt er seine Hand auf meine und drückt sie.

Nachdem ich einige Male tief durchgeatmet habe, erzähle ich Ashton von den Unterstellungen. Wie immer hört er mir aufmerksam zu. »Ich brauche jetzt unbedingt einen Schokoladenkuchen«, schließe ich meinen Bericht mit zitternder Stimme ab.

Einige Atemzüge ist es still im Auto.

»Du bist dort schon lange unglücklich, Lauren. Warum tust du dir das an? Such dir einen neuen Job und zeig dem Kerl den Mittelfinger.«

»Das werde ich wohl tun müssen. Aber ich weiß nicht, ob ich weiter als Buchhalterin arbeiten will.«

»Egal, wofür du dich entscheidest, ich unterstütze dich.« Ashton führt meine Hand an seine Lippen und küsst sie. Damit verraucht etwas Wut in meinem Bauch, doch der Heißhunger wird eher größer. »Du kannst immer auf mich zählen.«

»Danke. Können wir jetzt bitte zum Bäcker?«, drängle ich.

»Hm. Ich kenne da eine bessere Variante, um Frust abzubauen.«

»Ohne Schoki?« Ich bin entsetzt und mache einen Schmollmund, was Ashton mit einem Lächeln quittiert.

»Folgender Vorschlag: Wir versuchen es auf meinem Weg. Falls du dich danach nicht besser fühlst, gibt es Kuchen. Einen großen mit viel Schokolade.«

»Na gut.« Ich gebe mich zähneknirschend geschlagen.

Ashton nickt und fährt los. Ich erzähle ihm mehr über meinen Jobfrust und nach weniger als einer halben Stunde halten wir an einem Fitnessstudio.

Mein Herz zieht sich zusammen. Schon in der Schule habe ich den Sportunterricht gehasst, weil ich ungelenkig bin und deswegen regelmäßig ausgelacht wurde.

»Das ist ein Scherz.« Ich werfe Ashton einen warnenden Blick zu.

»Lass es uns wenigstens probieren. Nur fünf Minuten, Lauren. Bitte.« Er schaut mich wieder mit seinem Grübchenlächeln an, dass es mir besonders schwer macht, Nein zu sagen.

Ich verdrehe die Augen. »Fünf Minuten und keine Sekunde länger. Du lässt einen Timer laufen.«

»Wie du willst.«

Wir steigen aus. Ashton nimmt seine Sporttasche aus dem Kofferraum. Die hat er immer dabei, falls ihm danach ist, zu trainieren. Aber ich glaube, das tut er nicht mehr so häufig wie vor einem Monat, weil er viel lieber Zeit mit mir verbringt. Seinem sexy Körper hat es bisher nicht geschadet. Er sieht immer noch verboten heiß aus.

Hand in Hand schlendern wir zum Eingang. Mit jedem Schritt fühle ich mich unwohler und würde am liebsten kehrtmachen. Ich war noch nie in einem Fitnessstudio und ausgerechnet Ashton schleift mich in eines. Dabei möchte ich doch nur einen Kuchen, um den Ärger mit meinem Chef zu vergessen.

Ashton öffnet die Tür. Der Geruch von Schweiß und Deodorant schlägt mir entgegen. Unauffällig lasse ich den Blick durch die Halle schweifen. Hip-Hop dröhnt aus den Lautsprechern. Haufenweise Sportgeräte – die eher wie Foltermaschinen aussehen – reihen sich aneinander. Manche sind belegt, andere nicht.

Aber Ashton führt mich in die entgegengesetzte Richtung, nachdem er eine Trainerin begrüßt hat. Ihr neidischer Blick auf mich entgeht mir allerdings nicht. Wir nehmen die Treppe in den Keller. Von den fünf Türen im Gang steuern wir die hintere an und kommen in einen kleinen Raum, in dem ein Boxsack in der Mitte der Decke baumelt. Ansonsten ist er leer.

»Was hast du vor?« Ich schaue Ashton fragend an.

»In meinen Weiterbildungen für die Zertifizierungen habe ich einen Trainer kennengelernt, der Sport als Therapie bei Stress oder Aggression anbietet.« Er stellt die Tasche ab, kramt ein Shirt und eine Jogginghose heraus und reicht sie mir. »So ein Boxsack kann Wunder wirken.«

»Und du glaubst, es hilft bei mir?« Meine Skepsis wird größer.

»Wir werden sehen. Zieh dich um. Mit einem Rock hast du zu wenig Bewegungsfreiheit.«

Nach einem tiefen Seufzen gebe ich meinen Widerstand auf und schlüpfe in Ashtons Sportkleidung, die nach Waschmittel duftet – sein vertrauter Geruch. Sein Blick wird verlangend, als ich kurz lediglich Unterwäsche trage. Die Schuhe lasse ich aus, weil sie auf dem Boden ungeeignet sind, der weich wie Moos ist.

Angriffsbereit stelle ich mich vor den Boxsack und hoffe, dass die fünf Minuten schnell vergehen, damit ich mir etwas Süßes gönnen kann. Ich brauche unbedingt Glücksgefühle. Andererseits – ein Orgasmus wäre auch …

»Schließ die Augen.« Ashton holt mich aus meinen Gedanken.

Ich zucke die Achseln und tue, was er sagt.

»Spanne deine Muskeln an. Alle. So fest du kannst.«

Ich gehorche. In diesem Moment setzt Rockmusik mit einem flotten Rhythmus und einer rauchigen Männerstimme ein. Das Lied kenne ich nicht, aber es wirkt definitiv motivierend.

»Und jetzt lösen.«

Tief ausatmend lasse ich los und kreise die Schultern.

»Noch einmal.«

Wir wiederholen das Ganze fünfmal. Danach fühle ich mich entspannter, doch der Groll ist nicht verschwunden.

»Du bist wütend auf deinen Chef.« Ashtons Stimme ist nah an meinem Ohr. »Also denk an ihn, an das, was er dir vorhin an den Kopf geworfen hat, wie er dich seit Jahren behandelt.«

Bilder wirbeln in mir auf. Bisher habe ich meinen Frust immer hinuntergeschluckt und mich mit Süßigkeiten getröstet. Heute habe ich Mister Sheppard das erste Mal die Stirn geboten. Unwillkürlich balle ich die Hände zu Fäusten.

»Gut so.« Die Musik wird lauter wie auch Ashtons Stimme. »Sieh den Sandsack an und stell dir vor, er wäre dein Boss. Hau auf ihn ein. Lass alles raus.«

Ich öffne die Augen. Das schwarze Leder formt sich zu Mister Sheppards Gesicht. Sein höhnisches Grinsen, als ich Kaffee auf meinem Schreibtisch verschüttet habe und er mich als unfähig beschimpft hat. Der herablassende Blick, während ich mit dem Papierstau am Kopierer gekämpft habe und er meinte, ich hätte keine Ahnung von Technik. Und dann sein gekünsteltes Lachen, wenn er sich bei der Geschäftsführung einschleimt und behauptet, ich wäre ohne ihn aufgeschmissen.

Dabei stimmt das nicht!

Wie von allein landet meine Faust auf seiner Wange. Ich hole erneut aus, verpasse ihm einen Kinnhaken. Und noch einen. Dann treffe ich sein rechtes Auge. Im Takt der Musik hämmere ich immer wieder auf ihn ein, obwohl meine Haut vom Aufprall brennt. Meine Schläge sind nicht kräftig, trotzdem schwingt der Sandsack leicht hin und her.

Kapitel 31

Lauren

Aus weiter Ferne höre ich den Timer. Die fünf Minuten sind um, trotzdem möchte ich nicht aufhören. Ich ramme mein Knie in den Sandsack und stelle mir vor, es wäre Mister Sheppards Bauch. Der Schweiß rinnt mir am Rücken hinunter und kitzelt, aber er spornt mich nur weiter an.

Erst als meine Beine mich nicht mehr tragen können, lasse ich mich auf den Po fallen und blinzle die Tränen aus meinen Augen. Mir war in all den Jahren nicht bewusst, wie sehr mein Job mich belastet, und nun stürzt alles auf mich ein.

Ashton nimmt mich wortlos in den Arm und wiegt mich sanft hin und her, bis ich mich beruhigt habe. Dabei streicht er mir unaufhörlich über den Kopf und flüstert mir zu, dass ich alles herauslassen soll. »So ist es gut, *mo leannan*.«

Es ist mir nicht unangenehm, in seiner Anwesenheit zu heulen, trotzdem wische ich mir verstohlen über die Wangen, um sie zu trocknen.

»Verdammt, das war nötig«, murmle ich mit einem erleichterten Lächeln im Gesicht.

»Schön, dass es dir geholfen hat. Ich hatte da bereits eine Ahnung, wie es tief in deinem Inneren aussieht.

Weil du häufig gebacken hast, wenn du extremen Stress mit deinem Boss hattest.«

»Das ist dir aufgefallen?« Ich schniefe, woraufhin er nickt. »Wahrscheinlich wollte ich es nicht wahrhaben. Es waren viele kleine Dinge, die sich angestaut haben. Und die Süßigkeiten haben mir geholfen.«

Er gibt mir einen Kuss auf die Stirn. »Hast du immer noch Lust auf Kuchen?«

Ich schüttle den Kopf und beiße mir auf die Unterlippe. »Das nicht. Da ist etwas anderes, das ich gern tun würde«, flüstere ich verrucht.

Ashton grinst frech. »Aber wir wollten uns heute die Baustelle ansehen.«

»Gibt es dort keinen ruhigen Platz?«

Kurz überlegt er. »Doch.«

☘ ☘ ☘

Eine halbe Stunde später halten wir vor einer Lagerhalle. Drei Transporter von Bauunternehmen stehen davor und einige Männer in Blaumann schwirren herum. Obwohl ich Ashtons Vorhaben und seinen Businessplan kenne, bin ich sprachlos. Das Gebäude wirkt von außen bereits wie ein richtiges Fitnessstudio. Die Wände sind in einem knalligen Rot gestrichen, nur das Logo fehlt noch neben der Eingangstür.

Ashton führt mich herum und erklärt mir, wo welche Bereiche entstehen. Auch wenn ich wenig davon verstehe, höre ich ihm aufmerksam zu. Und wieder einmal merke ich, mit wie viel Leidenschaft er hinter seinem Projekt steht. Ich bin davon überzeugt, dass er mit seinem Studio viele Sportbegeisterte erreichen kann.

Anschließend zeigt er mir die zwei Nebengebäude am Ende des Grundstücks, die hinter der Lagerhalle stehen und von Eichen, Ahornbäumen und Linden umgeben sind. Zuerst betreten wir das größere. Es ist zweigeschossig und in einem renovierungsbedürftigen Zustand. Ashton weiß noch nicht, was daraus werden soll.

Danach folgt sein zukünftiges Haus, das um einiges kleiner ist. Trotzdem gibt es außer der geräumigen Küche, dem Wohnzimmer mit Kamin und den zwei Bädern noch drei weitere Räume im Obergeschoss.

Mir gefällt die Vorstellung nicht, dass er in ein paar Monaten nicht mehr neben mir wohnt. Dann sehen wir uns seltener. Allerdings wird es Shadow hier lieben. Der Garten bietet genug Platz, damit er sich austoben kann.

Nach unserem Rundgang setzt Ashton sich auf einen Stapel Holzbretter, die später als Fußboden dienen sollen, und zieht mich auf seinen Schoß. Ich lehne mich mit dem Rücken an seine Brust.

»Und – wie gefällt es dir?« Ashton schlingt die Arme um meinen Bauch.

»Ich finde es großartig. Was du dafür bereits geleistet hast … Wow. Solch ein Mammutprojekt hätte ich mir niemals zugetraut.«

»Man kann alles schaffen, wenn man es wirklich will.«

»Hast du nie Angst zu scheitern?«

»Doch. Ist völlig normal, findest du nicht?«

»Hm.« Mein Blick schweift durch den Raum und bleibt an dem bodentiefen Fenster mit Aussicht zur Lagerhalle hängen. »Ich werde dich vermissen, wenn du ausgezogen bist.«

Er streicht mir eine lose Strähne hinters Ohr. »Wir werden uns trotzdem regelmäßig sehen.«

»Aber es wird nicht mehr dasselbe sein.«

Ashton lacht. »Vor vier Wochen konntest du es kaum erwarten, bis ich wieder weg bin.«

Ich drehe den Kopf und grinse Ashton an. »Kannst du mir das verübeln, nachdem wir mitten in der Nacht ordentlich aneinandergeraten sind?«

»Eigentlich nicht … Aber was ich immer noch nicht verstehe – wie konntest du über die Kartons fallen? Sie waren doch wirklich nicht zu übersehen.«

»Na ja.« Ich wende mich ab und zupfe an einem Blusenknopf. »Vielleicht war ich am Handy und habe deswegen nicht hingesehen?«, gestehe ich kleinlaut.

Ashton schüttelt sich vor Lachen. »Und dann gibst du mir die Schuld?« Er japst mit einem belustigten Ton nach Luft.

»Es waren deine Kartons …«

»Einigen wir uns darauf: Wir haben beide einen Fehler gemacht.«

Ich nicke und klimpere übertrieben mit den Wimpern. »Einen guten Fehler, findest du nicht?«

»Der beste meines Lebens, *mo leannan*.«

Mein Liebling. So hat er mich nun schon mehrmals genannt und jedes Mal wird mein Herz von einer warmen Welle überschwemmt.

Mit einem Lächeln, das mein Bauch kribbeln lässt, presst Ashton seine Lippen auf meine. Stürmisch und verlangend zugleich. Auch wenn ich es bereits geahnt habe, so habe ich nun keinen Zweifel mehr. Ich habe mich verliebt. Und zwar so richtig.

Kapitel 32

Ashton

Ich setze mich in die Mitte des Raums und breite den Grundriss vor mir aus. Als ich Lauren letzte Woche das ungenutzte Gebäude auf meinem Grundstück gezeigt habe, wusste ich mit einem Schlag, was ich damit anfangen könnte. Leider sind meine finanziellen Mittel begrenzt, deswegen muss ich alles allein machen, sodass ich lediglich Materialkosten habe. Hoffentlich reicht dafür das Geburtstagsgeld von meinen Eltern.

Mit einem Bleistift zeichne ich meine Ideen auf, verwerfe manche wieder, bis ich zufrieden mit dem Plan bin. Obwohl das Haus genauso viele Zimmer wie mein zukünftiges hat, sind diese hier größer und bieten mehr Gestaltungsmöglichkeiten.

Aber bei einer Sache bin ich mir sicher: Lauren wird begeistert sein. Allerdings wird es schwierig, alles umzusetzen, ohne dass sie von meinem Vorhaben erfährt …

Das Klingeln meines Handys reißt mich aus den Gedanken. Gerade habe ich an sie gedacht und nun ruft sie mich an. Ein Lächeln schleicht sich auf meine Lippen und mein Herzschlag beschleunigt sich. So fühlt es sich also an, richtig verliebt zu sein. Unfassbar. Und wenn ich ehrlich bin, habe ich das nur Connor und

Rory mit ihrer Wette zu verdanken.

»Hey, Lauren.«

»Hey. Eleanor, Nathalee, Kristena und ich wollen heute spontan einen gemeinsamen Abend machen. Wäre das für dich in Ordnung?«

»Klar, dann lade ich meine Kumpels ein. Die habe ich schon ein paar Wochen nicht mehr getroffen.«

»Also bist du mir wegen der kurzfristigen Planänderung nicht böse?«

»Quatsch. Kommst du zu mir, wenn du zurück bist? Dann stelle ich dir Connor und Rory vor.«

»Es könnte spät werden …«

»Wird es bei uns sicher auch.«

»Okay. Bis nachher.«

»Bye.«

Ich drücke auf den roten Button und richte mich auf. Den Grundriss lasse ich auf dem Boden liegen. Vielleicht fallen mir in den nächsten Tagen weitere Optionen ein. Im Gehen rufe ich Connor und anschließend Rory an und lade sie zu mir ein. Ich setze mich ins Auto und besorge einige Lebensmittel, bevor ich nach Hause fahre.

Shadow begrüßt mich und wartet bereits auf seinen Spaziergang, deswegen drehen wir eine ausgiebige Runde durch den Park. Er ist müde, nachdem wir zurück sind. Weil mein Besuch erst in einer Stunde ankommt und ich in den letzten Wochen wenig im Haushalt erledigt habe, nutze ich die Zeit zum Aufräumen und Putzen. Bis es an der Tür klingelt und meine Kumpels mich freudig begrüßen.

»Dass man dich auch mal wieder zu Gesicht bekommt«, sagt Connor mit einem leicht vorwurfsvollen

Ton und klopft mir energisch auf den Rücken.

»Ich habe eben viel zu tun.«

»Wie läuft es mit den Bauarbeiten?« Rory lässt sich auf die Couch fallen.

»In den letzten zwei Wochen gab es keine neuen Probleme. Hoffentlich bleibt das dabei. In der Lagerhalle kommen sie gut voran und auch mein Haus nimmt langsam Form an.«

Connor hebt den Daumen. »Dann wird es Zeit für Werbung, oder?«

»Steht schon auf meiner To-do-Liste. Habt ihr Hunger?«

»Klar.« Rory reibt sich vielsagend den Bauch, der sich ordentlich nach vorn wölbt, seitdem er verheiratet ist.

»Bestellen wir Pizza?« Meinen Vorschlag haben sie nicht erwartet. Beide schauen mich an, als würde ich sie auf den Arm nehmen.

»Was ist denn mit dir los?«, fragt Connor verwirrt.

»Ich habe das Kalorienzählen aufgegeben. Es läuft auch so akzeptabel.«

Rory schüttelt prustend den Kopf. »Wer bist du und was hast du mit Ace gemacht?«

»Was ist daran verkehrt, ein paar Veränderungen im Leben zuzulassen?«

»Überhaupt nichts.« Connor runzelt die Stirn. »Woher kommt dein Sinneswandel?«

Weil ich ihnen von Lauren und mir bisher nichts erzählt habe und ich sie lieber mit der Tatsache überraschen möchte, das wir ein Paar sind, weiche ich aus. »Als ich bei meinen Eltern war, bin ich Florence begegnet«, erwidere ich stattdessen.

Rory zieht scharf die Luft durch die Zähne ein. »Warum habe ich das Gefühl, dass das, was du gleich sagst, mich schockieren wird?«

Ich verdrehe die Augen. »Nicht immer so pessimistisch … Das unerwartete Aufeinandertreffen war hilfreich für mich: Ich bin ein für alle Mal über sie hinweg.«

»Aha.« Connor bleibt skeptisch, was ich verstehen kann. Sie wissen, dass ich lange an der Sache zu knabbern hatte.

»Wirklich. Sie hat mich total kaltgelassen. Da war nichts mehr, was ich an ihr attraktiv finde. Florence hat wie immer ein paar dämliche Sprüche losgelassen und sich damit für unwiderstehlich gehalten.«

»Wow!« Rory grinst breit und klatscht in die Hände. »Das sollten wir feiern.«

»Absolut. Die Frau hat fünfzehn Jahre deines Lebens beeinflusst. Ohne sie wärst du nicht dort, wo du jetzt bist, weil sie dir den Ansporn gegeben hat.«

»So, wie du das sagst, klingt es schon beinahe positiv«, murre ich.

»Na ja, versteh mich nicht falsch – ich habe nur die Befürchtung, dass du dich jetzt gehen lässt.«

»Die ist unbegründet. Mir geht es super und meine Ziele sind trotzdem geblieben. Ich sehe vieles nur nicht mehr so verbissen wie bisher.«

Beide sind beeindruckt und freuen sich für mich. Wir bestellen uns Pizza und schauen einen Actionfilm an, während wir über alles Mögliche plaudern. Es tut gut, Zeit mit ihnen zu verbringen, und ich habe sogar ein schlechtes Gewissen, weil ich sie wegen Lauren vernachlässigt habe.

Nach dem Essen drücke ich jedem ein Bier in die Hand und wir setzen uns für eine Runde Irish Poker auf den Balkon. Ich verteile die Karten und fange

Connors Blick auf.

»Was ist?«, frage ich irritiert.

»Dieses Grinsen.« Er zeigt auf meinen Mund. »Erstklassigen Sex gehabt?«

Unwillkürlich sehe ich zur Nachbarwohnung, weil ich sofort an Lauren denken muss. Wir schlafen täglich miteinander und ich genieße es jedes Mal aufs Neue, sie in meinen Armen zum Orgasmus zu bringen. Mit ihr ist es einmalig. Keine Ahnung, was ich früher an diesen schnellen Nummern gefunden habe. Klar, ich war danach befriedigt, trotzdem haben mir die Gefühle für diese Frauen gefehlt.

»Möglich.«

»Hey!« Rory hebt einen Finger. »Was war das eben?«

»Häh?«, mache ich und gebe mich unwissend.

»Du hast gerade nach nebenan geschaut und dabei haben sich deine Lippen gekräuselt.«

»Da war ein Vogel, den ich beobachtet habe.«

Connor beugt sich vor. »Schläfst du etwa mit deiner Nachbarin?«

»Du meinst die Frau, die wir für Ashton bei Tinder ausgesucht haben?« Rory kapiert es nun auch.

»Hör mir mit dieser blöden Wette auf.« Meine Antwort kommt ruppiger als beabsichtigt.

Seine Augen weiten sich. »Deswegen hast du die dreizehn Dates nicht durchgezogen und auf den Porsche verzichtet. Du bist vorher mit ihr in der Kiste gelandet und wolltest nicht als Verlierer dastehen.«

Kapitel 33

Lauren

In meinem Herzen sticht es, als würde mir jemand einen Dolch hineinrammen. Ich öffne die Balkontür weit und trete hinaus. Obwohl ich Ashtons Stimme längst erkannt habe, trifft es mich mit enormer Wucht, als unsere Blicke sich finden. Sekunden vergehen, vielleicht sind es sogar Minuten, in denen wir uns einfach ansehen, und ich verzweifelt versuche, die aufkommenden Tränen niederzukämpfen.

»Lauren.« Er sagt meinen Namen voller Entsetzen und löst damit meine Schockstarre.

Halt suchend lege ich meine zitternde Hand an die Hauswand, weil ich das Gefühl habe, sonst umzufallen. »Eine … *Wette*?«

Er springt vom Stuhl auf, sodass er scheppernd umkippt. Uns trennen nur drei Meter und die Balkonbrüstung, dennoch fühlt es sich an, als hätte er sich kilometerweit von mir entfernt. Die beiden Männer neben ihm schauen stumm zwischen Ashton und mir hin und her.

»Es ist nicht so, wie du denkst.«

»Ich habe genug gehört. Du hast nur mit mir gespielt. Das ist …« Ich schüttle angewidert den Kopf und suche nach Worten. So viele Vorwürfe liegen mir auf der Zunge, doch keiner scheint mir passend. Dabei dachte ich wirklich, wir hätten eine Zukunft. »*Erbärmlich!*« Fahrig wische ich die Tränen von meinen Wangen. »Ich will dich nie wiedersehen! *Niemals!*«

Mit wackligen Beinen eile ich vom Balkon, schließe die Glastür, schnappe meinen Wohnungsschlüssel und stürme aus dem Haus, während mein Herz mit jedem Schritt mehr und mehr zersplittert.

Wie konnte ich nur auf ihn hereinfallen? Es war mir von Anfang an klar, dass ein Kerl wie er niemals Interesse an mir haben würde. Trotzdem habe ich mich auf ihn eingelassen, weil ich die Hoffnung hatte, er würde es ernst mit mir meinen.

Dabei war es nur eine Wette, die ihn dazu gebracht hat, sich mit mir zu verabreden! Warum war ich so blind? Aber viel schlimmer als die Lügen wiegt der Schmerz in meiner Brust. Er ist unerträglich!

Weinend komme ich vor Eleanors Haus an und drücke energisch auf den Klingelknopf. Keine zwei Minuten später liege ich wie ein Schlosshund heulend in den Armen meiner besten Freundin.

Vorhin haben wir uns erst verabschiedet, nachdem wir mit Nathalee und Kristena einen Drink in unserem Lieblingspub hatten. Ich habe ihnen von Ashton vorgeschwärmt und sie haben sich für mich gefreut. Wie sich das Blatt im Handumdrehen wenden kann …

Eleanor führt mich ins Wohnzimmer und reicht mir eine Packung Taschentücher. Zwischen mehreren Schluchzern erkläre ich ihr, was passiert ist. Sie ist genauso fassungslos wie ich, hat aber tröstende Worte für mich. Und genau die brauche ich in dieser Situation.

»Einen Porsche für dreizehn Dates mit dir?« Sie reibt sich das Kinn. »Das ist echt krank.«

»Du sagst es. Jetzt weiß ich auch, warum er sich so viel Mühe gegeben und mich sogar zu seinen Eltern mitgenommen hat. Das Auto hätte er verkaufen können und damit wären seine Geldsorgen gelöst.«

»Unfassbar.« Eleanor streicht mir über den Kopf. »Dieser Kerl ist deine Tränen nicht wert, Süße.«

Ich nicke schwach und lehne mich an ihre Schulter. »Warum habe ich immer Pech mit Männern? Irgendwie werde ich ständig betrogen, belogen oder verletzt.«

»An dir liegt es jedenfalls nicht.«

»Aber ich bin diejenige, die leidet.«

»Weißt du, was das Beste ist, um über einen Idioten hinwegzukommen?« Sie macht eine dramatische Pause und ich warte geduldig. »Sich an den nächsten ranzuschmeißen.«

»Findest du?«

»Absolut. Man muss Dinge loslassen, um Platz für etwas Besseres zu schaffen, hat meine Granny immer gemeint.«

»Leichter gesagt als getan …«

Eleanors Handy vibriert und sie reckt den Hals, um auf das Display zu linsen. Ein Lächeln zaubert sich auf ihre Lippen.

»Was ist los?«, frage ich, weil ich nicht weiß, was das zu bedeuten hat.

»Kannst du dich an Senan vom Speeddating erinnern?«

»Natürlich.« Ich richte mich kerzengerade auf. »Hat er dir etwa geschrieben?«

Sie nickt. »Vorhin erst. Ich habe gar nicht mehr damit gerechnet.«

»Wow. Der hat sich aber Zeit gelassen. Das ist doch schon einen Monat her.«

»Er hat mir erklärt, dass er beruflich sehr eingespannt war und es deswegen länger gedauert hat.«

»Und? Wirst du dich mit ihm verabreden?«

»Auf jeden Fall.«

»Ach, Eleanor. Ich freue mich für dich.«

»Danke. Aber jetzt muntern wir dich erst mal auf. Lust auf ein Eis und eine Schnulze, damit wir um die Wette heulen können?«

»Ja. Solange du das Wort ›Wette‹ nie wieder ausprichst.«

Eleanor verschließt symbolisch ihren Mund und schenkt mir einen liebevollen Blick. »Such du einen Film aus, ich schau in den Gefrierschrank, welche Sorten ich da habe.«

☘ ☘ ☘

Aus einem Liebesfilm sind zwei geworden und ich fühle mich etwas besser, als ich ein Uhr nachts die Treppe zu meiner Wohnung hoch schleiche. Nebenan ist es still, deswegen beeile ich mich. Leise schließe ich die Tür hinter mir und atme die angehaltene Luft aus.

Soll das die nächsten Monate so ablaufen, bis Ashton auszieht? Ständig auf der Hut, damit ich ihm nicht begegne?

Ich streife die Schuhe ab und tapse ins Wohnzimmer. Wie viele Stunden ich mit Ashton dort verbracht habe. Wir haben geredet und gelacht. Uns geküsst. Seine Küsse waren himmlisch.

Dabei war alles nur eine Lüge!

Mit zitternden Fingern nehme ich mein Handy vom Couchtisch, das ich vorhin in der Eile vergessen habe, und sofort setzt die bittere Erkenntnis ein: Er hat mir weder geschrieben noch versucht mich anzurufen. Ich weiß nicht, ob ich darüber enttäuscht oder erleichtert bin.

Das Stechen in meiner Brust ignorierend öffne ich Instagram und lösche die drei Posts, auf denen ich mit Ashton zu sehen bin. Ein Foto zeigt uns freudestrahlend am Strand von Donegal. Auf dem anderen liegen wir Arm in Arm auf meiner Couch und er küsst meine Wange.

Aber das letzte setzt mir am meisten zu. Es wurde von Eleanor auf Timothys und Hazels Verlobungsfeier aufgenommen, während ich mit Ashton auf der Wiese eng umschlungen getanzt habe.

Wie glücklich ich in diesem Moment war! Und jetzt ist nur ein Scherbenhaufen davon übrig.

Seufzend schließe ich die Augen, presse ein Kissen an meinen Bauch und lehne mich zurück. In meinem Kopf drehen sich die Gedanken. Und je länger ich an Ashton denke, desto größer wird meine Wut. Auf ihn. Auf mich. Auf alles.

Eleanor hat wohl recht – um über ihn hinwegzukommen, muss ich mich ablenken. Aber jetzt brauche ich etwas für meine Nerven.

Ich schlurfe in die Küche und ziehe mein Rezeptbuch aus dem Regal. Dabei fällt mir der handgeschriebene Zettel mit dem Rezept von Ashton in die Hand. Ich zerknülle ihn und werfe ihn in den Mülleimer. Eine Weile blättere ich durch meine Sammlung und werde schlaftrunken von Mario, Luigi und Peach beobachtet, bis ich fündig werde.

Scones! Im Handumdrehen habe ich die Zutaten zusammengesucht und den Backofen zum Vorheizen angeschaltet. Ich gebe Mehl, Salz, Zucker und Backpulver in eine Schüssel und verrühre alles. Mit den Fingern knete ich Butter unter und gieße etwas Milch hinein, weil ich noch keine neue Küchenmaschine kaufen konnte.

Matthew lässt sich dieses Mal mit der Rückzahlung mehr Zeit als üblich. Vielleicht sollte ich nachfragen, warum? Nicht, dass er größere Probleme hat …

Den fertigen Teig rolle ich aus, um Kreise auszustechen. Anschließend bestreiche ich die Stücke mit verquirltem Ei, bevor sie in den Backofen kommen. Während ich zehn Minuten warte, schreibe ich Matthew eine Nachricht und drücke auf senden.

Mist! Es ist mitten in der Nacht. Hoffentlich habe ich ihn nicht geweckt.

Keine dreißig Sekunden später klingelt mein Handy und bestätigt meine Befürchtung.

»Hey, Matti«, murmle ich kleinlaut.

»Laurie … Was ist denn los?«

»Nichts. Ich backe gerade und musste an dich denken. Sorry, falls ich dich geweckt habe.«

»Hast du nicht«, sagt er, obwohl seine Stimme verschlafen klingt. »Warum backst du um diese Uhrzeit?«

Tränen brennen in meinen Augen und meine Kehle schnürt sich zu, weil mir schlagartig der Grund dafür bewusst wird. »Ich …« Ein erneuter Weinkrampf steigt in mir hoch und droht mich zu übermannen.

»Was ist passiert?« Er hört sich alarmiert an.

»Ashton. Er hat mit mir ein falsches Spiel getrieben.« Mit knappen Worten und unter mehreren Schluchzern erkläre ich ihm, was vorhin auf dem Balkon vorgefallen ist.

»Oh, Laurie. Das tut mir leid.« Matthew atmet hörbar aus. »Den nehme ich mir vor.«

»Lass gut sein, Matti. Das würde es eh nicht ungeschehen machen. Für mich ist Ashton gestorben …« Selbst in meinen Ohren klinge ich verbittert. Deswegen wechsle ich lieber das Thema. »Wie geht es dir eigentlich? Du hast lange nichts mehr von dir hören lassen.«

Einen Moment ist es still in der Leitung. »Ich habe Mist gebaut, Schwesterchen.«

»Brauchst du Hilfe?«

»Ja. Nein – dieses Mal muss ich das allein regeln. Aber du bekommst dein Geld zurück. Versprochen. Es dauert nur etwas länger.«

»Jetzt machst du mir Angst.«

Wieder schweigt er kurz. »Brauchst du nicht. Ich … ich habe mich verzockt. Aber damit ist Schluss. Endgültig. Ich habe meine Lektion ein für alle Mal gelernt.«

Also habe ich mit meiner Vermutung richtig gelegen. Es sind Sportwetten. »Kann ich irgendetwas für dich tun?«

»Ich werde mit Mom und Dad darüber reden müssen. Stehst du mir bei?«

»Natürlich. Ich bin immer für dich da, wenn du mich brauchst.«

»Danke. Und wenn du es dir anders überlegst und ich mich um Ashton kümmern soll, sag Bescheid.«

Kapitel 34

Ashton

Stöhnend drehe ich mich auf die Seite und schiele zum Wecker. Es ist bald fünf Uhr und ich habe immer noch kein Auge zugemacht. Zum einen geht mir viel zu viel durch den Kopf. Zum anderen habe ich seit zwei Wochen nicht mehr in meinem Bett geschlafen, weil ich jede Nacht bei Lauren war.

Und jetzt vermisse ich es, sie in meinen Armen zu halten, ihr am Morgen beim Aufwachen zuzusehen und das gemeinsame Frühstück. All das ist vorbei. Wegen dieser idiotischen Wette, die überhaupt erst dafür verantwortlich ist, dass ich mich in sie verliebt habe.

In drei Stunden beginnt meine Schicht, also sollte ich aufstehen und mich ablenken. Ich strecke mich und gähne, bevor ich das Bett verlasse und mir eine Jogginghose und ein Sweatshirt anziehe. Obwohl ich keinen Hunger habe, bereite ich mir einen Proteinshake zu und kippe ihn hinunter.

Shadow betrachtet mich fassungslos, als ich mit der Leine vor seiner Nase herumwedle. »Nun komm, Schlafmütze. Der frühe Vogel fängt den Wurm.« Träge erhebt er sich und trottet mit mir aus dem Haus zum Park. Ich kann ihn verstehen, das ist auch nicht meine Zeit.

Hinter den Bäumen blitzen die ersten Sonnenstrahlen auf und tauchen die Blätter in ein sanftes Orange. Vereinzelt zwitschern Vögel. Ich nehme einen tiefen Atemzug. Die Luft ist noch kühl und riecht erdig.

Uns kommen nur andere Gassigeher oder Jogger entgegen, während wir durch den *Saint Stephen's Green* spazieren. Mittlerweile kennt Shadow jeden Weg und drängt mich nach Hause. Doch ich will noch nicht zurück und werfe mit ihm Stöckchen. Zuerst ist er nur halbherzig dabei, aber nach der dritten Runde wird er munterer.

Wir machen anschließend eine Pause auf einer Bank neben dem See, dort wo ich häufig mit Lauren gesessen habe. Nun wird das niemals mehr passieren. Ich habe sie verloren. Für immer. Unfassbar. Dabei wollte ich nie, dass es dazu kommt.

Shadow legt seinen Kopf auf meinen Oberschenkel und winselt. Er spürt, wie mies es mir geht. Ich kraule ihn hinter den Ohren, woraufhin er meine Hand ableckt.

»Ich habe es mit Lauren verbockt«, murmle ich mehr zu mir als zu ihm. »Sie will mich nicht wiedersehen, weil ich sie angelogen habe.« Seufzend lasse ich den Blick über die Wiese gleiten. Tautropfen schimmern auf den Grashalmen. »Das habe ich wohl verdient, was?«

Er bellt und ich deute es als ein Ja.

»Du bist also auf ihrer Seite. War klar. Gib ruhig zu, dass du sie magst.«

Zwei Enten landen auf dem Weg neben uns. Shadow stürmt bellend davon und versucht sie zu fangen. Er hat keinen Erfolg, da sie in den See flüchten, und kommt mit heraushängender Zunge zu mir. Weil ich nicht zu spät zur Arbeit kommen will, laufen wir nach Hause.

Als wir an Laurens Wohnung vorbeikommen, ist es still. Wahrscheinlich schläft sie noch. Sie ist erst um ein Uhr nachts zurückgekommen. Ich habe sie durch den Spion beobachtet und war kurz davor, die Tür zu öffnen und sie um Vergebung zu bitten.

Aber dann musste ich an ihren enttäuschten Gesichtsausdruck denken, als sie weinend auf dem Balkon gestanden hat. Sie hasst mich und egal, was ich sage oder tue, sie würde mir keine zweite Chance geben. Und das kann ich ihr nicht verübeln.

Ich mache mich fertig und fahre zum Fitnessstudio. Weil zur Frühschicht meistens wenig los ist, bin ich der einzige Trainer, der anwesend ist. Wie auf Autopilot schließe ich die Räume auf, lüfte durch und starte die Technik. Aus den Lautsprechern dröhnt Rockmusik, doch sie kommt nicht wirklich in meinen Ohren an.

Dann erscheinen die ersten Kunden für ihr morgendliches Training. Wir wechseln ein paar belanglose Worte, bevor sie in den Umkleiden verschwinden. Tief seufzend lasse ich mich auf dem Hocker hinter dem Tresen fallen und entsperre mein Handy.

Einen Moment hadere ich mit mir, bevor ich Instagram öffne und Laurens Account aufrufe. Sie hat die drei Posts gelöscht, auf denen ich mit ihr zu sehen war – als hätte sie mich aus ihrem Leben gestrichen. Die Aussage dahinter ist deutlich. Sie will nichts mehr mit mir zu tun haben.

Ich balle die Hand zur Faust. Und alles nur wegen dieser bescheuerten Wette! Dabei habe ich längst aufgegeben. Nur das wird mir Lauren nicht wieder zurückbringen, selbst wenn ich die Chance bekomme, ihr die Wahrheit zu sagen.

Um mich von dem Gedankenkarussell in meinem Kopf abzulenken, konzentriere ich mich auf die Arbeit. Ich erstelle für neue Kunden Trainingspläne, berate sie bei der Ernährung und weise sie in die Geräte ein.

Nach Feierabend tobe ich mich am Boxsack im Keller aus. Nur leider fühle ich mich danach noch mieser, weil mich der Raum an Lauren erinnert. Hier hat sie in meinen Armen geweint.

Das hat sie auch, als sie auf dem Balkon gestanden hat. Ich konnte ihren Schmerz regelrecht spüren. Warum mussten Connor und Rory so laut reden? Aber wie hätte ich ahnen können, dass Lauren viel zeitiger als angenommen zurückgekommen war?

Ich besuche nach meinem Training die Baustelle und prüfe, ob alles in Ordnung ist. Anschließend fahre ich nach Hause und drehe mit Shadow eine Runde. Immer, wenn ich an Laurens Wohnungstür vorbeikomme, halte ich den Atem an und lausche, aber es ist nie etwas zu hören.

Ob sie überhaupt da ist? Vielleicht ist sie über das Wochenende unterwegs? Oder sie will mir aus dem Weg gehen …

Um nicht länger zu grübeln, erledige ich den leidigen Finanzkram. Zum Glück weiß ich nun besser Bescheid und kann alles ohne Hilfe eintragen. Dank Lauren.

Ich reibe mir die Schläfen, hinter denen es seit gestern pocht. Ein Schmerz, der in Wellen kommt und endlich ein Ende finden muss.

Weil ich ihn nicht länger ertrage, ziehe ich mir eine Jeans und ein dunkelblaues Hemd an und laufe zum

Pub um die Ecke. Der Geruch von Speck mit Bohnen und Guinness schlägt mir entgegen, als ich die Tür öffne.

Ich setze mich an die Bar und bestelle mir einen Whiskey. Das Stimmengewirr um mich herum nehme ich kaum wahr, während ich an meinem Glas nippe und darauf warte, dass mein Kopf Ruhe gibt.

Nach den ersten Schlucken breitet sich eine angenehme Wärme in meinen Armen und Beinen aus, die sie schwer machen. Es ist lange her, dass ich hochprozentigen Alkohol getrunken habe, dementsprechend schnell stellt sich die Wirkung ein. Nur leider reicht das nicht, um meine Gedanken an Lauren abzustellen, also ordere ich Nachschub.

Eine Frau setzt sich auf den freien Platz neben mich und plaudert mit dem Barkeeper über die angebotenen Getränke, bevor sie etwas bestellt. Ihr Dialekt klingt, als wäre sie Engländerin. Vielleicht eine Touristin. Nachdem der Barkeeper sich abgewandt hat und andere Gäste bedient, trommelt die Frau mit den Fingernägeln auf dem Tresen.

»Was machst du hier so allein?«

Ich brauche zwei Atemzüge, bis ich realisiere, dass sie mich meint. Vielsagend hebe ich das Glas, ohne sie anzusehen. »Trinken.«

»Ah, verstehe. Du bist ein Witzbold.«

»Nein.«

»Gut. Dann eben ein wortkarger Witzbold.«

»Falsch.«

»Warum verrätst du mir nicht, wer du bist?«

Langsam wende ich meiner Sitznachbarin den Kopf zu. Blaue Augen mustern mich aufmerksam, während sie eine dunkelbraune Haarsträhne um ihren Finger wickelt. Sie hat eine athletische Figur und sieht verdammt sexy aus in ihrem eng anliegenden Kleid. Genau mein früheres Beuteschema.

Und viel wichtiger: Sie hat keinerlei Ähnlichkeit mit Lauren.

»Ein Mann, der sich entspannen möchte«, sage ich.

Die Frau legt den Kopf schief und grinst breit. »Was für ein Zufall. So jemanden suche ich. Und du gefällst mir.« Sie zwinkert mir zu.

Offenbar hat sie mich falsch verstanden. War ich undeutlich? Oder sollte ich mich auf sie einlassen? Ach, verdammt! Warum nicht. Es ist sicher die beste Möglichkeit, um Lauren aus meinem Kopf zu bekommen. Und hoffentlich auch aus meinem Herzen.

Ich leere mein Glas in einem Zug und genieße das Brennen in der Kehle. »Ach ja?«

»Heute ist mein letzter Tag in Dublin. Den möchte ich entsprechend ausklingen lassen.« Sie streicht beiläufig über meinen Arm und lächelt verführerisch. »Was sagst du?«

»Bin dabei.« Es fällt mir erstaunlich schwer, die beiden Worte auszusprechen. Vor einem Monat hätte ich keine Sekunde gezögert, wenn mich eine Frau anbaggert. Jetzt hoffe ich, dass ich mit ihr eine andere aus meinen Gedanken vertreiben kann.

»Zu dir oder zu mir?«

Das Letzte, was ich möchte, ist, dass Lauren mitbekommt, wenn ich eine Frau abschleppe. »Zu dir.«

Sie beißt sich aufreizend auf die Unterlippe. »Alles klar. Ich habe ein Zimmer in einem B&B. Ist nur fünf Minuten entfernt.«

Ich nicke lediglich, weil sich in meinem Hals ein dicker Kloß gebildet hat. Ich zahle für uns beide und wir verlassen den Pub. Unaufgefordert hakt sich die Frau bei mir ein. Ihr Gang ist schwankend; wer weiß, wie viel sie schon getrunken hat.

»Wie heißt du eigentlich?«, fragt sie mit schwerer Zunge.

»Ace.«

»Ich bin Charlotte. Aber meine Freunde nennen mich Charly.« Sie knickt mit einem Fuß in ihren High Heels um und krallt die Fingernägel in meinen Arm, um nicht zu fallen. »Autsch«, murrt sie und bleibt stehen.

Damit wir den Gehweg nicht blockieren, schiebe ich Charlotte zur Seite. Mit schmerzverzerrtem Gesicht reibt sie sich den Knöchel.

»Geht's?«

»Ja, ja. Bin ein kleiner Tollpatsch.« Sie kichert und schlingt beide Arme um meinen Nacken. »Ihr Iren seid echt heiß.«

Ehe ich weiß, wie mir geschieht, drückt sie mir ihre Lippen auf meine. Ich bin so überrascht, dass ich automatisch zurückweiche.

Das hier ist verdammt falsch. Der Kuss, die Frau. Einfach alles.

»Was ist?« Charlotte klingt verrucht und schenkt mir einen unschuldigen Wimpernschlag.

Ich reibe mir die Lider, weil ihr Gesicht vor meinen Augen verschwimmt und nun wie Lauren aussieht. »Tut mir leid, ich kann nicht.« Ohne eine Antwort abzuwarten, stürme ich los und ignoriere ihren Protest.

Kapitel 35

Lauren

Luigi schlägt einen Haken, während sich Mario flach ins Gras legt und Peach ein Löwenzahnblatt frisst. Die drei fühlen sich im Garten meiner Eltern immer pudelwohl. Eine Weile beobachte ich meine Kaninchen, bis ich das Gehege verlasse und zurück zum Haus schlendere.

Die Sonne scheint mir ins Gesicht, als ich mich auf die Liege auf der Terrasse lege und meinen Laptop aufklappe. Es wird Zeit für eine Veränderung, deswegen suche ich einen neuen Job in der Buchhaltung und werde sogar schnell fündig. Während ich mich durch die Stellenbeschreibungen lese, summen die Bienen um die Pflanzkübel, die mit Fuchsien und Rhododendren bepflanzt sind.

Es war eine gute Idee herzukommen. Nach dem Telefonat mit Matthew hat mich Benjamin heute Morgen angerufen. Er wusste bereits von der Trennung und hat vorgeschlagen, dass ich übergangsweise bei ihm einziehe. Aber seine Wohnung ist nicht kaninchensicher, deswegen habe ich abgelehnt.

Kurz danach hat Mom angerufen – der Familienbuschfunk funktioniert ausgezeichnet. Sie hat mich gebeten, nach Hause zu kommen. Wenigstens für ein paar Tage, damit ich Ashton nicht über den Weg laufe und einen klaren Kopf bekommen kann. Mir schien es eine gute Idee, also habe ich zugestimmt, woraufhin Dad mich abgeholt hat.

Schritte nähern sich mir und ich löse den Blick vom Laptop. Mom gesellt sich mit zwei Gläsern Limonade zu mir und reicht mir eines davon.

»Danke.«

Sie schaut flüchtig auf das Display. »Du suchst einen neuen Job?«

Ich nicke und nippe am Glas. »Es gibt ständig Probleme mit meinem Boss. Das will ich mir nicht länger antun.«

»Ach ja? Du hast nie etwas darüber erzählt.«

»Weil ich weiß, dass du mir dann anbietest, bei Dad in der Praxis zu arbeiten.«

Mom atmet geräuschvoll aus. »Aber das willst du nicht …«

Wir haben diese Unterhaltung schon häufiger geführt. Ich könnte niemals bei Operationen assistieren. Dafür bin ich nicht geschaffen. »Es ist nun mal nichts für mich, obwohl ich Tieren gern helfe.«

Ein sanftes Lächeln huscht über ihre Lippen, weil sie weiß, dass ich meine Meinung nicht ändern werde. »Wie geht es dir?«

»Keine Ahnung. Mal vermisse ich Ashton, mal würde ich ihm am liebsten den Hals umdrehen.«

»Ich glaube, das ist normal. Du hast dich in ihn verliebt und wirst einige Zeit brauchen, um über ihn hinwegzukommen.«

Mit der Fingerspitze verteile ich das Kondenswasser auf dem Glas. Die Eiswürfel darin klimpern. »Am meisten ärgere ich mich über mich selbst. Warum habe ich es nicht geahnt?«

Während ich in der Nacht die selbst gebackenen Scones mit Erdbeermarmelade bestrichen und anschließend gegessen habe, musste ich an die vielen Momente mit Ashton denken. Ich habe nach Anhaltspunkten für seine Lügen gesucht, aber nichts gefunden.

»Ashton hat seine Rolle überzeugend gespielt. Selbst ich war der Meinung, dass er dich liebt. So wie er dich während der Verlobungsfeier angesehen hat … Und dann euer Tanz. Alles hat echt gewirkt.«

»Kann man Liebe wirklich vortäuschen?«

»Es gibt genug Menschen, die für Geld zu vielem bereit sind.«

Ich denke kurz über ihre Worte nach. »Wer weiß, wobei er mich noch angelogen hat. Er hat nicht mal versucht alles richtigzustellen.«

»Du hast recht. Wenn ihm wirklich etwas an dir liegt, würde er sich bei dir melden.«

»Immerhin zieht er in ein paar Monaten aus.«

Mom streicht mir liebevoll über den Kopf. »Du wirst dein Glück noch finden, Lauren. Irgendwo da draußen ist der Mann, der für dich bestimmt ist. Gib nicht auf, mein Schatz.«

»Das werde ich nicht.« Ich lächle sie dankbar an. Sie schafft es immer, mir neuen Mut zu schenken.

»Dann werde ich mich ums Abendessen kümmern.«

»Brauchst du Hilfe?«

»Ach was. Entspann dich und lass dich verwöhnen. Es ist viel zu selten, dass eines meiner Kinder hier ist.« Sie gibt mir einen Kuss auf die Stirn und geht zurück ins Haus.

Grübelnd nage ich auf meiner Unterlippe, bevor ich zum Handy greife. Eine Weile hadere ich mit mir, dann lösche ich Ashtons Nummer. Er ist Geschichte und ich muss ihn loslassen, damit ich nach vorn sehen kann. Wie Eleanor so schön gesagt hat: *Um Platz für Neues zu haben, musst du die Altlasten loswerden.*

Ich installiere Tinder auf meinem Handy – mal wieder. Schließlich gibt es dort noch viele Männer, die ich nicht kennengelernt habe. Einer wird doch dabei sein, der Wert auf Ehrlichkeit legt. Schnell ist mein Profil angelegt und ich wische mich durch die ersten Vorschläge.

Einige Gesichter kommen mir bekannt vor. Die Likes verteile ich dieses Mal mit Bedacht, weil ich mir die Texte genauer durchlese und auch die Fotos prüfe. Vorsicht ist besser als Nachsicht, sagt Dad häufig.

Und dann wird mir erneut Wyatt angezeigt. Sein Lächeln ist bezaubernd, also gebe ich ihm ein Herz. Falls es zum Match kommt, werde ich die Initiative ergreifen. Vielleicht wollte er sich bisher nicht mit mir verabreden, weil wir in derselben Firma arbeiten? Ich werde es herausfinden.

Als Mom mich zum Abendessen ruft, habe ich viele Männer gesehen. Nur Ashton war nicht unter ihnen. Ich bin mir nicht sicher, ob er mir damals zu meinem Geburtstag angezeigt wurde. Allerdings ist es bei Eleanor recht schnell gegangen …

Ist doch auch egal! Er kann mir gestohlen bleiben!

Trotzdem blinzle ich die Tränen weg, während ich ins Haus laufe. So wie ich mich kenne, werde ich einige Wochen brauchen, um mit Ashton abzuschließen. Es ist nicht meine erste große Enttäuschung. Allerdings fühlt es sich bei ihm anders an. Als würde ein Teil von mir fehlen …

Weil Matthew am Esstisch sitzt, verdränge ich das Gefühl und lächle ihn an. Er hat schlimmere Probleme und braucht Unterstützung. Deswegen möchte er heute mit Mom und Dad sprechen, damit wir gemeinsam eine Lösung finden. Dafür ist Familie schließlich da.

Kapitel 36

Ashton

Seit einer Woche war Lauren nicht mehr in ihrer Wohnung. Zumindest nicht, dass ich es mitbekommen habe. Sie postet nichts auf Instagram und auch sonst ist es vollkommen still. Nachts, wenn ich nicht schlafen kann und sie unendlich vermisse, war ich öfter kurz davor, ihr eine Nachricht zu schreiben und sie um ein Treffen zu bitten.

Aber dann musste ich an ihre letzten Worte an mich denken. Sie hat unmissverständlich gesagt, dass sie mich niemals wiedersehen will. Deswegen bin ich mir sicher, dass sie nicht reagieren würde, falls ich mich bei ihr melde. Also lasse ich es lieber sein.

Was würde sie tun, wenn wir uns im Hausflur begegnen? Mich ignorieren? Gut möglich. Schließlich habe ich es verdient, weil ich ihr Vertrauen missbraucht habe. Ich hätte die Wette von Anfang an ablehnen sollen. Dann wäre all das nicht passiert. Klar, ich hätte Lauren niemals um ein Date gebeten, aber dann würde mein Herz nicht unerträglich schmerzen.

Es fühlt sich anders an als damals bei Florence. Da war ich auch niedergeschlagen, aber hauptsächlich enttäuscht. Nun ist es, als hätte ich jemanden verloren, den ich niemals verlieren wollte.

Nie im Leben hätte ich damit gerechnet, dass mir Lauren so viel bedeuten könnte. Nur dass *ich* es vergeigt habe und keine Chance auf Wiedergutmachung bekomme.

Meine Gedanken sind bei ihr. Jede Stunde, Minute, Sekunde. Und mein Herz erst. Es schlägt nur für sie. Aber was nützt mir das, wenn sie mich abgeschrieben hat? Sie ist regelrecht vor mir geflüchtet, so sehr hasst sie mich jetzt.

Wie aus weiter Ferne höre ich mein Handy klingeln und öffne die Augen. Es ist Moms Klingelton. Eigentlich will ich nicht mit ihr sprechen, weil ich weiß, dass sie mich nach Lauren fragen wird. Doch es bringt nichts. Früher oder später muss ich ihr die Trennung beichten.

»Hey, Mom.«

»Ashton? Bist du krank? Du hörst dich seltsam an.«

Wie gut sie mich kennt. Also kann ich ihr gleich die Wahrheit sagen.

»Lauren hat sich von mir getrennt.« Es fühlt sich erleichternd an, mit jemand anderem als meinen Kumpels darüber zu sprechen, weil sie nicht wissen, wie es mir wirklich deswegen geht. »Ich habe es verbockt, Mom. So richtig.«

»Ach, *mo stóirín*. Was hast du angestellt?«

Ich erzähle ihr alles. Von meinem Problem, Frauen kennenzulernen, der Wette und schließlich, wie Lauren davon erfahren hat. Ich betone, dass ich die Wette abgebrochen habe, nachdem ich gemerkt habe, was zwischen ihr und mir entsteht. Leider weiß Lauren das nicht und wird es auch nicht wissen wollen.

Normalerweise rede ich mit meiner Mom nicht über solche Dinge, aber verzweifelte Menschen tun eben verzweifelte Sachen. Sie hört mir aufmerksam zu, gibt nur ab und an einen brummenden oder zustimmenden Laut von sich. Als ich verstumme, bleibt es kurz still in der Leitung.

Bis Mom tief ausatmet.

»Und warum verkriechst du dich in deinem Schneckenhaus und badest in Selbstmitleid, anstatt um sie zu kämpfen?« Sie klingt verärgert, das kenne ich von ihr nicht.

»Weil sie mich nicht wiedersehen will.«

»Ashton …« Ich bin mir sicher, dass sie nun den Kopf schüttelt. »Natürlich ist Lauren momentan sauer auf dich. Welche Frau wäre das nicht? Aber das heißt doch nicht, dass sie dir nicht irgendwann vergeben könnte. Du musst ihr unbedingt alles erklären, damit sie die Wahrheit kennt.«

»Meinst du, dass sie mir überhaupt zuhören wird?«

»Das wirst du nur herausfinden, wenn du es versuchst. Sonst wirst du dich ein Leben lang ärgern, es nicht wenigstens probiert zu haben. Du hast sie doch schon verloren. Schlimmer kann es nicht werden.«

»Hast du eine Idee, wie ich das anstellen könnte?«

Und was für Ideen sie hat! Mom gibt mir so viele Ratschläge, dass mir nach wenigen Minuten der Kopf schwirrt. Nachdem ich ihr versprochen habe, etwas zu unternehmen, und wir unser Gespräch beendet haben, schließe ich die Augen und überlege mir mehrere Pläne. Mom hat recht – noch darf ich nicht aufgeben.

Sobald Lauren wieder zu Hause ist, werde ich mit ihr reden. Als Entschuldigung backe ich ihr einen Kuchen. Das habe ich zwar noch nie, aber irgendein Youtube-Video wird mir sicher helfen. Außerdem werde ich an meinem Projekt weiterarbeiten. Nach der Trennung habe ich das Vorhaben auf Eis gelegt. Es ist nun wichtiger den je.

Nur was mache ich in der Zwischenzeit? Ich muss Lauren davon überzeugen, mir eine zweite Chance zu geben. Nachdem ich eine Weile darüber gegrübelt habe und mir weiterhin unschlüssig bin, schwinge ich mich von der Couch und fahre mit Shadow zur Baustelle.

Er schnüffelt interessiert im leeren Haus herum, während ich mir den Bauplan nochmals intensiver ansehe. Ich berechne die Bodenflächen der Räume im Erdgeschoss, damit ich weiß, wie viele Fliesen ich dafür benötige. In meinem Handy notiere ich mir alles. Die Wände sind in Ordnung, brauchen allerdings einen neuen Anstrich. Also schreibe ich noch Farbe dazu.

Stück für Stück füllt sich die Einkaufsliste. Nach meiner Schicht morgen werde ich beim Baumarkt einiges besorgen. Wahrscheinlich wird das Geburtstagsgeld von meinen Eltern dafür nicht genügen. Ob mir Rory was pumpen würde? Ich denke schon, auch wenn ich ihn bisher nie um Kohle gebeten habe.

Weil es dunkel wird und ich kaum noch etwas auf dem Bauplan erkenne, breche ich mit Shadow auf. In Laurens Wohnung ist es still, als wir daran vorbeikommen. Hoffentlich ist sie bald zurück, damit ich mit ihr reden kann.

Kapitel 37

Lauren

Die Bürotür öffnet sich. Flüchtig schaue ich vom Monitor auf, um herauszufinden, wer mich aus meiner Konzentration reißt. Wyatt! Wie immer sieht er in seinem Anzug zum Anbeißen aus. Und dieses Zahnpastalächeln erst. Warum arbeitet so ein attraktiver Mann in derselben Firma wie ich und ignoriert mich bei Tinder?

Na ja, wird wohl an meinem *Speckröllchen* liegen …

Er knöpft sich das Jackett auf und bleibt vor meinem Schreibtisch stehen. »Hey, Lauren. Hast du kurz Zeit? Es geht um eine Rechnung.«

Na klar. Worum denn sonst?

Ich lasse mir meine Enttäuschung aber garantiert nicht anmerken. Stattdessen lächle ich tapfer und verschränke meine Finger miteinander, damit ich nicht an meinen Haaren herumspiele. »Natürlich.«

Wyatt legt ein Blatt vor mir ab. »Die Druckerei hat unseren Firmenrabatt nicht berücksichtigt. Kannst du sie im System stornieren? In den nächsten Tagen gibt es die korrigierte Rechnung.«

»Sicher doch. Notierst du bitte den Stornierungsgrund neben meinem Stempel und unterschreibst mit Datum?« Ich reiche ihm einen Kugelschreiber.

Während er die Anweisung aufschreibt, öffne ich die Rechnungsnummer im Buchhaltungsprogramm und trage sie aus.

Wyatt schiebt mir das unterschriebene Blatt zu, das ich in der Ablage verstaue, um es später abzuheften. Soll schließlich alles seine Richtigkeit haben, damit Mister Sheppard nicht wieder behaupten kann, ich würde Fehler machen.

»So. Erledigt.«

»Danke, Lauren.« Nach einem Lächeln wendet er sich ab.

Jetzt oder nie!

»Ach, Wyatt?«

Er bleibt stehen und dreht sich um. »Ja?«

»Ich habe dich letztens bei Tinder gefunden.«

Keine Ahnung, woher ich den Mut nehme, ihn direkt darauf anzusprechen. Vielleicht, weil ich mich frage, wieso er sich nie bei mir gemeldet hat. Außerdem ist mein Boss bei einer Besprechung und wir sind allein. Eine einmalige Chance sozusagen.

Seine Augenbrauen schießen nach oben. »Was?« Er schüttelt mit zusammengepressten Lippen den Kopf. »Unmöglich. Ich habe mich dort nie angemeldet.«

»Aber die Fotos … Das bist eindeutig du.«

Der Muskel an seiner Wange zuckt. Langsam kommt er auf mich zu, stützt sich mit beiden Händen auf meinem Schreibtisch ab und beugt sich vor. Unwillkürlich weiche ich zurück. »Hör zu, Lauren. Ich habe eine Freundin. Und wenn sie davon erfährt, flippt sie aus und wirft mich aus unserer Wohnung. Also kannst du das einfach vergessen und wir reden auch nie wieder darüber?«

Auweia. Er ist ein Fremdgeher! So ein Arsch. Das erklärt einiges. Zum Glück bin ich nicht mit ihm ausgegangen.

»Na gut, es geht mich schließlich nichts an. Trotzdem rate ich dir, damit aufzuhören. Keine Frau hat es verdient, betrogen zu werden.«

»Ich weiß, Lauren. Ich weiß.« Wyatt stößt sich vom Schreibtisch ab und läuft im Büro auf und ab. Er fährt sich mit einer Hand durch sein Haar und lässt sie im Nacken liegen. Seine Zerrissenheit ist deutlich spürbar. »Manchmal ist das Leben ein einziger Scherbenhaufen«, murmelt er nach einiger Zeit und geht.

Ich sehe ihm fassungslos hinterher. Keine Ahnung, was da in seiner Beziehung läuft, aber er ist offenbar nicht glücklich mit seiner Freundin.

Bevor Mister Sheppard von seiner Besprechung zurückkommt, packe ich zusammen und verlasse das Büro. So muss ich wenigstens keine Ausrede erfinden, weshalb ich heute zeitiger Feierabend gemacht habe. Er darf schließlich nichts von meinem Vorstellungsgespräch erfahren.

Während ich auf den Bus warte, rufe ich Eleanor an.

»Hey, Süße.« Ihre gute Laune ist unüberhörbar.

»Wow! Wer ist denn da super drauf?«

Sie kichert wie ein Schulmädchen. »Senan …« Eleanor spricht seinen Namen mit einem lustvollen Seufzer aus und ich ahne bereits, dass meine beste Freundin auf Wolke sieben schwebt. »Ich bin hoffnungslos verliebt.«

»O wie schön. Ich dachte mir gleich, dass ihr perfekt zusammenpasst.«

»*Zusammenpassen?* Das ist absolut untertrieben, Laurie. Dieser Mann ist mein Seelenverwandter. Es ist, als würde ich ihn mein Leben lang kennen. Ist das nicht unglaublich? Ich hätte nie gedacht, dass so etwas möglich ist.« Sie räuspert sich vernehmlich. Wahrscheinlich ist es ihr unangenehm, von einem Typen zu schwärmen, wo ich erst eine Trennung hinter mir habe. »Entschuldige. Das möchtest du bestimmt nicht hören.«

»Schon gut. Ich freue mich für dich – für euch. Du hast es verdient, meine Liebe.« Der Bus hält und ich steige ein. »Ich bin gerade auf dem Weg zum Vorstellungsgespräch. Drück mir die Daumen.«

»Aber sicher doch. Du rockst das!«

»Danke! Übrigens habe ich heute Wyatt angesprochen.«

»Nicht wahr? Geht ihr aus?«

»Bloß nicht! Er hat eine Freundin und betrügt sie.«

»Was ist nur mit den Männern los?«

»Eine ausgezeichnete Frage.«

»Zum Glück sind nicht alle gleich.«

»Wenn du meinst«, brumme ich.

»Senan ist nicht so ein Kerl«, echauffiert Eleanor sich.

»Damit meinte ich Ashton.«

»Ach so.« Sie kichert vergnügt. »Wann ziehst du eigentlich wieder in deine Wohnung?«

»Keine Ahnung.«

»Du kannst *ihm* nicht ewig aus dem Weg gehen.«

In meinem Herzen sticht es und ich widerstehe nur mit Mühe dem Drang, über meine Brust zu reiben. In der letzten Woche habe ich es kein einziges Mal geschafft, Ashton aus meinen Gedanken zu vertreiben. Sobald wir wieder Tür an Tür leben, wäre es sicher unerträglich. Wahrscheinlich ist es besser, wenn ich warte, bis er ausgezogen ist.

»Wie läuft es mit Tinder?« Weil ich weiterhin schweige, wechselt Eleanor das Thema.

»Ich war nur einmal drin, seitdem ich mich wieder angemeldet habe.«

»Liebeskummer ist scheiße, was?«

Ich nicke, auch wenn mir bewusst ist, dass das Eleanor nicht sieht. Nach ein paar Minuten beenden wir unser Telefonat und kurz danach steige ich aus dem Bus.

Bei diesem Vorstellungsgespräch habe ich ein mulmiges Gefühl, da ich eigentlich nicht länger in der Buchhaltung arbeiten möchte. Aber mir bleibt keine Wahl. Ich brauche das Geld, sonst kann ich mir meine Wohnung nicht leisten.

Kapitel 38

Ashton

Meine Knie schmerzen, als ich mich aufrichte, die Arbeitshandschuhe abstreife und den fertigen Boden von oben betrachte. Die Fliesen liegen alles andere als perfekt, aber dennoch sieht es ganz okay aus, dafür, dass ich zum ersten Mal in meinem Leben welche verlegt habe.

Zum Glück konnte ich die Palette mit den beigefarbenen Fliesen zu einem günstigen Preis kaufen, weil es ein Restposten war. Und dank einiger Do-it-yourself-Videos habe ich mich nicht allzu dämlich beim Verarbeiten angestellt. Die geschnittenen Seitenkanten sind an manchen Stellen leicht schräg, weil das Connor für mich erledigt hat. Aber egal. Dafür bin ich dank seiner Hilfe zügiger fertig geworden.

Wo steckt er eigentlich? Auf der Suche nach meinem Kumpel schlendere ich durch das Haus. Der Boden ist nun in allen Räumen fertig, nur einige Wände müssen noch gestrichen werden. Damit die Farbe schneller trocknet, haben wir die Fenster geöffnet, trotzdem hängt der Geruch in den Zimmern.

Ich finde Connor, Rory und Shadow im Garten. Sie machen Pause. Ich setze mich zu ihnen ins Gras, weil meine Arbeitskleidung eh dreckig ist.

»Fertig?« Connor reicht mir eine Bierflasche, die ich dankend entgegennehme und öffne.

»Die Fugenmasse muss noch trocknen.«

Rory nickt anerkennend. Weil er nicht handwerklich begabt ist, hat er mich hauptsächlich finanziell bei meinem Projekt unterstützt und zwei Räume gestrichen. »Nichts für ungut, aber hast du dir schon mal überlegt, was du mit dem Haus machst, falls Lauren dir nicht verzeiht?«

Mein Magen verkrampft sich. Ich würde lügen, wenn ich behaupte, daran noch keinen Gedanken verschwendet zu haben. »Das überlege ich mir dann.«

»Ich meine nur … Wie lange war sie jetzt nicht mehr in ihrer Wohnung?«

»Seit vier Wochen«, antworte ich und trinke einen kräftigen Schluck aus der Flasche.

»Zieh ihn nicht runter, Rory.« Connor boxt ihn in den Arm. »Ace holt sich die Kleine zurück.« Er klopft mir aufmunternd auf den Rücken, woraufhin ich schwach nicke.

Rory hebt abwehrend die Hände. »Ist ja gut. Aber mal angenommen, du angelst sie dir wieder und ihr gefällt dein«, er malt Gänsefüßchen in die Luft, »*Projekt* nicht. Was machst du damit?«

»Klingt so, als hättest du schon andere Pläne?«, stelle ich eine Gegenfrage.

»Klar.« Er grinst mich breit an. »Aber die verrate ich dir erst, wenn du sie brauchst.«

Nach unserer Pause räumen wir im Haus auf und überlegen, welche Arbeiten als Nächstes anstehen und welche Materialien dafür benötigt werden. Morgen muss ich allein weitermachen, weil Connor und Rory einen Pärchenausflug mit ihren Frauen geplant haben.

Dann verabschieden sich die beiden. Ich gehe mit Shadow spazieren, bevor wir nach Hause fahren. In den letzten Wochen bin ich nur zum Schlafen dort gewesen. Wenn ich nicht arbeite, bin ich mit den Bauarbeiten beschäftigt. Schließlich muss ich nebenbei mein Haus fertigstellen.

Damit Shadow nicht so lange allein ist, nehme ich ihn immer mit. Er genießt die Zeit auf dem Grundstück und wirkt sogar etwas niedergeschlagen, sobald wir den Heimweg antreten. Wie auch heute. Aber ich bin hundemüde und will ins Bett.

Ich schlurfe die Treppe zur Wohnung hoch. Als wir an Laurens Tür vorbeikommen, spitzt Shadow die Ohren und fiept. Mit angehaltenem Atem lausche ich – der Fernseher läuft.

Sie ist zurück!

Sofort bin ich hellwach und stürme in meine Wohnung. Weil ich dreckig und verschwitzt bin, springe ich zuerst unter die Dusche. In Jogginghose, Shirt und mit nassen Haaren eile ich in die Küche und suche das Rezept für Brownies. Ich habe es bereits getestet und bin zuversichtlich, dass ich es noch einmal hinbekomme.

Wie notiert, haue ich die Zutaten in die Schüssel und verrühre sie zu einem glatten Teig. In die Kuchenform, die ich extra gekauft habe, schütte ich ihn hinein und stelle sie in den Backofen. Nun heißt es zwanzig Minuten warten.

Ich laufe im Wohnzimmer auf und ab. Shadow hat die Schnauze auf die Pfoten gelegt und verfolgt mit den Augen meine Schritte. Damit macht er mich noch nervöser. Zwischendurch lausche ich an der Wand, die an Laurens Wohnung angrenzt. Kein Zweifel, sie ist da.

Endlich!

Im Gehen schreibe ich Rory und Connor eine Nachricht in den Gruppenchat und teile ihnen mit, dass Lauren zurück ist. Sie wünschen mir viel Glück. Ich soll sie auf dem Laufenden halten.

Immer wieder sehe ich zum Timer. Noch fünf Minuten. Der Sekundenzeiger läuft definitiv langsamer als üblich. Das ist zum Verrücktwerden.

Bis er klingelt, düse ich ins Badezimmer und kämme mir die Haare, die mittlerweile trocken sind. Gegen die dunklen Augenringe kann ich allerdings nichts tun.

Mein Herz klopft heftiger, als ich in den Backofen schaue, in der Hoffnung, die Brownies würden schneller fertig werden. Und dann erlöst mich endlich der Timer. Ich nehme die Kuchenform heraus, verbrenne mir wie beim ersten Mal erneut die Finger, weil das Küchenhandtuch zu dünn ist, und fluche.

Also lasse ich die Form kurz abkühlen, bevor ich sie auf den größten Teller stelle. Der Kuchen dampft noch, aber egal. Ich muss jetzt zu Lauren, länger halte ich es nicht aus.

Vorher atme ich tief durch und schließe die Augen, um mich zu sammeln. Seit drei Wochen warte ich auf diesen Moment, habe mir sogar einige Worte im Kopf zurechtgelegt. Also darf ich das auf keinen Fall versauen. Nickend öffne ich die Lider.

Jetzt hole ich mir Lauren zurück.

Kapitel 39

Lauren

Es klopft an der Wohnungstür. Vor Schreck zucke ich zusammen und werfe einen fragenden Blick zu Benjamin, der es sich neben mir auf der Couch gemütlich gemacht hat, damit wir unsere Serie weiterschauen können.

»Das ist bestimmt Ashton«, flüstere ich, während mein Herz vor Aufregung holpert.

Er hebt vielsagend eine Augenbraue. »Du willst ihn doch nicht etwa reinlassen? Schon vergessen, wie sehr du seinetwegen gelitten hast? Immer noch leidest.«

Wieder klopft es, dieses Mal lauter.

»Natürlich habe ich das nicht.«

»Dann bleib sitzen und ignoriere ihn.« Benjamin verschränkt die Arme vor der Brust.

Ich weiß, dass er mich nur beschützen möchte. Aber ich bin schon lange kein kleines Mädchen mehr. Das sollten meine Brüder endlich verstehen.

»Und wenn ich das nicht kann?«

»Laurie«, warnt er mich eindringlich. »Der Typ hat dich angelogen und benutzt. Warum um alles in der Welt willst du ihm jetzt die Tür öffnen?«

»Vielleicht war alles nur ein Missverständnis?«, protestiere ich.

»Wenn das so wäre, hätte er nicht vier Wochen gewartet, um es richtigzustellen, oder?«

Ich zucke mit den Schultern. In diesem Moment klopft es erneut.

»Lauren? Ich weiß, dass du da bist. Mach bitte auf, ich muss unbedingt mit dir reden.« Obwohl ich Ashtons Stimme nur durch die Tür höre, vibriert mein Herz und eine tiefe Sehnsucht nach ihm erfasst mich.

Benjamin legt eine Hand auf meinen Oberschenkel, damit ich nicht aufstehe. »Du hast etwas Besseres als diesen Kerl verdient.«

»Deswegen wolltest du mich heute unbedingt besuchen, oder? Um sicherzustellen, dass ich nicht einknicke.«

»Auch. Aber hauptsächlich, um dich aufzumuntern.«

Ich starre zum Fernseher. Die Actionszenen der Serie rauschen an mir vorbei. Ob Ashton noch vor der Tür steht? Zumindest hat er nicht erneut geklopft. Vielleicht hat er Benjamin und mich reden gehört? Worüber will er mit mir sprechen?

Ach, verdammt! Wäre ich doch länger bei Mom und Dad geblieben. Nur weil ich meinen Freiraum zurück brauchte, bin ich wieder hergezogen. Ich habe meine Eltern unglaublich lieb, aber mit der Zeit ist Mom *etwas* erdrückend geworden. Und das ist noch schmeichelhaft ausgedrückt.

Nun sind es meine Brüder, die mich mal wieder auf ihre Art und Weise beschützen wollen. Sie haben erlebt, wie sehr ich nach der Trennung von Ashton gelitten habe, und werden es nicht zulassen, dass es erneut dazu kommt. Trotzdem würde ich gern wissen, was er mir sagen möchte.

Wenn es mir nicht gefällt, kann ich ihm immer noch die Meinung geigen. Schließlich kommen mir einige Dinge merkwürdig vor. Ich kann mich zwar nicht mehr an die genauen Worte erinnern, die ich vor vier Wochen von Ashton und seinen Kumpels auf dem Balkon aufgeschnappt habe, aber irgendwie ergibt das alles keinen Sinn.

Das ist mir erst in den letzten Tagen aufgefallen, nachdem meine Wut auf ihn verraucht ist. Eleanor meint, dass ich die Phasen der Trauer durchlaufe und nun im Stadium der Verleugnung bin. Deswegen suche ich nach Gründen, warum es alles ein einziges Missverständnis wäre.

Ob sie recht hat? Keine Ahnung.

Will ich es herausfinden? Eigentlich schon. Aber nicht, solange Benjamin meinen Anstandswauwau mimt. Also tue ich so, als würde ich gespannt der Handlung der Serie folgen.

☘ ☘ ☘

Ich gähne herzhaft, nachdem die Staffel zu Ende ist, obwohl es noch eine weitere gibt. Es funktioniert – mein Bruder verabschiedet sich und schlendert zur Wohnungstür. Wir umarmen uns und wünschen einander eine gute Nacht. Und dann ist er weg.

Ich schließe die Tür hinter ihm und lehne mich gegen das Holz. Mit zugekniffenen Augen lausche ich meinem regelmäßigen Herzschlag.

Etwas kitzelt an meinen nackten Füßen. Ach, Peach hockt vor mir und bettelt. Lächelnd nehme ich sie auf den Arm und streiche ihr über den Rücken.

Es klopft an der Tür und ich zucke erneut zusammen. Ob Benjamin etwas vergessen hat? Oder ist es Ashton? Mit angehaltenem Atem linse ich durch den Spion. Mein Herz gerät aus dem Takt, als ich Ashton erkenne.

Was soll ich jetzt tun?

»Lauren, bitte. Lass mich das alles erklären. Falls du mich danach nicht mehr sehen willst, respektiere ich das. Versprochen.«

Seine Stimme beschert mir eine Gänsehaut. Wie sehr ich ihn vermisse! Besonders das Gefühl, das er in mir auslöst.

Wie von selbst wandert meine Hand zur Türklinke und drückt sie herunter. Dabei muss ich aufpassen, weil ich Peach halte.

Und dann steht Ashton vor mir. Seine Augen glänzen, doch sie sind von dunklen Schatten umgeben. Mit den zerzausten, offenen Haaren und dem Dreitagebart sieht er zum Dahinschmelzen aus.

»Lauren.« Ein sanftes Lächeln umspielt seine Lippen. In den Händen hält er einen Teller mit Brownies, den er mir reicht. »Für dich.«

Doch mit Peach auf dem Arm kann ich ihn nicht abnehmen. Also schaue ich abwechselnd vom Teller zu Ashton und meinem Kaninchen hin und her.

»Was möchtest du?« Klinge ich zittrig?

»Mit dir reden.«

»Worüber?«

»Über uns … Ich muss ein paar Dinge richtigstellen.«

Peach wird unruhig und zappelt, deswegen setze ich sie ab. Weil ich nicht weiß, was ich mit meinen nun freien Armen tun soll, und sie unbedingt von Ashton fernhalten muss, verschränke ich sie vor meiner Brust.

»Okay. Ich höre mir an, was du mir zu sagen hast. Aber nicht heute. Es ist spät und ich bin müde.«

»Ja, natürlich. Wann hast du Zeit?«

»Morgen bin ich den ganzen Tag mit Patrick, Georgia und den Kids unterwegs. Montag nach der Arbeit?«

Ashton nickt und wirkt erleichtert. »Gut.« Er dreht den Teller in seinen Händen und sieht mir danach fest in die Augen. »Du hast mir gefehlt.«

Du mir auch, hätte ich beinahe geantwortet. Doch ich räuspere mich nur. Oft habe ich mir ausgemalt, wie unser erstes Aufeinandertreffen nach der Trennung sein würde.

Ich bin davon ausgegangen, dass es schmerzt, wenn ich Ashton wiedersehe. Aber ich hätte niemals damit gerechnet, wie hart es mich wirklich trifft, ihm gegenüberzustehen.

All die unterdrückten Gefühle für ihn, all die schönen Momente mit ihm, all der Kummer der letzten vier Wochen. Alles wirbelt in mir hoch, ballt sich wie eine große Wolke in meinem Kopf zusammen bis Tränen in meinen Augen brennen.

»Ich habe für dich gebacken.« Ashton reicht mir erneut den Teller.

»Danke.« Mit zitternden Fingern nehme ich ihn entgegen. Dabei berühren wir uns flüchtig, was einen Sturm der Sehnsucht in mir entfacht. Noch nie hat ein Mann für mich gebacken. Diese Geste bedeutet mir unglaublich viel. »Dann bis Montag.«

Sein Blick wird intensiver. Ich senke die Lider und wende mich ab.

»Schlaf gut, Lauren.«

»Du auch.«

Ich drücke die Tür zu, stelle den Teller auf die Kommode neben mir und presse eine Hand auf die Brust. Mein Herz flattert und meine Knie fühlen sich wie gekochte Makkaroni an. In zwei Tagen werde ich mit Ashton reden. Bis dahin sollte ich mir keine Hoffnung machen, dass sich zwischen uns wieder alles einrenkt.

Das sagt mir zumindest mein Kopf.

Weil ich nicht gehört habe, wie Ashton in seine Wohnung gegangen ist, schaue ich durch den Spion. Er steht noch im Hausflur, den Rücken an die Wand gelehnt, die Augen geschlossen. Es ist offensichtlich, dass auch er leidet. Trotzdem hat er mich angelogen.

Ob ich es schaffe, ihm zu verzeihen, sobald er mit mir geredet hat? Was will er mir sagen? Möchte ich das überhaupt hören? Was, wenn es schlimmer ist, als ich ahne?

Ich schleiche mich von der Tür ins Wohnzimmer und nehme den Teller mit. Im Schneidersitz auf der Couch breche ich mir ein Stück von den Brownies ab und koste davon. Sie sind zwar nicht perfekt, aber der Wille zählt.

Damit hat er eindeutig einen Pluspunkt gemacht.

Kapitel 40

Ashton

Ich klopfe an Laurens Tür. Sie ist vor einer halben Stunde nach Hause gekommen und seitdem warte ich, dass sie sich bei mir meldet. Ach was, eigentlich warte ich schon länger. Aber jetzt halte ich es nicht mehr aus. Da hat sich zu viel in mir angestaut, was ich ihr sagen muss.

Es dauert eine gefühlte Ewigkeit, bis Lauren die Tür öffnet. Sie trägt noch ihr Bürooutfit und wirkt auf den ersten Blick erschöpft.

»Hey.«

»Ashton …« Sie senkt die Lider.

Ich fahre mir mit den Fingern durch mein Haar, weil ich nicht weiß, was ich mit meinen Händen anfangen soll. Am liebsten würde ich Lauren in meine Arme ziehen und sie küssen. Doch vorher müssen wir reden.

»Hast du jetzt Zeit?«

Sie nickt. Peach hoppelt zwischen Laurens Beinen hindurch zu mir. Ich hocke mich vor die Kaninchendame und kraule sie hinter den Ohren. Das mag sie am liebsten.

»Wollen wir spazieren gehen?«, fragt Lauren.

Ich schaue auf. »Mit Shadow?«

»Gern.«

Es fühlt sich zwischen uns so verkrampft an wie bei unseren ersten Treffen. Andererseits kann ich es ihr nicht verübeln. Ich habe sie verletzt und mich zurückgezogen, anstatt alles richtigzustellen.

»Okay. Dann in fünf Minuten?« Ich richte mich auf, weil Peach zu Mario und Luigi flitzt. Die beiden schauen neugierig um die Ecke und wackeln nur kaum merklich mit der Nase.

»Ja«, flüstert Lauren und schließt die Tür.

Oje. Ob ich überhaupt eine Chance habe, sie zurückzugewinnen? Was, wenn ich mir falsche Hoffnungen gemacht habe und Lauren mir gleich den Korb meines Lebens verpasst? Daran will ich nicht denken.

Wie vereinbart warte ich kurz danach mit Shadow vor ihrer Tür. Als sich Lauren zu uns gesellt, dreht nicht nur mein Herz durch, sogar Shadow macht Freudensprünge und begrüßt sie schwanzwedelnd und laut fiepend.

»Ist ja gut. Ich habe dich auch vermisst, mein Großer«, sagt sie liebevoll und streicht ihm beruhigend über den Kopf, woraufhin er ihre Finger ableckt.

Shadow schmeißt sich auf den Rücken und wartet darauf, dass Lauren ihm den Bauch krault. Und natürlich tut sie ihm den Gefallen. Erst nachdem er mit der ausgiebigen Streicheleinheit und Begrüßungsrunde zufrieden ist, können wir los.

Schweigend nehmen wir den Weg zum *Saint Stephen's Green*. Und wieder einmal werde ich mir der bedrückenden Stimmung zwischen uns bewusst. Ich hatte mir die Worte schon im Kopf zurechtgelegt, doch jetzt fühlt er sich wie leer gefegt an. Aber ich darf das hier auf keinen Fall versauen.

Wir bleiben stehen, weil Shadow an einem Baumstamm schnüffelt, dessen Blätter sich bereits bunt gefärbt haben. Vögel zwitschern in den Ästen.

Ich schaue zu Lauren, die bisher mit etwas Abstand neben mir herläuft. Unsere Blicke treffen sich. Es ist wie ein Feuerwerk, das in mir explodiert, und ich weiß, dass ich alles tun werde, um sie nicht erneut zu verlieren. Doch vorher muss ich dafür sorgen, dass sie mir verzeiht.

»Wollen wir uns setzen?« Ich deute zur freien Bank nur wenige Meter von uns entfernt, die eine gute Sicht zum See bietet. *Unsere* ist leider belegt.

Wortlos steuert Lauren darauf zu und nimmt am äußersten Ende Platz. Das bleibt Shadow nicht unbemerkt. Er zieht mich zu Lauren und legt sich vor ihre Füße. Ich setze mich in die Mitte. Unsere Beine berühren sich beinahe und schon ist das Kribbeln in meinem Körper zurück.

Wie ich dieses Gefühl vermisst habe!

Ich krame in meinem Gehirn nach den zurechtgelegten Worten, aber es herrscht weiterhin gähnende Leere. Also muss ich improvisieren. »Danke, dass du mir die Möglichkeit gibst, dir alles erklären zu können.«

Lauren sieht auf ihre Hände, die auf ihrem Schoß ruhen. Sie knetet sie und wirkt genauso nervös wie ich. »Ich bin ganz Ohr.«

Bevor ich anfange, atme ich tief durch. »Du weißt, dass ich vor dir mit keiner anderen Frau eine Beziehung hatte. Aber ist dir auch klar, warum?«

»Wegen Florence?«

»Ja«, sage ich gedehnt. »Im weitesten Sinne stimmt das. Allerdings wollte ich auf etwas anderes hinaus.«

Sie hebt den Kopf und betrachtet mich erwartungsvoll.

Also rede ich weiter: »Die Frauen, mit denen ich mich bisher getroffen habe, waren immer nur auf Sex mit mir aus.«

Ihre Miene verhärtet sich, dennoch hört sie mir weiter zu.

»Dabei wollte ich das nicht. Ich wollte das, was meine Kumpels haben – eine Freundin. Eine Frau, mit der ich am Morgen aufwache und gemeinsam frühstücke. Mit der ich lachen kann und die mich versteht … Jedenfalls waren Connor und Rory der Meinung, dass ich die Suche falsch angehe. Um mich davon zu überzeugen, haben sie eine Wette mit mir abgeschlossen.«

»Verstehe.« Lauren löst unseren Blickkontakt.

»Ich sollte mit einer Frau ihrer Wahl dreizehn Dates haben, ohne mit ihr im Bett zu landen. Sie waren der Meinung, dass das genug Zeit wäre, um sich besser kennenzulernen und vielleicht sogar zu verlieben. Sie haben dich dafür ausgewählt.«

Lauren runzelt die Stirn. »Wieso das? Sie kennen mich doch nicht.«

»Die beiden haben dich bei Tinder entdeckt. Dadurch sind sie auch auf deinen Instagram-Account gestoßen.«

Ihr Kopf schnellt hoch. »War das vor oder nachdem du neben mir eingezogen bist?«

»Danach. Deshalb wollte ich, dass sie eine andere Frau wählen. Haben sie aber nicht. Sie waren der Meinung, es wäre für die Wette vorteilhaft, dass wir Nachbarn sind. Außerdem hatte ich auf diese Weise Informationen über dich.«

Lauren schnaubt empört. »Und du hast bereitwillig zugestimmt?«

»Nein. Ich war zuerst nicht begeistert. Aber Rory hat mir seinen Porsche für dreizehn Wochen angeboten, falls ich gewinne. Er weiß, wie scharf ich darauf bin, und hat mich damit geködert. Mir ist nicht in den Sinn gekommen, was ich mit dieser Wette auslöse.«

»Jetzt wird mir vieles klar. Deswegen hast du nicht locker gelassen und mich immer wieder eingeladen.« Lauren wirft die Hände in die Luft. »Wegen eines Autos! Verdammte Scheiße, Ashton!«

Ich habe Lauren noch nie derart fluchen gehört und brauche einen Moment, um mich zu sammeln. »Ja, das schon … Bis ich dich auf der Wiese beinahe geküsst hätte. In diesem Moment habe ich gemerkt, dass sich etwas zwischen uns entwickelt, womit ich niemals gerechnet hätte.«

»Ach ja? Warum nicht?«

»Du bist halt vollkommen anders als die Frauen, auf die ich mich sonst eingelassen habe.«

Sie schüttelt den Kopf. »Mit anderen Worten: Dick und unsportlich«, erwidert sie mit einem traurigen Klang.

»Nein, Lauren.« Aus einem Impuls heraus umfasse ich ihre Hand. Sie zuckt leicht zurück, doch sie lässt die Berührung zu. »Ich finde dich wunderschön. Deine Kurven und alles andere an deinem Körper. Aber ganz besonders dich als Menschen. Du hast so ein großes Herz. Und genau deswegen habe ich die Wette mit Connor und Rory abgeblasen. Sie ist für mich unbedeutend geworden, weil ich mich in dich verliebt habe.«

»Aber warum habt ihr auf dem Balkon darüber gesprochen?«

»Ich habe ihnen nie erklärt, weshalb ich die Wette abgebrochen habe. Die Gefühle für dich waren mir fremd und ich wollte erst mal abwarten, was zwischen uns passiert. Ihnen ist es natürlich aufgefallen und deswegen haben sie mich gefragt, wie es mit dir läuft. Ich wollte sie an diesem Abend überraschen und sie dir vorstellen. Ihre fassungslosen Gesichter sehen, verstehst du?«

Lauren nickt schwach.

Sanft streiche ich mit dem Daumen über ihren Handrücken. »Aber dann hast du uns gehört und mir gesagt, dass du mich nicht wiedersehen möchtest.«

»Warum hast du so lange gewartet, mir das zu erzählen?« Ihre Stimme ist zornig und ich kann ihre Wut verstehen.

»Wenn ich das wüsste. Zuerst war mir nicht klar, wie ich mit unserer Trennung umgehen soll. Dann hat mir Mom ordentlich den Kopf gewaschen. Ich habe dir unzählige Nachrichten geschrieben, sie allerdings gelöscht, bevor ich sie abgeschickt habe. Das, was ich dir zu sagen hatte, musste ich dir persönlich sagen, aber du warst weg … Die Kurzfassung: Ich war ein Idiot.«

»Ja, das trifft es ziemlich gut.«

Lauren schaut auf und unsere Blicke verlieren sich ineinander. Es ist wie vor zwei Monaten auf der Wiese, als wir uns beinahe geküsst haben. Mein Herz schlägt so schnell, dass es in meinen Ohren rauscht.

»Ich habe dich vermisst. Jeden Tag, jede Stunde, Minute, Sekunde. Weil ich dich liebe, Lauren. Und ich wette mit dir, dass du mich auch liebst.«

Kapitel 41

Lauren

»Was hast du darauf geantwortet?« Eleanor hat bisher wortlos meinem Bericht über Ashtons Liebesgeständnis gelauscht, doch nun meldet sie sich zu Wort.

»Na, was wohl?« Nathalee spritzt ihr Wasser ins Gesicht. »Sie hat ihn abserviert.«

»Das würde Lauren niemals tun.« Kristena nippt an ihrem Sektglas. »Sieh sie dir doch an. Sie ist bis über beide Ohren in ihn verliebt. Deswegen bin ich mir sicher, dass sie ihm gestanden hat, wie sie für ihn empfindet.«

Nun sehen mich alle drei erwartungsvoll an.

»Ihr liegt beide falsch.« Ich mache eine dramatische Pause, um sie auf die Folter zu spannen. Breit grinsend lehne ich mich zurück und genieße die aufsteigenden Wasserblasen im Whirlpool. »Bevor ich irgendetwas entscheide, muss ich darüber nachdenken.«

»Verständlich. Du vertraust ihm nicht mehr«, bringt Eleanor es auf den Punkt.

»Und wie lange lässt du ihn zappeln?«, fragt nun Nathalee.

»So würde ich das nicht formulieren. Schließlich habe ich ihm gesagt, dass ich Zeit zum Nachdenken brauche.«

»Aber bist du nicht froh, nun die Wahrheit zu kennen? Immerhin dachtest du, er wollte die Wette gewinnen, um seine Geldprobleme zu lösen«, sagt Kristena.

Ich nicke und leere mein Glas – die Blubberbrause entspannt mich zutiefst. Dieser Wellnesstag mit meinen Freundinnen war längst überfällig. »Irgendwie schon. Andererseits hat er mich unter Vortäuschung falscher Tatsachen angesprochen.«

»Also wenn du mich fragst, hat Ashton einiges wiedergutzumachen«, sagt Eleanor.

Kristena und Nathalee geben einen zustimmenden Laut von sich.

»Wie läuft es mit Senan?« Ich möchte das Gespräch von mir weg lenken.

Eleanors Lippen kräuseln sich und sie stößt einen wohligen Seufzer aus. »Der Mann hat alles, was sich eine Frau wünscht. Er ist aufmerksam, zuvorkommend und eine Granate im Bett. Mit seiner Zunge kann er Dinge tun, die ihr –«

»Schon gut!« Nathalee hebt abwehrend die Hände, damit Eleanors Ausführungen nicht ausarten. »Bitte keine Details. Sonst muss ich immer daran denken, wenn ich ihm begegne.«

Kristena kichert. »Der Typ, mit dem ich mich vorgestern getroffen habe, konnte jedenfalls nicht mit seiner Zunge umgehen. Er hat sie mir so tief in den Mund geschoben, als würde er mit meinem Gaumenzäpfchen spielen wollen.«

»Dann will ich nicht wissen, wie der Sex mit ihm war.« Ich verziehe das Gesicht, muss aber gleichzeitig an Ashtons Küsse denken. Hach, wie schön und gefühlvoll die waren!

Sie winkt ab. »So weit ist es nicht gekommen.«

»Der Kuss war sicher ein totaler Abturner.« Nathalee schenkt sich Sekt nach.

»Du sagst es. Obwohl der Kerl echt heiß war. Definierte Muskeln und ein sexy Lächeln.«

Eine Weile plaudern wir über attraktive Männer und peinliche Erlebnisse bei Dates. Meine Finger sind schrumpelig, als wir den Whirlpool verlassen und damit unseren Wellnesstag abschließen.

Eleanor nimmt mich in ihrem Auto mit und setzt mich zu Hause ab. Ich bedanke mich nochmals für das Geburtstagsgeschenk und nehme die Treppe hoch zu meiner Wohnung.

Von Gegenüber dröhnt Rockmusik durch die Tür. Sollte ich Ashton Hallo sagen? Hm, nein, besser nicht. Schließlich bin ich mir immer noch nicht sicher, wie es mit uns weitergeht. Das sagt zumindest mein Kopf. Mein Herz weiß längst, was es will.

Aber bis die beiden sich einig werden, dauert es noch …

Nachdem ich eingetreten bin und Mario, Luigi und Peach begrüßt habe, tapse ich ins Badezimmer und schalte das Licht ein. Es knallt. Ein Funke blitzt für den Bruchteil einer Sekunde dort auf, wo die Lampe an der Decke hängt. Ich schreie vor Schreck und zucke gleichzeitig zusammen.

»Verdammt«, murmle ich atemlos und fasse mir an die Brust, nachdem ich realisiert habe, dass *nur* die Glühbirne durchgebrannt ist.

Hoffentlich habe ich einen Ersatz. Im Flurschrank krame ich mich durch Putzlappen, Kaninchenfutter und Schuhe, bis ich fündig werde. Triumphierend halte ich die Packung in den Händen. In diesem Moment klopft es energisch an der Wohnungstür.

»Lauren? Ist alles in Ordnung?« Ashtons besorgte Stimme dringt zu mir.

Ich öffne ihm. Wie auch bei unserer ersten Begegnung trägt er nur eine Jogginghose, seine nackte Brust glänzt vom Schweiß. Wahrscheinlich hat er bis eben trainiert. Mir wird bei seinem Anblick wie immer heiß.

Erleichterung spiegelt sich in seinen Augen wider, als sich unsere Blicke treffen. Er hat bestimmt meinen Schrei gehört und dachte, mir wäre etwas passiert. Das ist lieb von ihm.

»Alles gut. Mir ist nur die Birne im Badezimmer durchgeknallt.«

»Soll ich sie für dich austauschen?« Er schaut flüchtig zur Verpackung in meiner Hand.

»Das wäre super. Mit dem Stuhl reiche ich kaum hoch.« Einladend öffne ich die Tür weit, damit er eintreten kann.

Wie gebannt betrachte ich Ashtons breiten Oberkörper. Es ist viel zu lange her, dass ich mit den Fingerspitzen über seine Haut gestrichen habe. Allein bei dem Gedanken daran sammelt sich eine wohlige Wärme zwischen meinen Beinen.

Aus der Küche holt Ashton einen Stuhl und positioniert ihn unter der Lampe im Badezimmer, um sich daraufzustellen. Er wechselt in Nullkommanichts die Glühbirne. Und wieder ertappe ich mich dabei, wie ich das Muskelspiel bei seinen Bewegungen verfolge.

Ich vermisse ihn, verdammt. Und dann noch sein Liebesgeständnis! Sollte ich ihm wirklich eine zweite Chance geben? Immerhin habe ich nicht das Gefühl, er würde mich weiter anlügen. Er hat gestern gewirkt, als …

Ashton steigt vom Stuhl und reißt mich damit aus den Gedanken. Sein männlicher Geruch umgibt mich. Am liebsten würde ich mich an seine Brust schmiegen, seine Wärme auskosten und seinen Duft einatmen.

Nur mit Mühe unterdrücke ich ein verlangendes Seufzen.

»Teste mal, ob sie funktioniert.«

»Äh, was?« Ich blinzle mehrmals, aber seine Worte ergeben keinen Sinn.

Ein sanftes Lächeln legt sich auf seine Lippen. »Lauren? Träumst du?«

»Nein, ich habe nur über etwas nachgedacht.«

»So, so.« Er schiebt sich an mir vorbei und betätigt den Lichtschalter, woraufhin es im Badezimmer hell wird.

»Danke.«

»Kein Problem.« Ashton bringt den Stuhl zurück in die Küche und ich folge ihm. »Wie war der Wellnesstag?«

»Sehr entspannend. Die Ganzkörpermassage …« Bei der Erinnerung daran, verdrehe ich die Augen. »Ein Traum sag ich dir.«

Er tritt dichter an mich heran und lächelt, sodass seine Grübchen zum Vorschein kommen. »Dir ist schon bewusst, dass ich eine Ausbildung gemacht habe, um muskuläre Verspannungen oder Verletzungen zu behandeln?«

Ich verschränke die Finger hinter meinem Rücken miteinander, weil ich kurz davor bin, Ashton zu berühren. »Gut zu wissen. Vielleicht komme ich mal darauf zurück.«

»Ich würde mich darüber freuen.« Er senkt die Lider und sein Blick bleibt an meinen Lippen hängen. Ashtons Körperwärme spüre ich nun noch deutlicher.

»Und wie war dein Tag?« Hoffentlich kann ich mit meiner Frage die knisternde Stimmung zwischen uns beenden.

»Ganz okay. Ich habe viel geschafft.«

»Auf der Baustelle?«

»Das auch. Vor drei Wochen habe ich ein neues Projekt begonnen.« Ashton löst den Blick von meinen Lippen und legt den Kopf leicht schief. »Hast du am Sonntagnachmittag Zeit? Ich würde es dir gern zeigen.«

»Mir?«

»Ja. Es ist eine Überraschung für dich.«

»Oh! Okay.«

»Ich hole dich um fünfzehn Uhr ab, abgemacht?«

»Hm.«

Er beugt sich vor und gibt mir einen zarten Kuss auf die Wange. Und ich schmelze wie Schokolade im Wasserbad. Wie ich seine Berührungen vermisst habe! Ich möchte mehr davon. Und mehr von Ashton.

»Gute Nacht, Lauren.« Seine Stimme beschert mir eine Gänsehaut. Nach einem letzten Blick verlässt er die Küche.

Mit offenem Mund nicke ich und starre ihm hinterher, wie er die Wohnungstür hinter sich schließt.

Mein Körper sehnt sich nach einem intensiven Kuss von Ashton. Nur warum geht in meinem Kopf immer die Alarmleuchte an, wenn ich an ihn denke? Habe ich einfach zu viele schlechte Erfahrungen mit Männern gesammelt und will sie mich vor der endgültigen Zerstörung meines Herzens beschützen?

Kapitel 42

Ashton

Lauren steigt mit hochgezogenen Augenbrauen aus meinem Wagen und sieht sich aufmerksam auf der Baustelle um. Seit sie zuletzt mit mir hier war, sind fast zwei Monate vergangen. Dementsprechend hat sich einiges verändert.

Die Halle des Fitnessstudios wird demnächst fertig, damit ich für die Eröffnung alles vorbereiten kann. Nur bei meinem Haus hat sich zumindest offensichtlich nichts getan. Doch der Schein trügt – im Inneren ist viel passiert. Die Fassade bekommt noch einen frischen Anstrich, ansonsten ist fast alles fertig.

Ich lasse Shadow heraus, der sofort über das Grundstück hechtet und sich austobt, indem er Tauben hinterherjagt. Er kann es sicher kaum erwarten, bis wir umziehen. Für ihn ist das Leben in einer Wohnung nichts und die Treppen läuft er auch nicht gern hinauf und herunter. Shadow ist mit seinen schätzungsweise zehn Jahren eben nicht mehr der Jüngste.

»Und was willst du mir zeigen?« Lauren reißt mich aus den Gedanken.

Ich deute zum großen Nebengebäude, in dem ich die letzten Wochen hart geschuftet habe, um mein Projekt fertigzustellen. Zwar sind die Arbeiten noch nicht abgeschlossen, doch bevor ich weitermache, möchte ich Laurens Meinung hören. Nicht, dass alles umsonst war. »Es ist da drin.«

Sie strafft die Schultern und läuft los. Ich folge ihr mit etwas Abstand. In den letzten Tagen haben wir uns zweimal getroffen – abgesehen von dem Wechsel der Glühbirne. Wir haben uns lange unterhalten, allerdings habe ich mich nicht getraut, sie zu küssen oder auf andere Weise näherzukommen. Schließlich will ich sie auf keinen Fall bedrängen.

Wenn sie Zeit zum Nachdenken braucht, bekommt Lauren die. Ich hoffe, dass es sich positiv auf ihre Entscheidung auswirkt. Denn dahingehend bin ich mir weiterhin unsicher. Sie behandelt mich als wären wir Freunde.

Aber vielleicht hat sie auch nur Angst, erneut verletzt zu werden und will sich erst langsam wieder an uns herantasten?

Wer weiß.

Ich hoffe, dass ihr mein Plan gefällt. Denn damit möchte ich ihr zeigen, wie viel sie mir bedeutet. Dementsprechend nervös bin ich, als ich die Tür aufschließe und Lauren den Vortritt lasse.

Sie stößt einen leisen Pfiff aus und nickt anerkennend. »Also weißt du, was du mit dem Haus anfangen willst?«

»Ja. Es ist für dich.«

Lauren legt die Stirn in Falten. »Wie meinst du das?«

»Du hast doch immer davon geredet, dass dir dein Job in der Buchhaltung nicht mehr gefällt und du lieber etwas mit Tieren tun würdest. Hier wäre der perfekte Platz, um deinen Traum zu verwirklichen.«

Sie betrachtet mich fassungslos. »Danke, Ashton. Aber das hier«, Lauren macht eine allumfassende Geste, »kann ich mir niemals leisten.«

»Es ist bereits bezahlt. Das meiste Material habe ich mit dem Geburtstagsgeld von meinen Eltern gekauft. Einen anderen Teil habe ich mir von meinem Kumpel geliehen. Um Kosten zu sparen, habe ich alles allein gemacht. Na gut, Connor und Rory haben auch zweimal geholfen.«

Ich umfasse Laurens Hand und führe sie zum Hauptraum, in dem ich selbst die Fliesen verlegt habe. »Hier könntest du größere Tiere wie beispielsweise Katzen unterbringen. Also falls es eine Tierpension wird. Du kannst auch eine Auffangstation oder Ähnliches aufbauen. Wie du möchtest.«

»Das ist …« Sie schüttelt den Kopf und atmet geräuschvoll aus. »Wow, Ashton. Ich weiß nicht, was ich sagen soll.«

Und ehe ich realisiere, was als Nächstes passiert, legt sie die Arme um meinen Nacken und schmiegt sich an mich. »Danke.« Lauren drückt mir flüchtig ihre Lippen auf die Wange. In ihren Augen schimmern Tränen. »Es ist das Wundervollste, was ein Mann je für mich getan hat.«

»Also gefällt dir meine Idee?«

Langsam löst sie sich wieder von mir und tritt einen Schritt zurück. »Und ob.« Sie lächelt mich an und bringt damit mein Herz aus dem Takt. »Wie kann ich dir nur danken?«

Als müsste ich angestrengt nachdenken, reibe ich mein Kinn. »Ich wüsste da eine Sache.«

»Ach ja? Welche?«

Ich nehme Laurens Hände in meine und ziehe ihren Körper dichter an meinen heran. »Gib mir eine zweite Chance. Bitte, Lauren.«

Sie knabbert an ihrer Unterlippe und sieht unheimlich süß aus. Wie gern ich sie jetzt küssen würde. »Dir ist schon klar, was meine Brüder mit dir anstellen, falls du es noch mal versaust?«

»Glasklar. Die Drohungen habe ich nicht vergessen.«

»Gut. Denn wenn ich dich das nächste Mal mit zu meinen Eltern nehme, solltest du dich auf etwas gefasst machen. Sie werden dich zerfleischen.«

Ich verziehe gespielt schockiert das Gesicht. »Diesmal werde ich es garantiert nicht überleben?«

»Nur knapp.« Sie stellt sich auf die Zehenspitzen. Unsere Lippen trennen nur noch wenige Zentimeter und es fällt mir unglaublich schwer, mich nicht vorzubeugen und sie zu küssen. »Aber keine Sorge. Ich bin bei dir und passe auf dich auf.«

Grinsend lege ich meine Hände auf Laurens Hüften und drücke sie an mich. »Ich liebe dich und würde für dich durchs Feuer gehen. Hauptsache, du gibst mir die Möglichkeit, dir das zu beweisen.«

»Hör endlich mit dem Süßholzgeraspel auf und küss mich, Ashton.«

»Also ist das ein Ja, *mo croidheag*?«

Stöhnend verdreht sie die Augen und presst mir ihre Lippen auf den Mund. Hart und hungrig stößt ihre Zunge auf meine und umkreist sie verlangend.

In meiner Hose wird es sofort eng. Die fünf Wochen ohne Lauren waren die schlimmsten in meinem Leben. Ich werde niemals zulassen, dass ich sie noch einmal verliere.

Nach Atem ringend löst Lauren sich von mir und schmiegt sich an meine Brust. Ich streiche ihr unaufhörlich über den Rücken, während mich ihr vertrauter Duft umhüllt. Mein Herz klopft wild und die Anspannung nach der Trennung löst sich Stück für Stück von mir.

Obwohl die Wette uns beinahe auseinandergebracht hätte, bin ich dennoch dankbar. Ansonsten hätte ich Lauren niemals um ein Date gefragt und sie näher kennengelernt. Ich hätte nie herausgefunden, welch hilfsbereiter, witziger und liebevoller Mensch sie ist.

Trotzdem bereue ich es, ihr nicht eher von der Wette erzählt zu haben. Diesen Fehler würde ich kein zweites Mal machen. Dafür liebe ich Lauren viel zu sehr.

Kapitel 43

Lauren

Ashton stellt einen Umzugskarton neben den Küchentisch, während ich die Gläser in den Hängeschrank einräume. Er lächelt, obwohl eine gewisse Traurigkeit in seinem Blick mitschwingt. Es wird eine enorme Umstellung für uns, wenn wir nicht mehr nebeneinanderwohnen.

»Das war der letzte Karton aus dem Transporter.« Er wischt sich den Schweiß von der Stirn. »Wollen wir eine Pause machen?«

»Nichts da! Du willst bloß Lauren ins Schlafzimmer zerren und die Stabilität des Betts austesten.« Rorys belustigte Stimme dringt aus dem Flur zu uns. Er kämpft immer noch mit dem Aufbau des Schuhschranks.

Ich unterdrücke ein Kichern, Ashton sieht ertappt aus.

»Lass ihn doch!«, ruft Connor aus dem Badezimmer. Wahrscheinlich schließt er gerade die Waschmaschine an. »Wir können für heute Feierabend machen. Morgen ist auch noch ein Tag.«

Ashton nimmt einen kräftigen Schluck aus seiner Wasserflasche und läuft in den Flur. »Bleibt ihr zum Abendessen?«

Ich öffne den letzten Karton und verstaue die Teller und Tassen im Schrank, während die Männer nebenan plaudern. Obwohl wir nicht zusammenwohnen, hat Ashton es mir überlassen, wie ich die Küche einrichte. Es fühlt sich beinahe so an, als würde ich mit einziehen.

Vielleicht kann ich das irgendwann?

Sobald ich meine Tierpension nebenan eröffnet habe, wäre es naheliegend. Nur leider wird das noch einige Monate dauern. Mir stehen vorher zahlreiche Behördengänge und Weiterbildungen bevor. Zum Glück unterstützt Dad mich dabei. Schließlich weiß er, worauf es ankommt.

Meine Eltern waren begeistert, als ich ihnen von meinen – oder besser gesagt Ashtons – Plänen erzählt habe. Damit konnte mein Freund sie überzeugen, wie ernst er es mit mir meint. Sie waren verständlicherweise skeptisch, als ich ihnen erklärt habe, dass wir wieder ein Paar sind, nachdem ich wegen unserer Trennung fürchterlich gelitten habe.

Meine Brüder sind, was das angeht, eine härtere Nuss. Aber ich bin optimistisch, dass sie ihr Misstrauen gegenüber Ashton mit der Zeit verlieren. Es ist schließlich offensichtlich, wie glücklich er mich macht.

Dagegen treibt Mister Sheppard mich jeden Tag mehr in den Wahnsinn. Ständig vergisst er etwas und schiebt mir die Schuld in die Schuhe. Wenn ich nicht wüsste, dass ich bald die Kündigung einreiche, würde ich meinem Ärger Luft machen. Nur wegen meines anstehenden Berufswechsels habe ich die bisherigen Jobangebote abgelehnt. Ansonsten wäre ich längst weg.

Aber jetzt müssen wir uns erst einmal auf die Eröffnung von Ashtons Fitnessstudio konzentrieren. Nächsten Freitag ist es so weit. Unfassbar, wie schnell die Zeit vergangen ist. Obwohl sein Haus seit einem Monat einzugsbereit ist, hat er seinen Umzug hinausgezögert, um bei mir zu sein.

Nachdem ich mit dem Einräumen fertig bin, sehe ich mich in der Küche um. Es fehlen definitiv Dekorationsgegenstände und vor allem ein paar Grünpflanzen, um es gemütlich zu machen. Aber dafür ist später noch Zeit.

Starke Hände umfassen meine Hüften und im nächsten Augenblick verschwindet der Boden unter meinen Füßen. Ich kreische, werde herumgewirbelt und brauche einen Moment, um zu realisieren, dass ich auf Ashtons Schulter liege, weil die Welt nun auf dem Kopf steht.

»Zapple nicht so, sonst fällst du runter.«

»Verdammt, Ashton! Wie leise kannst du dich anschleichen?«

Er lacht und läuft mit mir ins Wohnzimmer. Am Türrahmen achtet er darauf, dass wir nicht anecken. Und dann lässt er mich langsam heruntergleiten, hält mich aber weiterhin fest. Ein breites Grinsen liegt auf seinen Lippen, das ich ihm mit einem Kuss vertreibe.

In meinen Mund stöhnend stolpert er zur Couch und wir lassen uns darauf fallen. Mit beiden Armen umschlinge ich Ashtons Oberkörper und intensiviere unseren Kuss. Ich reibe mein Becken gegen seines und verliere mich in dem Kribbeln meines Bauchs. Erst als ich ein Geräusch im Hausflur höre, richte ich mich keuchend auf.

»Das sind Connor und Rory. Sie brechen auf«, raunt Ashton, legt eine Hand in meinen Nacken und drückt seine Lippen auf meine.

»Gut.«

Mit den Fingern gleite ich unter sein Shirt und streiche über seine Seiten. Als ich seine Brustwarzen erreiche und sie sanft umfahre, japst Ashton nach Luft und seine Erregung pocht gegen meinen Bauch. Sofort breitet sich eine wohlige Wärme zwischen meinen Beinen aus, die mit jeder Berührung stärker wird.

Plötzlich schiebt Ashton mich an den Schultern von sich und betrachtet mich voller Zuneigung. »Bleibst du bei mir?«

»Das tue ich doch.«

Er schüttelt leicht den Kopf. »Lauren, ich meinte damit, dass du bei mir einziehen könntest. Wir haben schließlich die letzten drei Monate schon halb zusammengewohnt und ich will nicht, dass wir uns nun seltener sehen.«

»Wirklich?«

Liebevoll lächelt er mich an. »Ich kann mir ein Leben ohne dich nicht mehr vorstellen, *mo croidheag*.«

»Wirklich?«

Ashton verdreht die Augen. »Kannst du auch etwas anderes sagen?«

Ich beuge mich vor, um sanft mit meinen Lippen über seine zu streichen. »Vorhin habe ich mich gefragt, ob ich irgendwann bei dir wohnen werde, weil ich dich vermisse, wenn wir weniger Zeit miteinander verbringen.«

»Also ist das ein Ja?«

Um ihn zu necken, tue ich so, als müsste ich angestrengt nachdenken. Eigentlich habe ich mich längst entschieden. »Schon überredet.«

Er atmet geräuschvoll aus. »Hat es dir Spaß gemacht, mich auf die Folter zu spannen?«

Kichernd presse ich ihm einen Kuss auf die Wange und seine Bartstoppeln prickeln auf meinen Lippen. »Hattest du etwa Zweifel?«

»Nur ein kleines bisschen. Eigentlich wollte ich dich eher fragen. Ich war mir aber unsicher, wie du reagierst.« Ashton schlingt die Arme um meinen Rücken und drückt mich an sich. »Du ahnst nicht, wie sehr ich mich freue.«

Mein Herz schlägt nach seinen Worten schneller und ich kuschle mich glücklich seufzend an Ashton. »Ich liebe dich.« Es ist das erste Mal, dass ich ihm die drei Wörter sage, obwohl sie mir schon einige Wochen auf der Zunge gelegen haben. Ihm nun meine Liebe zu gestehen, fühlt sich in diesem Moment perfekt an.

»Ich liebe dich auch, *mo croidheag*.« Sein Körper bebt kurz, als er auflacht. »Dann habe ich die Wette wohl gewonnen?«

»Ja, hast du.« Breit grinsend richte ich mich auf, weil mir eine Idee durch den Kopf schießt. »Du hast den Transporter doch für das komplette Wochenende gemietet, oder?« Er nickt, woraufhin ich frage: »Lass uns gleich mit Packen anfangen. Dann können wir meinen Umzug morgen erledigen.«

Seine Augen bekommen einen fröhlichen Glanz. »Du bist das Beste, was mir passieren konnte. Weißt du das?«

Kapitel 44

Ashton

Eleanor und Lauren verteilen Smoothies und Proteinshakes an meine potenziellen Kunden. Wir haben extra ein Partyzelt aufgestellt, damit sie im Trockenen stehen, falls es regnet. Doch der Frühlingshimmel strahlt in einem tiefen Blau und keine Wolke ist weit und breit zu sehen.

Connor und Rory geben Goodie-Bags an Interessenten aus, die mit Geschenken wie Microfaserhandtüchern, Wasserflaschen oder Proteinriegeln gefüllt sind. Natürlich ist überall mein Logo »Finnegan Fitness Haven« drauf.

Meine beiden Angestellten Declan und Maeve kümmern sich um die Verlosung. Jeder, der einen Jahresvertrag abschließt, kann an dem Gewinnspiel teilnehmen und damit kostenlose Mitgliedschaften, Personal-Training-Sitzungen oder Ernährungsberatungstermine gewinnen.

Am Eingang der Halle hat der DJ sein Pult aufgestellt und verbreitet eine lockere und unterhaltsame Atmosphäre mit seiner Musik. Dank einer Social-Media-Aktion von Lauren und ihren Freundinnen sowie meiner Werbung auf den verschiedenen Kanälen, sind mehr Menschen gekommen, als ich erwartet habe.

Bisher habe ich zehn Führungen durch das Studio mit fitnessbegeisterten Gruppen gemacht und ihnen die unterschiedlichen Trainingsbereiche vorgestellt. Ich habe auf moderne Geräte gesetzt, die sich per Bluetooth mit dem Smartphone verbinden und somit den Fortschritt in einer App festhalten. Damit lassen sich die eingestellten Gewichte und die Wiederholungen jederzeit prüfen. Das kommt bei allen gut an.

Ich stelle mich etwas abseits, um mir eine Pause zu gönnen, und lasse die Feier auf mich wirken. Es ist viel besser geworden, als ich mir jemals erträumt habe. Aber ohne Hilfe hätte ich das niemals geschafft. Am meisten habe ich Lauren zu danken. Sie hat mir mit Rat und Tat zur Seite gestanden und mir vor allem Mut gemacht.

Denn je näher der Eröffnungstermin gerückt ist, umso mehr habe ich an meinem Vorhaben gezweifelt. Unbegründet, wie sich herausgestellt hat. Mein Fitnessstudio ist der Hammer! Besonders, weil ich nicht auf Massenabfertigung setze. Bei mir wird auf die Probleme jedes Einzelnen eingegangen.

»Da ist er ja!« Mom und Dad kommen freudestrahlend auf mich zu. Ich hatte keine Ahnung, dass sie heute dabei sein würden.

Ich gehe ihnen entgegen, öffne die Arme und drücke die beiden an mich. »Das ist aber eine Überraschung.«

Mom kneift mir in die Wange. »Wenn unser einziges Kind sein Geschäft eröffnet, müssen wir doch anwesend sein und gratulieren.«

»Wir standen im Stau und haben leider deine Rede verpasst.« Dad klopft mir mit stolz durchgestrecktem Rücken auf die Schulter. Sein Blick schweift über die

Gäste. »Hast du gut gemacht, *mo mhac*. Ich wusste, dass dein Studio ein Erfolg wird.«

»Das war ich nicht allein.« Vielsagend deute ich zu Lauren, die mich sogleich bemerkt und winkt.

Dad nickt ihr zu.

Mom hebt ebenfalls die Hand. »Zum Glück hat sie dir verziehen. Pass bloß auf, dass du sie nicht noch einmal verlierst. Ein zweites Mal schaffst du das nicht.«

»Werde ich. Übrigens wohnen wir jetzt zusammen.«

»Gut so. Lauren hat einen positiven Einfluss auf dich … Wann machst du ihr einen Antrag?«

Ich japse nach Luft, Dad räuspert sich. Über die Themen Heiraten und Kinderkriegen haben wir bisher nicht gesprochen. Außerdem haben Lauren und ich erst einmal andere Pläne. Sobald ihre Tierpension eröffnet wurde, wird es sicher ruhiger in unserem Leben und dann kann ich mir darüber Gedanken machen und einen Schritt weitergehen.

»Nun tu nicht so fassungslos, *mo stóirín*.« Mom stemmt die Hände in die Hüften. »Ich möchte eben nicht erst Grandma werden, wenn ich steinalt bin.«

»Setz den Jungen nicht so unter Druck.« Dad legt liebevoll einen Arm um ihre Schultern. »Der macht das schon. Und falls er Hilfe braucht, kann er uns fragen. Nicht wahr, Ashton?«

Ich lächle ihn dankbar an und nicke. »Wollt ihr einen Smoothie?«

»Ja, ich möchte Lauren begrüßen.«

Mom hakt sich bei mir ein, während wir zum Getränkestand schlendern. Sie schwärmt von der Stimmung unter den Gästen und auch, wie toll alles dekoriert wurde. Das knallige Rot der Lagerhalle, gemischt mit den schwarzen Akzenten gefällt ihr am besten.

Als wir Lauren erreichen, ist die Wiedersehensfreude groß. Schließlich haben sie sich seit meinem Geburtstag nicht mehr gesehen. Ein paar Minuten plaudern wir, bis sich Mom und Dad verabschieden, weil sie sich auf dem Gelände umsehen wollen.

Nachdem ich mir einen Kuss von Lauren gestohlen habe, geselle ich mich zu Connor und Rory, die bisher die Geschenktüten ausgeteilt haben und nun untätig herumstehen. »Sind die Goodies leer?«

Rory zuckt die Achseln. »Wer hätte mit solch einem Ansturm gerechnet?«

»Das ist gut, schätze ich.«

»Ashton?« Die Frauenstimme, die mich ruft, kommt mir bekannt vor, aber mir fällt nicht ein, woher.

Langsam drehe ich mich um. Scarlett! Was sucht sie hier?

»Hey.«

Sie schmeißt sich mir ohne Vorwarnung an den Hals und drückt mir ihre geschminkten Lippen auf die Wange. »Herzlichen Glückwunsch! Als ich dein Gesicht auf einer Werbeanzeige gesehen habe, dachte ich mir, dass ich unbedingt herkommen muss.«

»Danke.«

Sie macht einen Schmollmund. »Du hast auf meine Nachrichten nicht reagiert.«

»Was das angeht … Du bist verheiratet und ich habe jetzt eine Freundin.«

Ihr Lächeln verschwindet, aber dann fängt sie sich schnell. »Falls du es dir anders überlegst, werden wir uns demnächst häufiger sehen.« Sie wedelt mit einem ausgefüllten Mitgliedsvertrag vor meiner Nase herum.

»Das ist toll. Genieß die Eröffnung«, sage ich betont höflich.

Sie zwinkert mir zu und macht kehrt.

Hilfe suchend sehe ich zu meinen Kumpels, die das Gespräch verfolgt haben, und wische mir über die Wange, weil ich das Gefühl habe, dass darauf Lippenstift klebt.

Connor stößt einen leisen Pfiff aus. »War das die verheiratete Frau, mit der du im Bett warst?«

Ich nicke.

»Wegen ihr sind wir auf die Idee mit der Wette gekommen.« Rory reibt sich das Kinn. »So schließt sich der Kreis.«

»Meinst du etwa, ich sollte ihr für diese Lüge dankbar sein?« Die Empörung in meiner Stimme ist unüberhörbar.

»Das nicht. Trotzdem hat sie damit einiges ins Rollen gebracht. Ohne sie wärst du jetzt nicht hoffnungslos verliebt.«

Ich schüttle fassungslos den Kopf. »Du und dein Gelaber über Schicksal und all den Kram. Lauren wäre so oder so meine Nachbarin geworden.«

Connor hebt vielsagend einen Finger. »Aber ohne uns hättest du dich bestimmt nicht mit ihr verabredet.«

Resigniert seufze ich. »Also gut. Vielen Dank für eure Hilfe.«

Beide klatschen sich ab und freuen sich sichtlich über ihre gelungene Verkupplung. Mittlerweile bereue ich es, früher mit vielen Frauen geschlafen zu haben. Dabei habe ich doch nur gehofft, die Eine zu finden. Nur gut, dass Lauren davon weiß und ich ihr dahingehend nichts verschwiegen habe.

Lauren … Wie von allein wandert mein Blick über die Menge und sucht nach ihr. Sie ist nicht am Stand. Nach wenigen Sekunden finde ich sie auf dem Weg ins Studio. Ich folge ihr und treffe sie im Lagerraum.

Als sie mich bemerkt, grinst sie. »Wir brauchen Nachschub. Hilfst du mir?« Ohne eine Antwort abzuwarten, drückt sie mir eine Packung Milch in die Hand.

»Das kann warten.« Ich lege einen Arm um ihre Schultern und ziehe Lauren an mich. »Erst mal muss ich das tun, *mo croidheag*.« Ihre Augen weiten sich, als ich meine Lippen auf ihre presse. Nur einen Atemzug später erwidert sie meinen Kuss und schmiegt sich an mich.

Langsam lösen wir uns voneinander und sehen uns lächelnd an. All die Liebe für mich liegt in ihrem Blick. Niemals hätte ich damit gerechnet, dass Lauren die Frau sein würde, die mein Herz im Sturm erobert. Es sind all die kleinen Dinge, die sie besonders machen. Ihr Lächeln, ihre Hilfsbereitschaft, ihr Humor.

Aber auch die großen. Sie hat mich unterstützt und inspiriert, das Leben zu genießen. Mit ihr an meiner Seite kann ich alles schaffen. Diese fünf Wochen ohne sie waren schlimm, doch erst dadurch habe ich erkannt, wie viel sie mir bedeutet. Ich möchte sie nie wieder verlieren und werde alles dafür tun, um sie glücklich zu machen. Ohne sie wäre ich nicht vollständig.

Epilog

Lauren

Coco pickt das Apfelstück aus meiner Hand. Sein Besitzer hatte bedenken, in den Urlaub zu fahren, weil sein Ara nur an ihn gewöhnt ist. Umso mehr freue ich mich, dass er sich nun von mir füttern lässt. Trotzdem wird die Wiedersehensfreude groß sein, wenn Mister O'Brien zurück ist. Coco fragt mich häufig nach seinem »Daddy«. Es ist putzig, mit ihm ein kleines Gespräch zu führen, denn er kann einige Sätze sprechen.

Ich schließe den Käfig und prüfe, ob im Raum alles in Ordnung ist. Nebenan sehe ich nach den beiden Katzen von Misses McLaughlin. Sie entspannen gemeinsam auf dem Fensterbrett.

Wie lange sie in meiner Obhut bleiben, ist ungewiss, weil ihre Halterin im Krankenhaus liegt. Zum Glück hatte sie aus Dads Praxis einen Flyer meiner Pension und mich um Hilfe gebeten.

Obwohl ich erst vor drei Monaten eröffnet habe, kann ich mich nicht über fehlende Kunden beklagen. Einige Tiere habe ich immer zur Pflege da. Es macht mir Spaß, den Tag mit ihnen zu verbringen.

Und wenn ich nicht hier bin, dann helfe ich Ashton mit der Buchhaltung im Fitnessstudio. Es ist zwar komisch, für den eigenen Freund zu arbeiten, aber mittlerweile habe ich mich daran gewöhnt. Zumal er nicht so ein Stinkstiefel wie Mister Sheppard ist.

Mein ehemaliger Boss hatte einen Wutanfall, als er von der Personalabteilung erfahren hat, dass ich gekündigt habe. Mich hat es kaltgelassen, weil ich glücklich bin. Nicht nur, weil ich die Liebe meines Lebens gefunden habe, sondern auch, weil wir gemeinsam etwas auf die Beine gestellt haben. Zusammen haben wir jedes Hindernis überwunden.

Mit Ashton in einem Haus zu wohnen, fühlt sich unbeschwert an. Wir sind ein eingespieltes Team und ich bin froh, ihm eine zweite Chance gegeben zu haben. Denn er zeigt mir jeden Tag aufs Neue, wie sehr er mich liebt. Sei es der zärtliche Blick zwischendurch oder das gemeinsame Frühstück im Bett. Es ist traumhaft mit ihm.

Zuerst ist es mir schwergefallen, mit anzusehen, wie er von seinen weiblichen Kundinnen angehimmelt wird. Doch er reagiert auf ihre Annäherungsversuche nicht. Dafür bekomme ich neidvolle Blicke, wenn er mich in ihrer Anwesenheit küsst. Seitdem fühle ich mich in meinem Körper pudelwohl und schäme mich nicht mehr für meine Extrapfunde …

Das Glöckchen über der Eingangstür läutet. »Lauren? Wo bist du?«

Ach, Mist! Ich eile in den Flur, dort steht Ashton. In seiner cremefarbenen Chinohose und dem weißen Hemd sieht er wie immer zum Dahinschmelzen aus. Obwohl wir uns seit einem Jahr kennen, schlägt mein Herz schneller, wenn er in meiner Nähe ist.

»Sorry. Ich habe die Zeit aus den Augen verloren.«

Er grinst und gibt mir einen Kuss. »Dachte ich mir. Deine Gäste warten.«

»Was wäre meine Geburtstagsparty ohne mich?«

»Gut erkannt.« Ashton legt einen Arm um meine Taille und führt mich aus der Pension direkt in den Garten nebenan.

Heute Morgen haben wir auf der Wiese einen langen Tisch aufgestellt, der jetzt mit Tellern, Kaffeetassen und Kuchenplatten bestückt ist. Auf den Stühlen sitzen unsere Familien und Freunde und unterhalten sich angeregt. Bis sie mich bemerken und lautstark »Happy Birthday« singen.

Nacheinander beglückwünschen und umarmen sie mich. Ich freue mich, dass alle gekommen sind, um den Tag mit mir zu feiern.

Anschließend zündet Mom die neunundzwanzig Kerzen auf dem Schokoladenkuchen an, die ich auf Anhieb ausblase. Bei Kaffee und lockeren Gesprächen genießen wir meine selbst gebackenen Kuchen.

Dann folgen die Geschenke. Mom und Dad überreichen mir einen Gutschein für einen Urlaub zu zweit in Schottland. Schon als Kind wollte ich in die Highlands und ich freue mich riesig über die Möglichkeit.

Meine Brüder haben für einen Paar-Wellnesstag zusammengelegt. Auch wenn es ihnen nicht einerlei war, mittlerweile haben sie Ashton akzeptiert. Zum Glück, sonst wäre ich traurig darüber.

Ab nächsten Monat habe ich eine Aushilfe für die Pension, dann werden wir uns die Erholung definitiv gönnen. Schließlich war es zuletzt recht turbulent.

Eleanor, Nathalee und Kristena haben ein silbernes Armband für mich, an dem ein rotes Herz baumelt.

Ich habe den Schmuck vor einiger Zeit bei einer Shoppingtour mit meinen Freundinnen entdeckt. Nur leider wird es noch dauern, bis meine Tierpension schwarze Zahlen schreibt, daher habe ich es nicht gekauft. Umso mehr freue ich mich, es nun anzulegen und an meinem Arm zu bewundern.

Ashtons Eltern schenken mir eine handgefertigte Decke, die seine Mom gestrickt hat. Sie ist kuschelig und passt perfekt zur Couch. Connor und Rory drücken Ashton den Autoschlüssel vom Porsche in die Hand. Wir dürfen morgen damit eine Spritztour machen. Ich kann es zuerst nicht glauben, aber er meinte, das haben wir uns verdient.

Nachdem ich alle Geschenke geöffnet und mich bedankt habe, wird mir bewusst, dass ich von einer Person nichts bekommen habe. Von Ashton. Aber der Tag ist schließlich noch nicht zu Ende. Vielleicht überreicht er es mir erst, wenn wir allein sind. Was es sein wird?

Weil Ashton nächsten Monat Geburtstag hat, habe ich schon länger gegrübelt, was ich ihm schenken könnte. Auf jeden Fall ein Fotobuch mit unseren gemeinsamen Erinnerungen und genug Platz für die, die noch folgen.

Außerdem spiele ich mit dem Gedanken eine Ballonfahrt zu buchen. Unsere Insel aus der Luft zu bewundern, ist sicher ein unvergessliches Erlebnis. Falls er …

Hinter mir setzen die mir bekannten Klänge von Ed Sheerans »*Perfect*« ein und eine Gänsehaut läuft über meinen Rücken. Es ist das Lied, zu dem Ashton und ich zur Verlobungsfeier von Timothy und Hazel getanzt haben. Langsam drehe ich mich um und entdecke den Lautsprecher neben der Terrassentür.

Mit einem Lächeln, das mir den Atem raubt, schlendert Ashton auf mich zu. Sein Blick hält mich gefangen und bringt die Schmetterlingskolonie in meinem Bauch in Aufruhr. Es ist unfassbar, wie sehr ich diesen Mann liebe. Unsere Liebe füreinander, die uns stärker macht und für alle Zeiten verbindet. In den guten, wie in den schlechten.

Als Ashton mich erreicht, hält er mir wortlos die Hand entgegen, die ich ohne zu zögern umfasse. Er zieht mich auf die Beine und sogleich einige Schritte vom Tisch weg. Flüchtig werfe ich einen Blick über die Schulter zu meinen Geburtstagsgästen.

Sie beobachten uns mit strahlenden Gesichtern. Eleanor kuschelt sich an Senan und hebt einen Daumen, wohingegen Mom sich Tränen abtupft. Connor und Rory klatschen sich ab. Was hat das zu bedeuten?

Und dann stoppt Ashton abrupt und drückt mich an sich. Im Takt der Klänge des romantischen Songs wiegen wir über die Wiese. Ich schmiege mich an Ashtons Brust, sauge seinen Geruch ein und kann einen wohligen Seufzer nicht unterdrücken. Er legt beide Hände auf meine Hüften und presst sein Becken gegen meine Mitte.

Schon jetzt kann ich es kaum erwarten, den Tag in seinen Armen ausklingen zu lassen. Es ist einer der schönsten Geburtstage, den ich je erlebt habe. Nachdem das Lied zu Ende ist, herrscht Stille. Und ehe ich weiß, was passiert, schiebt Ashton mich von sich und macht einen Kniefall.

O mein Gott! Er wird doch nicht?

Fassungslos schlage ich eine Hand vor den Mund, während mir Freudentränen in die Augen steigen.

Zwischen seinen Fingern hält er zwei Claddagh-Ringe. Ashton schaut mit einem unwiderstehlichen Lächeln zu mir auf. Mein Herz schlägt mir bis zum Hals und meine Beine werden weich.

»Lauren … Du bist die Frau, die mich vollständig macht. Jeder Tag, den ich mit dir verbringe, ist ein Geschenk und ich möchte –«

Weiter kommt er nicht. Ich schlinge mit einem lauten Schluchzer meine Arme um seinen Nacken und rufe: »Ja, ich will!«, bevor ich meine Lippen auf seine presse.

Ashton und ich kippen lachend zur Seite ins Gras und küssen uns unter Applaus unserer Familien und Freunde. Ich vergesse alles um uns herum, denn für diesen Moment zählt nur ein Mensch für mich.

Bis Shadow winselnd unsere Gesichter ableckt und wir den innigen Kuss widerwillig beenden. Wir setzen uns auf und ich wische mir die restlichen Tränen – und wahrscheinlich auch Hundesabber – von den Wangen. Ashton greift nach meiner Hand und streift den Ring über meinen Finger. Ich betrachte mit einem verträumten Grinsen die Symbole für Liebe, Freundschaft und Loyalität.

Zwei Hände, die ein Herz halten, darüber eine Krone. Sie zeigt zu meinem Herzen, was bedeutet, dass ich verlobt bin. Noch vor einem Jahr hätte ich es niemals für möglich gehalten.

Mit zitternden Händen schiebe ich Ashtons Ring auf seinen Finger. Als ich seinen intensiven Blick auffange, vibriert mein Herz. Glücklich lächelnd küsse ich ihn und flüstere an seine Lippen: »Ich liebe dich.«

»Ich liebe dich auch, *mo croidheag*.«

Ende

Möge deine Liebe so endlos sein wie das Meer, so zeitlos wie die Gezeiten und so tief wie der Ozean.

– Irischer Segenswunsch

Rezensionen

Vielen Dank, dass du meinen Roman gelesen hast. Dir hat die Geschichte gefallen? Dann freue ich mich über eine Rezension und ein paar Worte von dir. Dein Feedback ist für mich und meine Bücher eine der wenigen Möglichkeiten, um sichtbar zu sein.

Ich danke dir von ganzem Herzen!

Newsletter

Du möchtest keine meiner Neuerscheinungen verpassen? Dann trage dich für meinen Newsletter auf autorin-lizzy-glass.de ein und erhalte alle wichtigen Neuigkeiten als einer der Ersten. Außerdem findest du mich auf Instagram (lizzy.glass.autorin) und auf Facebook (Lizzy Glass Autorin).

Ich freue mich auf deine Nachricht!

Im Anschluss findest du weitere Romane von mir sowie den exklusiven Zugang einer kostenlosen Kurzgeschichte. Auf meiner Website autorin-lizzy-glass.de erfährst du mehr über meine bisherigen Veröffentlichungen.

Lizzy

Heart Rush im Yukon: Kate und Jack

Wenn man es am wenigsten erwartet, passieren die größten Wunder.

Kate hat nach unzähligen Enttäuschungen die Hoffnung auf ihren Traummann beinahe aufgegeben. Als ihre beste Freundin auch noch vor der Märchenhochzeit betrogen wird, glauben die beiden nicht mehr an ihr persönliches Happy End. Zusammen nehmen sie einen Job als Nanny im Yukon an und landen in einem abgeschiedenen Dorf voller Goldschürfer.

Jack liebt die Arbeit in den Goldminen seines besten Kumpels und Millionärs Brandon. Doch die passende Frau ist ihm bisher nicht über den Weg gelaufen. Schließlich verirren sich so gut wie nie Touristen nach Sweetriver Crossing. Und auch sonst ist die Auswahl an möglichen Freundinnen in dem kanadischen Örtchen mehr als überschaubar.

Als Leser erhältst du von mir exklusiv die Kurzgeschichte »Heart Rush im Yukon: Kate und Jack« als **kostenloses E-Book** zum Download. Du kannst es hier herunterladen:
https://autorin-lizzy-glass.de/heart-rush-im-yukon-kate-und-jack/
Oder nutze den QR-Code.

Weitere Romane von Lizzy Glass

Yukon-Love-Reihe
Heart Rush im Yukon: Brandon und Claire
Heart Rush im Yukon: Maik und Isabella
Heart Rush im Yukon: Avery und Mr. Right

Scots-Love-Reihe
Wohin uns die Liebe trägt
Schicksal auf Umwegen
Zwei Herzen und Lucky

Einzelbände
Süße Winterküsse in Alaska
Forget: Mein Weg zu dir
Rescue: Der Weg des L(i)ebens
Secret Bodyguard: Weil du mich liebst
No Questions No Feelings

Laurens Comfort-Scones

Zutaten
350 g Mehl
1 TL Salz
1 TL Zucker
Vanillearoma
1 Päckchen Backpulver
85 g kalte Butter
175 ml Milch
1 Ei

Zubereitung
Den Backofen auf 220°C vorheizen und ein Backblech mit Backpapier auslegen. In einer Schüssel Mehl, Salz, Zucker und Backpulver vermischen. Die kalte Butter in kleine Stücke schneiden, zur Mehlmischung geben und einarbeiten.
Milch und Vanillearoma hinzufügen und die Zutaten schnell zu einem weichen Teig kneten. Den Teig auf einer bemehlten Oberfläche etwa 2,5 cm dick ausrollen und dann mit einem runden Ausstecher ausstechen.
Die Teigkreise auf das vorbereitete Backblech legen und mit verquirltem Ei bestreichen. Im vorgeheizten Ofen ca. 10-15 Minuten goldbraun backen.

Ashtons Sorry-Brownies

Zutaten
125 g Butter
200 g Zartbitterschokolade
125 g brauner Zucker
150 g Zucker
1 Prise Salz
1 Packung Vanillezucker
3 Eier
125 g Mehl
2 EL Kakaopulver

Zubereitung
Den Ofen auf 180°C vorheizen und die rechteckige Backform (ca. 25 x 25 cm) einfetten. Die Butter und die Schokolade schmelzen. Dabei umrühren, bis die Schokolade glänzt. Kurz abkühlen lassen. Die Zuckersorten mit Salz unterrühren. Anschließend die Eier hinzufügen und gut verrühren, bis sich der Zucker aufgelöst hat. Nun das Mehl mit dem Kakaopulver unterrühren, bis eine glatte Masse entstanden ist. Den Teig in die Kuchenform geben, glatt streichen und 35 Minuten backen.

Printed in Poland
by Amazon Fulfillment
Poland Sp. z o.o., Wrocław

23763027R00161